我們沒有秘密

推薦序

加害替身的創傷迴旋曲

——吳曉樂《我們沒有祕密》的複雜技藝

周芬伶／小說、散文家，東海大學中文系特聘教授

（文中提及小說部分情節，敬請留意）

我最早是在書店「親子教養類」中找到曉樂的書，讀完後深為她的精準抓句與複雜心智吸引——有些人是開頭王，有些人是結尾王，只有少數人是金句王，如哈姆雷特、紀伯崙：而懂得抓重點轉化的是抓句王，不管是引言或對話，曉樂都是命中要害。類型小說通常化複雜為簡單，它並沒有比較容易，只是讀者群指向不同：而嚴肅小說是把微小之事寫得很複雜，它需要較複雜的心智。

一個家教老師書寫的學生故事，這題材說真的並不突出，然而為什麼會引發如此巨大的迴響？教育理念或針貶只是其一，說新穎嘛，也還不到革新者的地步，貼緊事件肉搏戰與可怕的分析力，揭開假面才是重點。這跟作者的複雜心智有關，一個個學生個案，從教學者與學生或家長不同的視角出發或交織，最後以自身的案例為結，說真的已超出教育者、心理諮商、紀錄者的範疇，這已不是人師或經師能訴說：而是一種迷狂，她深陷其中一如闖入古堡中的簡愛，一個自立自強的新女性，護衛軟弱學生，對峙威權（不關心兒女的冷漠男性、緊迫盯人的女性、

這其中還躲藏著閣樓中的瘋婦）。這個新世代簡愛對「真相」有著不知何來洶湧的探索熱情。

因此曉樂寫小說，尤其是長篇，是自然而然又是必然的。

第二本《上流兒童》，藉田野完成，有其真實感，說故事的能力更強，但為「上流」所限，總有點卡卡，還帶到「上流氣」：如今來到第三本，完成她的「教養故事」三部曲。其實曉樂的關懷更多在「學童」上，因此朝《愛彌兒》或《惡童日記》的方向去發展更好，因她的關懷更多的是「人」與「善惡」。此書雖然還是家庭校園題材，卻已跳脫「教養故事」，直接瞄準人心的幽微，然它能算「教育小說」嗎？「教育小說」又稱成長小說，多採傳記形式，如歌德《威廉．麥斯特的學徒歲月》，或大家較為熟知的狄更斯《大衛．科波菲爾》，因此也扯不上關係。

曉樂像石頭蹦出來的作者，在年紀輕輕時就展現天賦，不是學文史哲出身，也沒文學老師或小團體，就是天生雜食文青，讓我想到德國學法律的作家馮．席拉赫，他寫了許多討論罪行的小說，他說：「我們能原諒所有人，甚至寬恕我們最痛恨的敵人，但多半無法原諒自己。這份無能之感傷害至深並致使我們陷入孤單寂寞。」這種深刻的理解需要更深邃、犀利的心靈，「對罪行無能的感傷與孤單寂寞」，也許是曉樂本書的起點。

故事是有關禁忌與傷害的故事，卻層層疊疊，步步進逼，作者最擅長的家庭與校園場景細節，同學與同學間的親蜜戰爭，甜美復仇，都很扣人心弦。把看似簡單的人事寫得很複雜，萬事不簡單，人人有問題，最後指向最原始的傷害。

什麼是原始傷害？在禁忌與原始經驗中，從出生傷害到家庭、親人、性別……含括所有最初的親蜜關係，這些九〇年代的陳雪已尺度大開，再早一點有張愛玲、歐陽子……，相隔幾十年能再出新意嗎？作者的複雜心智在這裡得到盡情發揮，重點不在原始傷害，而在加害替身或代理人。這裡的敗德與禁忌書寫是更尖銳的。

一種尋找替身或代理人加害的概念貫穿全書，因此出現許多雙子意象，有面貌相似，個性類似的成人吳辛屏與蕭艾瑟，處境相似的瑤貞與吳辛屏，相互愛慕的中學生瑤貞、吳辛屏與宋懷萱，同是人中龍鳳的兄妹宋懷萱與宋懷谷，其中的吳辛屏是雙重的替身，也是雙重的被加害人。

這樣的人碰在一起會發生什麼事，你應該能想像，喔，不，這只是原先的原先。故事是從律師范衍重尋找失蹤的妻子吳辛屏開始，也不是這樣，在之前先鋪墊他的案主、也是高中同學的女兒娜娜失蹤開始，她從國中起就跟乾哥哥們上床，以致對方被求償，我們以為這是故事的主線，是一個少女的浪蕩與犯罪故事：其實真正的故事要到近十頁才開始，律師范衍重更有問題「跟你在一起的女人，到最後只會被你逼瘋」，他的前妻蕭艾瑟如此說，第二任老婆吳辛屏，她們長得像一個模子刻出來的，都是纖細精緻的女子，且為婆婆不喜，關係緊張，發展至這裡又像是婆媳與家暴故事，然而也不是；大約到四分之一，轉換成第一人稱，是宋懷萱與小學同學瑤貞的「純愛故事」，故事一直誤導著我們，快到中間主要的事件才浮現，瑤貞之後有吳辛屏，她與宋家兄妹的疑似三角關係，之後辛屏被強暴……，你可理解作者多麼小心翼翼鋪排情節，一直將故事核心往後挪，這種延遲與充滿拐點的技巧，我們通常稱之「懸疑」、「曲折」，作者嚴密地佈置情節，並且首尾呼應，對女性肉體的甦醒，也寫得小小情色，是魔性的那種。

最生動的人物當數一群校園女性，尤其宋懷萱，較不立體的是男性角色，尤其是主事件的核心分子宋懷谷。

作者在情節與人物設定，讓他們往複雜的極度化走去，能滿足讀者一眼看不透與吊胃口的心，機巧的情節不但虐人也虐心。

對於第二本長篇小說，作者力圖跳脫通俗，跨過類型，往更深刻的人性描寫走去，可說是陳雪與張曼娟的奇妙混合，作者不完全通俗，寫作態度一直是嚴肅的，一般人很難在這兩者之間取得平衡，曉樂卻做到了。在這通俗與嚴肅失去分際，得ＩＰ者得天下的時代，我心目中類型的標竿人物，早一點的是渡邊淳一、山崎豐子，晚一點的是白石一文、東野圭吾，台灣是高陽、瓊瑤、侯文詠，升級版可說是「中間小說」，如吉本芭娜娜、井上靖，再上一點是村上春樹。另外，我喜歡的兩個年輕小說家，也是我投票選出的電影小說獎得主，胡遷與雙雪濤，他們的小說水準凌駕ＩＰ，之後寫出的嚴肅小說更驚人，誰說寫類型跨不過去？主要是長篇小說是時間的藝術，也是慢的藝術。它要求的是想像力，而非幻想力。

長篇更是複雜的藝術，是透過顯微鏡看世界的「鑽石孔眼」，曉樂的複雜心智讓小說的複雜性得以顯現，然而焦點在細節，並非情節，過於「情節」中心走向，人物的刻劃會失去焦點與立體的可能，有許多人物是工具性、陪襯性的。

那些肉眼看不見的人性肌理，與事物的方方面面，當你放慢腳步，以心靈之眼看世界，將會看到冰山融化中的景象，那夢境般的世界。最重要的不是情節，而是靈魂的重量：如果你只望著目標快跑，那將只看到目標，完全看不到其他。慢工出細活，這算是我對曉樂的期許，不為ＩＰ所限，能夠凌駕ＩＰ。

自身的加入很重要，小說家以曲折迂迴的方式介入小說世界，有時比散文更赤裸。曉樂的肉搏戰與抓句真的是厲害，也是她的優勢，別因寫小說就放棄，第一人稱永遠是扣人心弦的母音。

本書中也有寫得慢，而較細節的部分，如第一人稱自白的宋懷萱，及奧黛莉三人組，三十一副班長，都把校園與少年少女寫得很鮮活。

如果碰到厲害的製作，這將是優秀的腳本，不管題材角度、議題都很誘人，成功的機率可以想見。台劇正在風生水起，小說與影視結合是雙贏的局面，期待曉樂的作品會是這個風潮另一個高點。

目次

Chapter 1

第一章

◈

范衍重平視著前方，一個很長的紅燈過後，他急著想邁開步伐。

事件就這樣發生了。

穿著制服的高瘦男孩賣力奔跑，擦撞到一名牽著孩子的婦人。范衍重幾乎以為自己聽到了肉體撞擊的悶響。婦人尖叫了起來，她動也不動，後面的范衍重也無法再前進。男孩停下腳步，冷淡的視線接連掃過婦人跟范衍重，最終停在范衍重後方的一個點上。男孩轉過身，這一次他再也不管婦人的呼喊，低頭往前疾行。

又紅燈了。

婦人，小孩，范衍重都給困在斑馬線的中間。

婦人見范衍重一身西裝，貌似誠懇，攤開雙手埋怨起來，你有看到吧，剛剛那個學生。范衍重摸摸鼻子，輕嗯了聲。婦人振振有詞。現在的小孩，不曉得在幹嘛，老是顧著低頭滑手機，也沒有在專心看前面。撞到人就算了，還一副理所當然、沒做錯事的模樣。到底是怎麼一回事？

范衍重點頭，表示理解。婦人的興趣轉向了她的孩子，她弓身詢問狀況。

好不容易抵達約定的地點，范衍重看到鄒振翔坐在裡頭，雙手環胸，看起來有些心不在焉。

范衍重咳了一聲，鄒振翔的臉上浮現了尷尬的微笑，「范叔叔好。」聲音細如蚊蚋。

「你爸爸今天沒來？」范衍重補充，「他跟我說他會來。」

「他喔，」鄒振翔垂下眼睛，拖了好一陣子才回覆。

「他本來要來。剛剛我問他，他又說他不想來了。」

范衍重哦了一聲，這不是他第一次經歷這種場景，他完全可以明白那些父母為什麼不想出席，老實說，他反而相當佩服那些願意出席的父母，在**這種**處境下，他們收起內心複雜的痛苦，明知道旁人的觀點，仍決定與孩子同進退。換作是他，很可能辦不到，特別是他的身分特殊，一旦被人揭底他有個**這樣**的孩子，范衍重可以估計，這將對他的執業掀起波瀾。換句話說，他不可能親自處理的。

他是在昨晚十一點前後接到鄒國聲的電話。確認內情後，范衍重不假思索地應允了。他告訴鄒國聲，難免的，年輕人有時候就是這樣，衝動、不分輕重，也不曉得一旦走錯路，再回頭有多難。鄒國聲的聲音乾啞斷續，像來自訊息不良之處，他說，衍重，這件事你務必要幫我保守祕密，不能再告訴別人了。事實上，我覺得好危險，如果媒體知道了，他們會怎麼對我。鄒國聲的聲音開始發抖，市長正在爭取連任，身邊的人都會受到高度檢驗。不會輕易放過我的。

我們二十幾年的交情，我從來沒有請託過你什麼。這一次，就這一次。

掛斷電話後，鄒國聲的聲音猶在耳邊迴響。范衍重閉上雙眼，更鮮明的畫面自眼前浮起。范衍重跟鄒國聲是高中同學，他們都屬於一個叫做「八匹狼」的團體，兩人在團體內不算特別熟稔，聯繫也遠低於其他成員。畢業後，兩人就讀同一所大學，范衍重讀法律系，鄒國聲讀政治系。在校園幾度碰面，閒聊幾句，交情才日益深厚。范衍重在高中時期對鄒國聲有一些感冒，「八匹狼」中，范衍重永遠是鬼點子製造機，鄒國聲則時常以一種迂迴、間接的方式說服其他人放棄冒險。范衍重一度以為鄒國聲討厭他，直至大學，跟鄒國聲討論時政，他才理解到這個人將人生藍圖規劃得很長遠，並篤行在實踐之前，每一天都得步步為營。看見了這點，范衍重欣賞起鄒國聲，直覺告訴他，有些朋友並非來自志同道合，而是出事時可以相互依賴。

事後證明，他的判斷實屬正確。

大學畢業，范衍重到一家中等規模的事務所當受雇律師，鄒國聲先從議員助理開始爬。八匹狼維持一年一次的餐敘，范衍重知道鄒國聲的日子越過越好。一日清晨，他在早餐店的報紙上讀到這位故友的名字，某立委辦事處主任被挖進市府。那感覺真是奇妙，你看著記者形容一位你認識十多年的人，所建構出的形象卻與你腦海中的身影如此不同。

五年前，范衍重出了事，他六神無主，四顧茫然，他慌亂地上下逡巡著手機的通訊錄，一見到鄒國聲這個名字，范衍重心底一沉，就是他了。范衍重誠懇且不無謙卑地詢問，這件事是否有鄒國聲可以助力之處。鄒國聲給了他一組號碼，那支電話是個救命索，讓范衍重暫時自媒體的追緝中，匿去蹤跡，他才有足夠的精神坐下來與顏家談判。

此時此刻，是他報答鄒國聲的時候了。

他佩服鄒國聲，在此緊要關頭，竟絕口不提五年前自己施予范衍重的恩惠。

范衍重把思緒重新落在鄒振翔身上，這個將滿十八歲的年輕人，目不轉睛地操作手機遊戲。范衍重微傾脖子，假意在伸展，實則是想把鄒振翔的面孔給看得更仔細。

鄒振翔滿月時，其他七匹狼體貼地把那年的聚會設在鄒國聲家中，大夥輪流抱著鄒振翔，徬徨地感受著生命的重量。范衍重低頭注視著那只有他巴掌一半大小的腳掌，以及滿是血絲的雙頰，問，這樣正常嗎？鄒國聲的妻子說，嬰兒的皮膚很薄，又無比脆弱，他們對於外界，哪怕是一點小灰塵，都十分敏感。范衍重回去看懷中那個小傢伙，心想，原來人類也有這麼乾淨的時刻。這份悸動的心情，在顏艾瑟把范頌律放進他懷裡時，卻召喚不出來，可能是那時范衍重三十六歲，當律師超過十年，生活讓他失去了為一件事徹底悸動的能力，也可能是在那當下，他看出了顏艾瑟已經處於精神崩潰的邊緣。

「范叔叔。他們會來嗎？」

鄒振翔的聲音把范衍重從回憶中拉出，他看了一眼腕上的手錶，對方遲到十五分鐘了。范衍重想，要打電話給對方嗎？對方打算放他們鴿子？或者是他們突然不滿意在電話中約定的價碼？疑心凝聚成緊壓著胸口的重石。難不成對方發現鄒振翔是鄒國聲的兒子？鄒這個姓氏並不常見。若是，那二十萬恐怕難以讓他們善罷甘休。

范衍重飛速地推演，若對方想提高價碼，那他該打個電話跟鄒國聲商量應變措施。他得知道鄒國聲的底限是多少。更棘手的是，他要怎麼防堵對方一魚二吃，原有的和解書，只要求對方在未來不得提起告訴，他如今得再列進一條保密協議。若告知媒體，我方可以主張和解金三倍的違約金。三倍？夠嗎。假設媒體或另一位候選人陣營願意吃下這筆錢呢？不太可能，鄒國聲的位置還不夠核心。范衍重的手機頁面還停留在對方的號碼時，手機響起了。范衍重看了一眼鄒振翔，鄒振翔抬頭問道，范叔叔，是他們嗎？范衍重點了點頭，按下接聽。

「請問是范律師嗎？我是娜娜的媽媽，我有點迷路了。」

「沒關係，這裡有點難找，不然妳跟我講妳在哪裡，我出去找妳。」

他跟鄒振翔示意自己得出去找一下對方，而那張滿是痘疤的青春臉龐，面無表情地說好。

「黃女士妳好，這是我的名片。」

女子並沒有伸出手來接過名片，只是瞪著鄒振翔。

「就是你嗎？娜娜在你家待了多久？」

鄒振翔不安地瞧了范衍重一眼，似是在徵詢意見。

「你就回答一下這個問題吧。」范衍重把名片納進名片盒裡，指示鄒振翔。

鄒國聲傳來訊息，「對方到場了嗎。13:17」

范衍重很快地回應。「到了，只有媽媽來，算好事。13:17」

「那就好。我太太剛剛緊張到吐了，我在照顧她。痛苦。13:18」

「你先照顧嫂子，這裡我來處理。13:18」

取得范衍重的首肯後，鄒振翔縮著脖子，語氣猶疑地回答，十天吧……，鄒振翔拉了一個很長的尾音。我也不是很清楚。我那時有考試。

「你知道娜娜未滿十六歲嗎？」

「我不知道，她沒說。她只跟我說她沒有地方住，問我怎麼辦。我覺得她很可憐，就叫我朋友幫忙租一個房間給娜娜住。有時候娜娜說她很無聊，叫我去陪她，我就去陪她。」

「那你們做了幾次？」

鄒振翔又看了范衍重一眼，這個問題他們事先有排練過，范衍重打了一個肯定的手勢。

「就妳看到的那樣，兩、三次吧。」

「你說謊。娜娜跟我說你們每次見面都會做，有時候一天好幾次。噁不噁心？她那麼小，一個瘦巴巴的小女孩，你做得下去？范律師，你有小孩嗎？」

范衍重早已習慣自己得隨時上場，但婦人突然點名，仍讓他心弦一緊。他整理了一下節奏，

「黃女士，我跟妳一樣有個女兒，我可以理解妳的感受。現在的狀況是，振翔也知道自己錯了，他的父母有賠償的誠意。我們今天就是想好好處理這件事。」

「那他的父母呢？人在哪？有賠償誠意又不出現？不敢面對？」

「黃女士，不是這樣子的。」到了這一刻，范衍重大致可以確信，對方尚未把鄒振翔與鄒國聲聯想在一起。他鬆了一口氣，相信自己可以漂亮走完這一局。「振翔的父母他們今天很想來，只是振翔的媽媽身體不好，住院好幾個月了。振翔爸爸剛剛還在這裡準備親自跟妳道歉。只是醫院打來說振翔媽媽又出了一些狀況，他只好再趕回醫院。」

婦人輕哼一聲，說，「二十萬太低了。我只有這一個女兒，二十萬根本不能彌補我們所受到的傷害。至少要三十萬。」

賓果！范衍重跟鄒振翔交換了一個眼神。他早已預言了事情的發展順序。

范衍重不動聲色地交代：「這件事確實造成妳跟娜娜的困擾。振翔的父母說，如果妳覺得二十萬太低，我們完全理解。這裡是和解書，妳看一下內容。振翔父母真的很抱歉。」

上頭的金額寫著五十萬。

幾秒後，她的眼底閃起點點星芒。

◈

送走了黃女士，范衍重如釋重負地往後倚倒著椅背。

鄒振翔囁嚅，「我媽沒有在醫院。」

「有時候，為了達成目標，謊言是必須的。」范衍重瞪著鄒振翔，「再說了，這也不完全是謊言，你媽是真的身體不舒服。」

「我不懂，有必要這樣子嗎？我覺得這對我並不公平。」

跟鄒國聲報告完，范衍重回到鄒振翔身邊。

「哪裡對你不公平？」

「我不曉得我哪裡做錯了。是娜娜自己吵著要跟我見面的。」

「這不表示你可以跟她上床。你可以等到她年紀大一點。」

「可是她被很多人上過了。」鄒振翔憤恨不平地解釋，「娜娜說，她媽媽的男朋友會摸她屁股，她不想待在家裡，才去睡網友家，那些網友都可以，我為什麼不行。娜娜也喜歡這樣，還說我是個好人，我給她的零用錢最多。范叔叔，我沒有強暴娜娜。你們怎麼這樣說我？我爸媽要為了這件事付五十萬？」

「聽著，振翔。你千萬不能、不能告訴任何人，你跟娜娜有說到錢。再來，范叔叔要你收回第一句話，我不曉得是誰灌輸你這種想法的，但我相信你父母的教育，你不應該講出這種話。」范衍重把額前的髮絲梳到一旁，「最後，我想跟你澄清。這一次我們運氣不好，法律的規定對娜娜他們比較有利。我打個比方好了，就像手機遊戲一開局，對方的卡牌比你好，你贏的機率就不大，只能想辦法不要輸得太慘。我們現在就是這樣。」

「五十萬是很大的一筆錢。」鄒振翔還在掙扎。

范衍重不自覺地提升音量，「你到底有沒有搞清楚狀況？還是你爸太謙虛，所以你沒看到他的身分？一般人哪會一天到晚跟市長吃飯？其他人的案件，我都有把握二十萬以內搞定，為什麼你的案子是五十萬？有三十萬是在保你爸。你的一舉一動，都會影響到你爸，甚至市長。幹，你哭屁啊？」

看著鄒振翔委屈地掉下眼淚，范衍重再也忍不住咆哮的慾望。

他並非不能理解鄒振翔。他調查過這個女生。娜娜是她在遊戲中的代號。娜娜自小父母離異，母親換了數任男友，十四歲時，她第一次逃家，接下來這兩年，她至少住過十位網友的家，她稱那些網友為「乾哥哥們」。娜娜跟這些乾哥哥們發生性關係，乾哥哥們則負擔娜娜的生活費，直到有一天，娜娜找到更好的對象，這段「互利共生」的關係便告結束。娜娜的母親找到娜娜時，也把這些乾哥哥們一同告上法院，這些人以十萬到三十萬不等的和解金，爭取緩刑的機會。有些人成功了，有些人則被送入監獄。范衍重計算了一下，加上鄒振翔的五十萬，娜娜的母親這幾年來收受的金額，至少有兩百萬。娜娜一離開鄒振翔，鄒振翔很快地收到訊息，對方指出鄒振翔跟未滿十六歲女生上床的行為觸犯了刑法，若不配合和解，將很快收到警方的傳票。鄒振翔在遊戲中找著娜娜，娜娜告訴鄒振翔，請你相信我，我也是受害者。那些錢我一塊錢也拿不到。我媽只會拿去喝酒，或者是跟她的男朋友去唱歌。走投無路的鄒振翔只好把訊息交給母親，夫妻倆長談數日，由鄒國聲代表接洽范衍重，請他出面處理兒子鑄下的大錯。

「我跟你說，我會找到娜娜，我會報仇。」

范衍重不可置信地看著鄒振翔，血液馳騁過太陽穴周圍，針刺一般的劇痛。

「你哪來的資格去報仇？你瘋了嗎？」

「我覺得我被利用了。她不應該這樣搞我。我跟你保證，她早就找到新的乾哥……」

啪的一聲，水液接觸到鄒振翔的臉，高速往四周濺射。

鄒振翔呆若木雞，滴滴水珠自他的髮梢墜落。他的眼周泛紅，顯得更加無辜。

「要不是你爸，我真想揍你。你根本沒有聽進去我說的話。你父母真的把你給寵壞了。我再跟你講一次，你這一次最好給我聽仔細。給我使用你的大腦跟耳朵，思考一下，你的行為會影響到誰。你如果去找娜娜復仇，這一次誰幫你？五十萬，我他媽的不如叫你爸直接扔進水溝裡，都比花在你身上還值得。你現在、立刻放棄去找娜娜復仇的念頭，否則我跟你保證，就算你是鄒國聲的兒子，我還是有辦法教訓你，你信不信？」

「我信。」鄒振翔的眼中射出曖昧的光，「我 google 過你，范叔叔，你打老婆。」

「那不是真的！」

范衍重倒吸一口涼氣。

「我只是被我前妻的家人給利用了而已。」

范衍重倏地覺得自己再也不能呼吸，他扶著腰站起身，背對著鄒振翔。

「你叫計程車回家吧，還是搭捷運，隨便。我不想載你回家。你走吧。」

鄒振翔一消失，范衍重打了一通電話給吳辛屏。渴望讓妻子溫暖的嗓音安撫他，一聲，兩聲，無人接聽。他沒有多想，吳辛屏是安親班老師，這時段很忙碌。

范衍重粗喘著氣，懊悔自己接下了這案子。鄒振翔毫無羞恥心，他很遺憾自己的老友沒有教養出品行優良的下一代。

◈

整個下午，鄒振翔的那句話在范衍重耳邊如禿鷹一般盤旋，揮之不去。他趴在桌上休憩，才要陷入熟睡時，鄒國聲的電話吵醒了他。

「我聽振翔講，你們到後來有些不愉快。很抱歉，我這兒子就是一根腸子通到底，我跟我太太想盡辦法逼他改，但越改，他越是叛逆。」

范衍重花了幾分鐘把他跟鄒振翔的對話交代得很清楚。

「我知道。」鄒國聲的聲音軟了下去，「這一次是很好的教訓。我跟我太太有很多要反省的地方。我們過去確實太慣著他，久而久之，他就變得自以為是了。」

見鄒國聲如此自責，范衍重也失去了發牢騷的興致。他藉口客戶來訪，匆促地結束通話。一步出辦公室，兩位受雇律師立即抬起頭來。范衍重的心情更加惡劣，他傳訊息給妻子，等候將近半個小時，依然顯示未讀。范衍重看了一眼壁上的鐘，決定先打電話給母親。李鳳庭很快地接起了電話，透過話筒，范衍重聽到范頌律的高呼聲，爸爸，快點來接我。李鳳庭沒好氣地說，聽到了沒，你女兒在嫌棄我這老人家無趣了。范頌律機靈地澄清，我才沒有嫌棄阿嬤，我只是想念網路。如果爸爸也在阿嬤家裝網路，我一定跟阿嬤住，阿嬤不會管我滑手機滑多久。范衍重微笑，范頌律有股魔力，可以點亮他心中的灰暗。范衍重的好心情沒有持續太久，李鳳庭接了話，小屏吃補藥嗎，我剛剛跟朋友要了一個帖子，說是可以活絡子宮。范衍重皺起眉頭，腔調冰冷地回應，媽，我跟辛屏不打算有孩子。我們有頌律就夠了。李鳳庭並不氣餒，她輕佻地問，這是你的想法？還是辛屏的？說不定辛屏也想要一個**你們**的孩子，只是她不好意思說。

范衍重感覺到消散幾分的疲勞又因為母親的刺探而全數回歸。他忽略母親的提問，表示自己待會在門口接小孩。李鳳庭的注意力一下子被轉移，她嘟囔，門口？你不打算上來嗎？我有買蘋果給你，你最喜歡，日本進口的那種。范衍重敷衍地說，蘋果妳叫頌律拿下來，我有點感冒，怕傳染給妳，週末再帶妳出去走走。李鳳庭終於甘心掛了電話。

范衍重想，八點了，這個時間點，安親班只會剩下少數幾個家長遲到的學童。他又撥了一通電話，響了好久，沒人接起。范衍重留了一則訊息，**最近是段考嗎？忙到不接。看到請回電**。搖出一根菸，不多時，煙霧自他嘴裡滑出，他散漫地看著眼前來去的人車，抹了抹臉，走向停車場。

◆

一進入車內，范頌律嘟嘴埋怨，蘋果好重。手好痠。范衍重一邊握著方向盤，小心地控制著車迴轉的弧度，一邊安撫女兒。

范頌律玩弄著車窗按鈕，想到什麼似地開了口。

「學校要我們寫作文。你可以幫我嗎？」

范衍重眉頭攏起，女兒很少提出這種要求。

「妳可以請媽咪幫妳。」

「不行，這一次媽咪不能。」

「為什麼？這一次的作文這麼難？」

「這一次的題目，老師要我們寫自己成長的過程。」

范衍重無意識地握緊方向盤。

「這題目不好，可以跟老師說換個題目嗎？」

「為什麼要換題目？」范頌律踢了椅背一下。「哪裡不好。」

「這種題目並不能測驗出你們使用文字的能力，只是在浪費大家的時間。」

「沒有人這樣說啊。只有你。」

「那是因為其它人都沒有我這麼聰明。」

「老師說明天要交，遲交的人會扣分。」

「妳剛剛在阿嬤家有寫嗎？」

「我有寫，可是寫到一半就不知道怎麼寫了。」

「為什麼？」

「我不知道，你跟媽媽的事情，可不可以寫進去。」

一抹白色的身影倏地掠過眼前，范衍重重踩煞車，他聽到范頌律的身體撞上椅背，嘴中發出的悶喊。懸掛在車內後視鏡的貔貅掛飾掉了下來，滾落在副駕駛座。

「幹，該死的流浪貓。」

范衍重轉身看著女兒，范頌律撫著頭，面容苦澀。

范衍重急問，「妳還好嗎？有撞到頭嗎？要不要給爸爸看一下？」

「我沒事。」范頌律的聲音聽起來有欲哭的氣息，「可是我覺得你在不開心。你說你不管怎樣都不會在我跟媽咪的面前講髒話的。」

范衍重嘆了一口氣，看著前方的燈號變換，覺得自己像是被固定在黏鼠板上的禽鳥。他越是奮力掙扎，越是讓自己包裹上更多的膠液。八點三十七分，吳辛屏既沒回電，也沒有讀取他的訊息。綠燈亮起時，范衍重一個轉念，跨過雙黃線，來個大迴轉。

安親班的招牌已經暗下，二樓全黑，一樓的燈也未全開。一個看起來跟范頌律差不多等高的男孩趴在櫃檯上。一位二十出頭的豐滿女子正在拖地。

「我們今天要來載媽咪嗎？」范頌律雙手貼在窗戶上，「櫃檯換人了，不是以前那個。」

范衍重一走進安親班，兩人同時抬起頭來。一察覺不是父母，男孩又倒回去，繼續滾動他掌中的橡皮擦。女子目光存疑，范衍重看得出來，她正緊抓著拖把的長柄。

范衍重表明來意，「不好意思，我是吳辛屏的先生。我來接她下班。」

女子露出鬆懈的笑容，但新的困惑在她的眼中聚攏，她輕語：「吳老師今天請假耶。」

◈

范衍重撒了一個謊。

他告知范頌律，吳辛屏去台中看一位好久不見的朋友。

范頌律只有追問一句，媽咪什麼時候回來。范衍重說，明天，媽咪明天就回來了。他們一起完成了那份惱人的作文作業。不要把媽媽給寫進去，他跟女兒這樣建議，妳寫媽咪就好。范頌律握著筆，筆芯劃過稿紙。那是范頌律「抗拒」的標準動作，從她的生母那學來的。顏艾瑟的胸腔內彷彿有個沉沉的秤砣——也就是一般人稱之為「原則」的事物，一旦沒有充分地說服，她是不可能讓步的，一步都辦不到。但她也不樂意表達自己真正的想法，她只是杵著，以很多小動作來拖延時間，偶爾眨著她那雙大眼睛，等待你更用力地說服她，更精確地說，乞討她的動搖。

多數的日子，范頌律像他，唯有在不同意他的主張時，范頌律會極為熟練地展現出跟生母神似的那一面。范衍重安慰自己，至少，至少現在他只需專心地處理范頌律的情緒。他放緩語速，跟女兒商量，現在只有媽咪會讀妳的作文，妳把媽媽寫進去，也許媽咪會有點傷心？范衍重心知肚明。這是謊言。吳辛屏很尊重范頌律對生母的眷戀。即使如此，范頌律還是屈服了，她採用父親的建議，作文完成後，范頌律哀求，今晚可不可以不要洗澡。范衍重點頭，某程度上作為交換。

范頌律進了房。范衍重數著手機上的每一次撥出，三十五通。陪伴范頌律寫作業時，他按下重撥，一次又一次。他認為自己正站在懸崖上，腳邊的石塊正在裂解、鬆動。上一回他有這種感覺，是在深夜試著跟顏艾瑟談判。范衍重搖頭，想甩掉那沿著尾椎爬上來的森冷感。他再次按下重撥，無人接聽，數字來到三十六了。顏艾瑟帶點顫抖的高音在耳邊響起，**你不覺得你這樣很像變態嗎**？

范衍重癱軟在沙發上，補習班的工讀生西西說，差不多半年到一年前，吳辛屏固定每一個月會請假一次，理由是她得回診。至於是什麼疾病，西西並不清楚，那不在她能夠過問的範圍，她只負責在吳老師請假的那一次，聯絡分館，把吳老師的學生帶到分館，跟同年級的學生併班。西西補充，隔天吳老師會請她喝飲料及吃蛋糕。

范衍重跟西西要了補習班負責人的手機，打了三通，也跟西西預估的一樣，老闆的小孩剛滿月，九點以後，只接打到家裡的電話，號碼只有資深老師才知道。

吳辛屏有事情瞞著他。范衍重從來不知道，妻子有什麼得持續追蹤的疾病。若有，為什麼不說？范衍重想起了吳辛屏在答應與他成婚前，曾問過他一些問題。**這些問題非常重要，請你一定要說實話，不要為了討好我而說謊。我若跟你說，我不想生小孩。你可以接受嗎？我說過，我的家人，童年好友，跟我親近的人，不是早逝，就是意外連連，讓我不禁覺得，是不是只要跟我變得太好，就會發生不幸。你明知這點，依然想跟我結婚，我很感動，但我還是想維持不生小孩的決定，我不想賭，孩子若有個三長兩短，我會自責得很痛苦，請你尊重我的想法，也別試著改變我。**范衍重答應了，以一種如釋重負，甚至僥倖的心態，他很訝異，這個女人並不打算擁有跟他的孩子。若他先走一步，他的資產，那些不動產、股票、債券，都會由范頌律與她共同繼承。他承諾吳辛屏，絕不談孩子的事情，他也不認為自己想要除了頌律以外的孩子，一個就夠了。

難不成吳辛屏並未說出真相？她其實有遺傳性的惡疾？不，范衍重並不傾向採納這個答案，吳辛屏理應明白，他的思想開明，有什麼疾病不能據實以告？

范衍重信手抄來紙筆，這是他的作風。一旦遭遇棘手的案件，他非得持筆在紙上反覆畫著圈圈，不這麼做，思緒無法繼續前進。就他所知，有個道長也有類似的習慣，好笑的是，那位律師不需要道具，他的手指頭不斷地在頭顱上打圓，那一塊髮量特別稀疏。

范衍重問自己，一般人會聯絡誰呢？妻子的親人？不，吳辛屏沒有親人。約會階段吳辛屏就表明，雙親已不在世上，而她跟唯一的哥哥很多年前就失去聯繫。吳辛屏語氣迂迴地說，哥哥有債務的問題，范衍重那時還安慰她，至少哥哥沒要求她幫忙還債。退而求其次，打給妻子的朋友吧？吳辛屏固定聊天的對象也不多，其中一個是補習班同事，叫什麼來著？曼曼？對，曼曼。怎麼聯絡曼曼呢？范衍重的搜索很快地遇到了瓶頸，而這也跟吳辛屏的個性脫離不了干係：她唯一使用的通訊軟體只有 Line。吳辛屏說過，像她這種朋友不多的人，使用社群軟體徒增尷尬。發個文章得不到多少回應，她也不習慣在網路上交代自己的人生。范衍重那時聽了，竊喜暗升，他不能再忍受高調行事的伴侶，吳辛屏多麼適合他。

范衍重小步奔至書房，吳辛屏的筆電還在桌上，范衍重如尋獲綠洲的旅人，發出一聲長嘆，他打開筆電的上蓋，先輸入筆電的密碼，點擊桌面上 Line 的圖示。

已從這部電腦登出太久，請重新輸入密碼。

范衍重嘗試了幾組，直到他被系統警告。他重捶了一下桌子。該死的，吳辛屏究竟在搞什麼？為什麼不接電話？為什麼不設定他猜得出的密碼？顏艾瑟帶點神經質的顫聲又在輕搔他的耳朵，那聲音說，**跟你在一起的女人，到最後都只會被你逼瘋**。

◆

簡曼婷拿著超商買的簡歷表，到安親班面試時，楊主任看起來不到四十歲，提著一只小包包，金鏈子發散著盈潤的光澤，皮包料子看起來是真皮。簡曼婷恍神了一下，聽見楊主任的咳嗽聲，她才羞赧地把垂落的髮絲捋到耳後，請楊主任再重複一次問題。小朋友有時候作業寫不完，可能會需要妳留下來陪他寫完。可以嗎？妳家的三個小孩怎麼辦？楊主任漾起微笑，簡曼婷也微笑了，她端出準備已久的答案。家裡有人會照顧。

試用期結束後，楊主任給簡曼婷調了兩千元的月薪。簡曼婷與櫃檯閒聊，無意間說了出去，有老師去找楊主任對質，同樣負責高年級，為什麼新來的簡曼婷薪水比較高？聽聞自己成為了被討論的對象，簡曼婷撫著臉，眉頭深鎖，一副即將承受不住的模樣。從小到大，簡曼婷便很害怕從別人身上聽到自己的評價，她時常想，別人心目中的她，彷彿是另一個簡曼婷。她分不清楚，是哪邊出了差錯，是那些人不識好歹？還是說，人有時會矇騙自己的內心？

十七歲那年，簡曼婷喜歡班上一位同學。她坐在男孩後方，改男孩的考卷時會刻意地放水。她以為男孩注意到了。她以為兩人之間共享著這祕密。她以為他們之間會因為這祕密而變得不同。青春期的女孩老是這樣，喜歡祕密，又痛恨別人有事瞞著自己。男孩偶爾把喝不下的早餐店奶茶給她，簡曼婷更相信這段感情不是一廂情願。一日，有人起鬨，在黑板上寫下兩人的名字，簡曼婷故作生氣，內心像是有人鬆手放掉氣球，揚起了希望。下一秒，她親耳聽見男孩說，我才不可能喜歡簡曼婷，拜託，我討厭胖子。她有自然捲，從後面看好像香菇頭。

簡曼婷去找朋友訴苦。那個簡曼婷默認是最好的朋友的女生，低聲笑了起來，好像被男孩的創意給逗樂。簡曼婷問，妳不覺得他很過分嗎？女孩眨眨眼，嘴角咧開，停留在一個或許可以解讀為戲謔的角度，她說，不會吧，妳以為人家會喜歡妳？拜託，他條件很好耶。簡曼婷沒有再回應。好長一段日子，簡曼婷得了強迫症似的，每三、五分鐘，她就得從口袋中摸出小鏡子，專注地，心無旁騖地盯著鏡中的人影瞧。簡曼婷下定決心。千萬不可以忘了鏡子，得時時刻刻保證自己所看到的簡曼婷，跟別人所看到的是同一人。

升上大學，簡曼婷交了第一個男朋友，施德顧，她對施德顧沒有太多好感，之所以答應交往，是想要證明自己也有人喜歡。睡前，看著天花板，簡曼婷允許自己誠實地想一些心事，例如，她其實很難過自己的男朋友這麼醜。當施德顧嘗試把舌頭伸進去她的嘴巴裡，簡曼婷看著眼前逼近的滿嘴爛牙，沒有悸動，男人剝她的衣服，她閉上眼睛。大學畢業典禮結束第二天，驗孕棒浮出兩條線，簡曼婷關掉求職網站，轉而規劃婚禮。婚禮上，新人的朋友很少，賓客多數是施德顧父母的朋友，簡曼婷在雙方父母初次見面時，才得知施德顧的父母在台北市區擁有三、四個出租的房產，他們收回一間郊區的公寓，給新人作為新房。

簡曼婷告訴楊主任，自己曾在別的安親班待過，這是謊言。她沒有任何工作經驗。施德顧的工作運勢並不順遂，還稱得上有些坎坷。過去這十年間，兩人一再抱著孩子回去跟施德顧的父母求援，直到施德顧的父母以「這樣對其他小孩不公平」為由，婉拒了他們最後一次伸手，施德顧轉而要求妻子分擔家中經濟。簡曼婷原先很怨恨丈夫逼自己外出謀職，孩子好不容易都去上學，她值得迎接一場漫長的休息，弔詭的是，她倒也在安親工作中找到不少樂趣。孩子們太可愛了，她可以用各種方式威脅利誘。看著孩子們手足無措，在心底悶笑。簡曼婷也很擅長說服家長放棄那些無理取鬧的要求，她生了三個孩子的身分，家長們有時說不動她，只得退讓。

眾多老師中，簡曼婷最喜歡吳辛屏。簡曼婷不喜歡談到自家的事，她永遠無法理解有些老師很熱衷把自己的家事如襪子翻面那樣掏出。就簡曼婷所知，吳辛屏來這家安親班有五年了，跟所有老師、工讀生都維持著一定的距離。孩子們倒是很吃她那一套，覺得她過分冷靜，很是新鮮。吳辛屏不管是教學或是檢查作業，都很仔細，楊主任說過一個理論，若不想跟家長們打交道，就得以吳辛屏為榜樣，以實力來讓家長們心悅誠服。有些老師暗地挖苦吳辛屏自視甚高。簡曼婷不這麼想，她欣賞吳辛屏，從不過問同事的家中境況，同樣地，也不讓你問。她不會明白地拒絕他人窺探，而是以一種得體的、迂迴的，甚至，帶點忍讓的手法，讓雙方都有台階下。

吳辛屏有一個女兒，但她不是那種樂於分享孩子生活的父母，她保護得很嚴實，大家只知道孩子在鄰近的國小讀書，至於名字或年級，吳辛屏拒絕透露，她說怕學生在學校捉弄自己的小孩。簡曼婷問過，怎麼說服丈夫父母只生一個女兒？吳辛屏聳了聳肩，睫毛低垂，一邊寫著教師日誌，一邊漫不經心交代，我先生堅持一個就好了。他愛自由。吳辛屏總是如此優雅，游刃有餘，簡曼婷也問過，妳怎麼會想來當安親老師？妳那麼有氣質，又優雅。吳辛屏笑了笑，說，這工作很好啊，很單純，也很好上手。簡曼婷沒好氣地說，可是這工作累積不了什麼啊，不像一般的公司妳做久了可以升遷，妳在這做十年，二十年，也沒有一張可以發給別人的名片，小孩子妳帶一年就跟妳說再見了，那些說會很想妳，再回來找妳的，也只是說說而已。

吳辛屏微瞇起眼，謹慎，緩慢地說，我對於工作沒什麼企圖心。升遷什麼的，不會很在意。而且，我覺得被學生忘記，不是缺點。妳仔細想想，我們以前讀書，會記住那些對我們很好的老師嗎？好像也不會，倒是對於會打人罵人的老師印象深刻，對吧。

簡曼婷瞪著吳辛屏，覺得這女人好不可思議，換作其他老師，也會加入埋怨的行列吧。她後來拿一些家裡的事情問吳辛屏，吳辛屏的反應也大同小異，她不輕易附和，而是輕巧地把話題牽往另一種方向。偶爾簡曼婷會認為吳辛屏在答非所問，令她不解的是，對話結束之後，往往，她的心情變好了。

她慢慢有了結論，跟吳辛屏說話，有個詭異的效果：妳會甘願放棄一些原本的痛苦。為什麼會這樣？簡曼婷在心中為吳辛屏編織過身世，她認為，吳辛屏很有可能離了婚，目前獨居，偶爾探視小孩，這個想法可以解釋吳辛屏的許多行為。簡曼婷心底一熱，若是如此，她得對吳老師友善一些，這社會對於離婚女性的歧視太嚴重了。

范衍重的出現，徹底推翻了簡曼婷的假設。

范衍重高胖的身軀完全擋住了嬌小的工讀生小楊。

◆

簡曼婷忖度，奇怪，才下午一點，怎麼有家長來了。不祥的預兆很快地侵入她的思緒，難道又有學童出事了？那她得趕緊看仔細這到底是誰的父親。

原本負責教低年級的是許老師，不是現在的謝老師。幾個月前，端午節前後，許老師見學生們安分地寫著作業，走到櫃檯跟工讀生聊天。事後，監視錄影器顯示許老師跟工讀生聊了近十八分鐘。在那時間內，兩個學童一時興起，拿起名牌繩往隔壁同學身上套，被套住的學童緊張地掙扎，繩子在脖子摩擦出淺淺的瘀痕。家長除了惡作劇的學生外，連許老師、楊主任，都一併提出賠償的要求。風波結束後，三名當事者先後轉走。他們的父母嘀咕，孩子們還沒發展出控制自己的能力，許老師輕率離開教室，才是憾事的主因。

幾天後，謝老師取代了許老師的位置，沒有人感到意外。

越靠近男人，簡曼婷越能聽到自己的心跳聲。她昨天嘴饞，跑到附近的超商買了一包餅乾，難不成這幾分鐘內出了差錯？簡曼婷拚命回想，返回教室時，學生們臉上的表情是否有異樣？不，她沒有印象了。那時接近八點，她的心思都在老三手背上的過敏是否好些了？要再預約回診時間嗎？若許老師的際遇發生在自己身上，賠錢事小，她恐懼的是丈夫一旦知情，很難不透露給公婆知道，想到那對夫婦嘮叨的事情又多了一樁，簡曼婷不由得握緊提袋，身軀僵直。

「啊，簡老師，妳來了。」小楊喊出聲來。

男人跟著轉過身。他站起來，慣性地伸出手，又縮回，改為在凌空中致意。

「不好意思，敝姓范，我是吳辛屏的先生。這是我的名片。」

簡曼婷伸手接過范衍重遞來的名片，心跳踩空了一拍，又加速跳動。

吳辛屏的丈夫是位律師。

「你、你好。」簡曼婷縮起脖子，不敢正眼看范衍重。「請問找我有什麼事嗎？」

「是這樣子的，可以借一步說話嗎？」

簡曼婷凝望了小楊一眼，勉為其難地點頭答應。

一步出補習班，范衍重等不及地開口，「是這樣子的，辛屏昨天沒有回家，她有聯絡妳嗎？」

「啊？」簡曼婷頓了幾秒鐘，「怎麼了嗎？」

「辛屏很常在我面前提到妳，我才想說，」范衍重撓了撓頭頂，指尖在頭皮上擦出刺耳的聲響，「她有跟妳講過這幾個月她請假的原因嗎？如果妳知道的話，請一定要告訴我。」

范衍重的眼神直盯著簡曼婷，簡曼婷讀得出來，這是一雙很少向人求助的眼。

那雙眼與其說在哀求，不如說是在施壓。

「對不起。辛屏只有告訴我，她得去醫院。」

「她有說是哪家醫院嗎？」

「沒有。」

「好吧。那，她最近看起來有跟以前不一樣嗎？或者，她有特別說到什麼嗎？」

「嗯……」簡曼婷撫著自己的臉頰，意外地摸到一顆新痘，她很清楚范衍重正緊盯著自己的一舉一動，她皺眉，故作苦思，但她實在沒有什麼深刻的記憶。

「她只有提到女兒生日快到了。要買禮物給她。」

范衍重提起的呼吸倏地釋放，他的胸膛輕輕一降，失望的神情溢出了雙眸。

「辛屏是怎麼了嗎？」簡曼婷問。

「我昨天下午開始打電話、傳訊息給她，到了八點多她都沒有回。我也是昨天才知道辛屏大概每個月會請假一次。她沒跟我講過。」

假設范衍重有餘裕抬頭，望上簡曼婷一眼，他會看到簡曼婷眼中流轉著興奮的光芒，那光芒就像是小孩子聽到了一個驚喜的行程，晶瑩地閃爍。

「辛屏怎麼會不說呢？只是去看醫生而已。」

「是啊，我也想不透，看醫生有什麼不能說的。」

「那辛屏還有可能去哪了？她會不會是回自己的家了？你可以打給她家人？」

「辛屏的爸、媽都過世了。她也不可能去找她哥。」范衍重無奈地回答。

「怎麼會？辛屏的媽媽明明來找過她啊。」簡曼婷急忙地轉身推開大門，呼喊正忙著護貝獎狀的小楊，「我問妳，吳老師的媽媽是不是之前來找過她？」

小楊緩下手邊的動作，「什麼時候的事？」

「我想一下，」簡曼婷輕撫著下巴，「我記得吳老師的媽媽來過以後，沒幾天許老師那班的學生就出事了，所以，大概是端午節那一陣子，妳想起來了嗎？」

「嗯，端午節，可能是西西值班，得問她了。」

「請問西西在哪裡？」范衍重插嘴問道。

「她明天會來上班。」小楊答。

「妳還記得當時是怎麼樣的情形嗎？」范衍重把焦點又放在簡曼婷身上。

「我只有聽到一些而已，我趕著上課。那個女人好像跟櫃檯說，她是吳辛屏的媽媽，她要找吳辛屏，請我們轉達。」

簡曼婷每吐出一個字，范衍重眉間的刻痕越深鑿了一分。

「妳有印象那個人長什麼樣嗎？」

「我記得她頭髮燙捲，就是那種澎澎頭，身高跟我差不多吧，大概沒有一百六，中等身材。她那天提著兩袋看起來有點像是行李的東西，嗯，不過，有件事情……我也不確定我該不該說，說了吳老師也許會生氣。」簡曼婷瞇起雙眼，刻意營造停頓。她的內心千迴百轉，會不會吳辛屏逃家了？范衍重看起來很誠懇，可是，這又如何？那些被記者報導會痛打老婆的高官或企業家，平常也是人模人樣，不是嗎？

另一個更古怪的想法不斷地騷擾著簡曼婷，她怎麼覺得這男子有些眼熟。

她之前在哪裡看過這個人嗎？

「妳有什麼線索的話，拜託妳務必告訴我。辛屏就這樣消失了，沒有任何跡象，我剛剛打她的手機，打不通，手機轉成關機，我擔心她會不會是出事了。」

「你們先等我一下，我先確認一件事情。」簡曼婷放下提袋，走了出去。

她步過轉角，讓自己隱身在隔壁店鋪的柱子旁。確認自己的動作沒有受到范衍重的監視，簡曼婷拿出手機，滑開介面，翻出吳辛屏的號碼，按下。

「這一期的美妝盒，我覺得很超值。美肌乳，防曬蜜粉，三支迷你版的霧面唇膏，我查過了，色號都可以擦來上班的。那條美肌乳就一千元。等於蜜粉跟唇膏都是送的。我只要那條美肌乳跟兩支唇膏。如果妳要防曬蜜粉跟那支正紅色唇膏，我只收四百五？上午 11:11」

「好啊，那我什麼時候把錢給妳？下午 13:26」

「不急，我先線上付款，貨到了妳再把錢給我。下午 13:28」

訊息停在這裡。

您撥的電話未開機，請稍候再撥。男人沒騙她，吳辛屏的手機關了。

簡曼婷心如擂鼓，她要相信這登門造訪的男人嗎？這超出了她的經驗範圍。在她的觀念中，若丈夫是律師，那妻子有比安親老師更好的選擇。她寧願給文件歸檔、去郵局送件，或者是客戶上門時，端水送上報紙什麼的，都好。也許吳辛屏跟她先生的關係並不理想？

簡曼婷又發出一則訊息。

「辛屏，妳在哪？妳的老公到安親班找人了。下午 13:18」

指甲敲打著鍵盤。一，二，三。簡曼婷停下腳步，心底有了主張。

她回到范衍重與小楊面前。

「抱歉，剛剛臨時有事，我得處理一下。」

范衍重不置可否，看起來信了簡曼婷的說詞。

「我們講到哪了？」

「我們講到，有個女人自稱是我妻子的母親，來補習班找她。」

「啊、對，我們說到這，」簡曼婷故作恍然大悟貌，「反正，隔天我就跟吳老師聊到，她跟她的母親長得有點像，只是吳老師比較瘦。我這樣說很正常吧，女兒像媽媽有什麼不對？沒想到吳老師不是很高興。我認識她這麼久，她第一次表現出不高興的樣子。她跟我說那個女人不是她的媽媽，只是媽媽那邊的親戚。」

「那為什麼要自稱是辛屏的媽媽？」范衍重問。

「我不知道，辛屏感覺不想說，我也不敢再問。」

補習班門前的行道樹，數十隻野鳥大聲鳴唱著。

謎題未解，新局又啟。天色是亮的，范衍重卻有視線昏暗的錯覺。

「只有西西跟那個女人講過話吧。」

「應該是。」

「那可以給我西西的聯絡方式嗎？」

簡曼婷與小楊相視，兩人的眼中都藏著提防。簡曼婷做了主。

「牽涉到個人資料，不太方便，也許你明天再來？」

「好吧。那我明天再來。」

「是說，范先生……」小楊盯著范衍重幾秒，輕輕地開了口。

「怎麼了嗎？」范衍重雙眼跳著火光，期待著小楊想起些什麼。

「我們要報警嗎？」

范衍重狼狽地瞠圓眼睛，看著小楊，嘴唇囁嚅，卻沒有人聽得清楚他在說什麼。

Chapter 2

第二章

◆

You are the dancing queen
Young and sweet
Only seventeen

說不清楚為什麼，簡曼婷克制不住自己想哼歌的衝動。她也很想唱一些當下的流行歌曲，在腦海裡搜索了好一陣子，卻只能想起孩子出生前，自己時常隨著廣播電台的曲目，搖擺身軀的時刻。

「妳今天怎麼了？心情那麼好？」施德顧問。

「也說不上好或不好。」就著湯匙，簡曼婷啖了一口湯液，出乎意料地美味。也許施德顧說的沒錯，她處於極好的心情。「我們安親班有一個老師，吳辛屏，你還記得嗎？我有說過。」

「哦，對，妳有說過。」施德顧的眼神茫然，簡曼婷明白他在說謊。

她並不意外，她也是這樣子對待施德顧的言論，佯裝正經聆聽，一轉頭馬上忘掉。幸好她今天非常仁慈，有不計較的雅量。簡曼婷望了丈夫一眼，說也奇怪，知道一個祕辛的樂趣，往往得再告訴一個人才能兌現。這背後有什麼道理呢。

簡曼婷熄掉爐火。

「我之前說過吳老師啊，就是那個氣質很好，也很聰明，小孩子都很聽她的話。你知道嗎，今天發生一件很奇怪的事情，她的老公跑來安親班找她耶。」

「這有什麼好奇怪的。」

「這是我第一次看到她老公。之前啊——不管我怎麼問，她都沒有回答，我還以為她老公是做什麼不太好說的職業。沒想到，她的老公是個律師。你不覺得很矛盾嗎？如果我的老公是律師，我一定會忍不住讓所有老師都知道。」

「搞不好人家想要低調。」

簡曼婷嘖了嘖口水，硬是把話題給延伸下去：「為什麼要低調？我看她老公的西裝，很服貼，一看就是量身定做的。西裝你們家有經驗，量身定做的一套差不多要多少啊？三萬？五萬？」

「可能，看布料跟師傅做工吧，這很重要嗎？」

烤箱傳來叮的一聲，簡曼婷回過神來。

簡曼婷瞄了施德顧一眼，平靜地問。

「你都不問我，為什麼對這件事這麼在意嗎？」

「哎唷，」施德顧緊盯著電視螢幕，「放過我吧，工作了一整天，今天媽沒來幫忙顧小孩，我已經幫妳把小孩的聯絡簿看完啦，現在只想要快點吃飯。」

「不是我害你這麼累的吧。」

「好好。」施德顧打起精神，「不過就是有一個老師的老公去補習班找她嘛，這有什麼好大驚小怪的，妳之前東西忘了拿，我不是也會幫妳送過去嗎？」

「吳老師好像失蹤了。」

施德顧停下手上轉換頻道的動作，詫異地看著簡曼婷，「妳說什麼？」

「就是字面上的意思，」簡曼婷可以感受到自己的胸口正在膨脹、發熱，「吳老師的老公說她昨天沒有回家，手機怎麼打都不通。我拚命傳訊息給她，她也沒有回。然後啊，吳老師今天沒有來補習班，也沒請假喔，主任打給她，電話關機。她從來沒有這樣子過……」

「怎麼辦？」

「我們只好把吳老師的學生帶去分館，請分館老師支援。」

「你們昨天在補習班還有看到她吧？」

「沒有，吳老師昨天請假，她最近每個月會請假一天，說是去醫院做檢查。」

「吳老師的先生有去醫院找嗎？說不定吳老師住院了。」

「你問到重點了。」簡曼婷的語氣混入讚許，「吳老師的老公不曉得這件事。我跟他說吳老師每個月會請假一天，喔，我好希望你在現場，超好笑，他整個人嚇呆了。」

咖哩送上餐桌了。香氣濃烈，口感溫醇。祕訣是巧克力，簡曼婷也試過優格，三個孩子們不喜歡，最終換回巧克力，黑巧克力的效果又比一般巧克力好。

孩子們在專屬的位置坐下，簡曼婷翻攪著蒸好的米飯，豎耳等待施德顧的回應。

「妳的意思是，吳老師沒有讓她老公知道自己請假的事情。」

「對對，你不覺得這樣很可疑嗎？」

「媽媽，你們在說誰的事情啊？」一個孩子問。

「不關你們的事。你們先吃飯，吃完飯快點洗澡，很晚了。十點，全部都要躺平。我待會去檢查，如果有人還沒有睡覺，就出來罰站。」

簡曼婷不自覺地把對學生的語氣帶回了家裡。

「老公，你覺得呢？」

施德顧又沒有跟上了。

「喔，對，」施德顧眨眨眼，眼神閃過一絲困惑，彷彿一時半刻迷失了方向，慶幸的是，在妻子意識到**他又迷失了**之前，他回到軌道上，「吳老師為什麼不告訴她老公？」

「我個人覺得，八成是吳老師不想讓她老公知道自己生病了。」

「為什麼要這樣？」

「可能跟她生的病有關吧。搞不好跟生小孩有關。吳老師好像也有三十一、三十二了，老公又是律師，或許有生兒子的壓力吧？再拖下去就是高齡產婦了。」

「有必要住院嗎？就算是，接個電話有這麼難嗎？」

「我有另外一個想法，你想聽聽看嗎？」

「哦？」

「我覺得吳老師在逃避她老公。」

「妳為什麼會這樣覺得？」

「證據在這裡。google 這個名字，會找到很有趣的資訊。」

簡曼婷露出甜蜜的微笑，把范衍重交給自己的名片，滑到丈夫的面前。

You can dance
You can live
Having the time of your life
Ooh, see that girl

Watch that scene
Dig in the dancing queen

◈

范衍重醒來時，背上爬滿了熱汗，他環顧左右，見到自己第一次去德國時，親自扛回來的咕咕鐘，力氣又全數卸去。三點十七分。他抓取放在桌上的手機，沒有未接來電，他點進去跟吳辛屏的對話視窗，依舊躺著未讀的數十則訊息。范衍重把手機摔至地面，強調高密度的仿羊毛地毯吸收了衝擊，製造出極為細小的聲響，沒有驚吵到房間內的范頌律。

范衍重壓制快速跳動的太陽穴。

吳辛屏今天也沒有回家。范衍重告訴女兒，媽咪有事耽擱了。

范頌律沒有再問，只是骨碌碌溜轉的眼珠，洩漏了她的好奇。她挑眉，深吐出一口氣，似是接受了父親的說法。范衍重不禁起疑，范頌律的沉默，究竟是隨著年紀而成熟懂事，還是目睹他跟顏艾瑟的紛爭，才變成這副模樣。他記得，范頌律兩、三歲時，也挺無理取鬧，嬌蠻橫行，那幾年，他跟顏艾瑟都還願意演戲，范頌律被寵得亂七八糟。范衍重首次看到 Baby Dior 珍珠白紙袋散落於家中時，雙眼發直，他沒想過孩童也能穿設計師服飾。他的耳邊閃過顏艾瑟在交往期間賭氣說的話：你不要硬把你的價值觀框在我身上，我們本來就是不同世界的人。

范衍重心一橫，拆了顏艾瑟的信用卡帳單，他的雙眼黏在那行數字上，十三萬，其中范頌律的衣服與配件就佔了八萬。經過血淋淋的爭執，他與顏艾瑟做出協議，范衍重不得再侵犯顏艾瑟的隱私，顏艾瑟則必須控管她個人的開銷。范衍重講得直接：我不希望頌律長大之後，不把別人的錢當作一回事。顏艾瑟沒有反駁，范衍重以為這是理解的意思。直到他再次拆了顏艾瑟的帳單，為上面的數字而暴跳如雷，顏艾瑟也趁機表明心意，她後悔了，結婚這麼累、這麼辛苦。她想回到最初的人生，她看清了，她最喜歡的人生角色：商界大老寵愛的么女。

剛跟著范衍重時，范頌律細聲撒嬌過，喜歡媽媽買給她的衣服，牽著她去百貨公司下午茶。日子一久，她好像察覺到母親去了很遠的地方，她從此絕少提及顏艾瑟，彷彿那是一個罕見的生詞，也是那一時期，她的性情起了轉變，變得有些內斂，說話時更常看著對方的臉，似乎在推敲著什麼。唯獨跟范頌律承認自己和吳辛屏開始交往的那個夜晚，范衍重在客廳裡，看犯罪影集，冷不防被女兒的哭聲給驚醒，他提起腳步，推開女兒的房門，見范頌律坐在床沿，小小的臉蛋埋入掌心，細細嗚咽。范衍重讓自己的重量輕緩地分散在床墊上，輕輕地把手放在范頌律的肩膀，彷彿童年時試著撫觸停在葉片上的蝴蝶。他問。怎麼了。范頌律抬起頭來，雙眼飽含淚水，含糊地問，爸爸，你是真的很喜歡吳老師嗎？范衍重心底一沉，覺得自己難得的快樂即將要被取走，他擠出微笑，逼自己說話：頌律，我希望妳可以明白，在爸爸心目中，妳最重要。妳不希望我與吳老師在一起，我就再也不跟她見面。

話一出口，范衍重竟也不能確定他的承諾有幾分真實。或許他動了真感情。他不能形容自己為什麼那麼需要這個女人，只知道跟吳辛屏在一起時，他感到**門當戶對**，是的，哪怕吳辛屏願意透露的部分很少，范衍重仍可以按照直覺與經驗拼湊出：跟他一樣，吳辛屏是有過去的人。他不喜歡吳辛屏問他過去的事，正好，吳辛屏也是。兩人之間無聲的投契帶來極大的舒適。顏艾瑟是充滿存在感的女人，吳辛屏是另一種極端，她把自己的痕跡消滅到最低，兩人穩定約會之後，吳辛屏不送他東西，也不接受禮物。她毫無宣示主權的概念，未曾問過范衍重的交友情形，以及他是否會跟別人提起她的存在。吳辛屏靜靜地一步步深入他的內心。

范頌律的聲音喚回他。

「吳老師會離開我們嗎？」范頌律低頭盯著自己縮起的腳趾。

范衍重吐出一口長氣，他幾乎可以感受到肺部輕微塌陷。喔，好險，**她喜歡這安排**。遲疑了幾秒鐘，范衍重決定跟女兒說實話。頌律，妳記得嗎，去年爸爸帶妳跟阿嬤去東京迪士尼，妳不想回飯店，說我們可以躲起來，不要被抓到。我是怎麼跟妳說的，妳有印象嗎？我說，妳看，每一個人都不想走，可是沒有人不遵守規矩啊。妳那麼喜歡迪士尼，就要記得自己多麼開心，妳卻都在哭，以後想起迪士尼，就只會想起眼淚。

范頌律直勾勾地注視著父親，等待父親繼續說下去。

范衍重很高興自己有個場合把儲藏在心底好久的話給說完。他跟顏艾瑟的分離是一場不折不扣的人禍，他深知在范頌律的腦海，也有一套自己的版本，今日目睹女兒的恐懼，范衍重理解到自己有未竟的任務。他的掌心輕撫女兒頭頂，小小的頭顱與細軟的髮絲，再次提醒他，底下所存在的一切思想多麼脆弱。范衍重輕嘆，說下去，爸爸跟媽媽，爸爸跟吳老師，也像是這樣。我們有規矩得遵守，時間到了，就是得分開，回到自己的生活。

范頌律眨眨眼，沒有再說話。

她真是貼心得讓人心痛，范衍重想。

該如何跟范頌律解釋，吳辛屏沒有回來這件事。

范衍重搖搖晃晃地站起身子，從酒櫃內取出珍藏好久的麥卡倫三十年。他喝得太急，嗆入滿嘴的空氣，絕望、興奮、痛苦、刺激，複雜的感受紛紛刷過腦海，心臟幾乎要麻痺，他居然還有感覺，范衍重混沌地想。若有個旁觀第三人問他，現在，你最想要做什麼，范衍重會說，他想把吳辛屏帶給他的焦慮跟苦悶，悉數還給她。

吳辛屏失聯，快讓他發瘋了。

她可能去哪？

她還可能去哪？

那個婦女的真實身分是誰？她不可能是吳辛屏的母親，吳辛屏的父母早在幾年前先後去世，他沒記錯的話，分別死於車禍跟癌症。他跟吳辛屏討論到婚禮時，吳辛屏坦言她看不出舉辦婚禮的必要性，她身邊幾乎沒有親友。范衍重簡直想為自己的幸運喝采。他的母親李鳳庭也反對他們辦婚禮，她認為參與者很難不抱持看好戲的心態。吳辛屏什麼都不要，正中范衍重下懷。連去戶政事務所登記的那天，她只是穿上了平常跟范衍重約會時的衣服，彷彿只是去申請一張會員卡。

那名婦人為什麼要自稱是吳辛屏的母親？

另一個可能性，說謊的是吳辛屏。

范衍重看了看還剩下三分之一的酒瓶。乾脆一口氣喝光的念頭不斷地在他的腦中徘徊，他勉強克制住，他有個預感，他得留些什麼，為了明天。

他倒回沙發，想起吳辛屏的第二個問題。

很謝謝你那麼誠懇地告訴我，你也不想要再有第二個孩子。接著，請你老實告訴我，你有沒有打頌律的媽媽。我知道這個問題比第一個困難，我只能再次希望你誠實以對。

◈

李鳳庭坐起了身子。

她做了一個夢，夢見自己在跟范衍重說話，場景是自家。她問，你老實跟媽媽說，你說什麼我都可以接受，你有沒有傷害人家？那新聞是真的，還是人家設計你。范衍重背對著母親，半聲不吭，李鳳庭伸手去推那堵沉重的身影，你回答啊，不要讓媽媽這樣為你著急啊。范衍重回過身來，倏地伸出雙手，圈住李鳳庭滿是皺紋的脖子。

李鳳庭睜開眼睛，涼被不知何時被擠到自己胸膛跟脖子之間的凹谷，逼得她喘不過氣。她使勁把被子往旁邊一抽，喘了幾口大氣，理智跟血液滴滴回流至大腦。

是夢，也不是夢。有部分的片段發生過。

今晚，范頌律說溜了嘴。

一句「媽咪去找朋友了」讓李鳳庭停止咀嚼，胃裡彷彿被餵了鉛塊，再也沒有食慾。范衍重來接女兒時，李鳳庭格外想從兒子的神情中推敲出一些訊息。范衍重的神情舉止竟一如往常。李鳳庭無計可施，只得開口問：「家裡最近沒什麼事吧？」

范衍重抹了抹臉，說，「她去找朋友了。」

「找朋友？為什麼是這個時候？她不用工作嗎？再說了，對方這麼重要，得在那邊過夜？」

「媽，可不可以別干涉這麼多。」

「你們有沒有吵架？」

「沒有。」

李鳳庭愁苦地瞅著范衍重，渴望兒子能夠卸下戒備，告訴她究竟發生了什麼事。范衍重生硬地別過臉，低頭詢問范頌律東西是否帶齊了，別再像上次，把文具忘在奶奶家。

范衍重父女前腳一離開，李鳳庭後腳走向電視櫃旁的柚木五斗櫃，急忙拉開，第一層散亂著藥品，李鳳庭很快地找到止痛藥，忘了是什麼時候養成的習慣，可能是兒子跟顏艾瑟鬧婚變的那段時日，只要胸悶，李鳳庭就找止痛藥來吃，也不清楚是安慰或者實際有效，總之，她會好受一些，如果沒有，她吞第二顆、第三顆，在床上躺平，賭自己是否能睡覺。

李鳳庭覺得兒子什麼都好，唯獨看女人的眼光格外差勁。

第一眼見到吳辛屏，她直覺認為這女人的氣場不好。但那時李鳳庭僅把吳辛屏視為熱心的安親老師，沒有關心吳辛屏的心思。直到范衍重以女友的身分重新介紹這女人，李鳳庭才意識到范衍重十分鍾情擁有精緻、脆弱外表的女人。她心底雪亮，這種女人最是棘手。顏艾瑟不正是個最好的例子，瞧她把范衍重糟蹋成什麼德性了？

席間，范頌律憨直地拉著吳辛屏，要吳老師聽自己說學校的事情，李鳳庭暗自翻了個白眼，父親不知長進就算了，女兒也跟著沒長心眼。

李鳳庭擱下筷子，問：「妳是哪裡人？衍重說妳不是台北人。」

范衍重似是體察到母親口吻背後的不耐，趕緊代答。

李鳳庭一聽，是個不怎麼樣的中部小鎮，眉頭深鎖，「妳父母是做什麼的？」

吳辛屏也跟著放下筷子，目光清澄地看著李鳳庭，答，「他們過世很多年了。」

李鳳庭瞪了范衍重一眼，顯然在怪罪范衍重刻意不提這麼重要的資訊。

「妳們家還有誰啊？」

「我還有一個哥哥，只是很多年沒有聯絡。」

「那妳不就跟孤兒沒兩樣？」

有一秒鐘，吳辛屏臉上的微笑看似搖搖欲墜，但她維持住了：「不會啊。我的父母有把我照顧到讀完大學。我不覺得自己是孤兒。」

李鳳庭瞪著吳辛屏，說不上為什麼，一股熾熱的煩躁在她的心頭縈繞。吳辛屏跟顏艾瑟的氣質過於神似，無父無母的背景更讓李鳳庭警鈴大作，顏艾瑟都還比這女人好一些，至少她發瘋之後，還有父母收回去。從吳辛屏那不知所云的神情，李鳳庭不消提問，也足以判斷吳辛屏的哥哥八成不是什麼好貨色。她勉為其難地揀了幾口菜，將就地結束了那頓晚餐。事後，她跟范衍重有了一場很長的對話，她晾出自己的心證，吳辛屏沒有一個條件比得過顏艾瑟，來歷不明，工作也差強人意，跟她在一起會讓自己的身價扣分。

范衍重糾正母親，辛屏沒有來歷不明，她只是父母都不在了。李鳳庭不甘心，問，那工作呢。范衍重的語氣也上火了。在補習班教小孩，穩當正經，得罪誰了？加分扣分什麼的，我跟顏艾瑟在一起，所有人都羨慕我、嫉妒我，說我可以少打拚三十年，最後呢？你我心知肚明，我也不想再說。在我眼中，吳辛屏比顏艾瑟好太多了。沒有人像她這樣體貼我，了解我的難處。我看得很透澈，吳辛屏很適合我，錢我自己會賺，我要的是平靜跟安寧。

兩人登記的那日清晨，李鳳庭吞了兩顆止痛藥才壓住她胸口的劇痛。

這兩年，李鳳庭時常刻意輕描淡寫詢問范頌律，吳阿姨會跟爸爸拿錢嗎？不會啊。信用卡呢，她是拿爸爸的信用卡嗎？妳不知道啊？好吧，沒關係。每一次確認完畢，李鳳庭會慎重地要求范頌律發誓，不能把兩人的對話透露給任何人。她提醒范頌律，奶奶這是在保護爸爸，爸爸是一個心很軟的人，很容易付出太多感情，會被別人傷害。

現在好了。

李鳳庭好不容易，看在吳辛屏把衍重跟頌律都打點得還算妥貼，她也鬆懈心防，不再把吳辛屏視為是一個城府深沉的淘金女。她卻蒸發了。

哎，怎麼說，這些女人，就是這麼難伺候，老喜歡耍花招，逼人對她們緊張兮兮、掏心掏肺。顏艾瑟第一次回娘家，也是李鳳庭傳了封訊息，好說歹說，低聲下氣，總之把人給勸回家了。李鳳庭索性起床，蹀躞好半晌，繞到客廳五斗櫃前，數了兩顆強效的安眠藥。她倒回床上，雙手交疊，在睡意如大浪淹至之前，她想道，如果吳辛屏跑了，未必不是個好機會。她要說動范頌律，找個時間撥電話給顏艾瑟。說爸爸被拋棄了，他們父女很難過，也寂寞，需要一個人陪伴。顏艾瑟說不成一個心軟，放下那個小她五歲的外國人，回到范衍重身邊。如此一來，吳辛屏也算功成身退。

◈

社區保全汪和信告訴范衍重，十一月十五日當天，吳辛屏離開社區時，是十點多將近十一點。吳辛屏經過櫃檯時，汪和信喊住她，提醒她有剛到的包裹，他還來不及把告示牌掛上信箱。他問吳辛屏，要先領嗎？還是回來再領？吳辛屏沒有立即回答，她從皮包內掏出一張紙，又看了一眼腕上的手錶，苦笑著說，可能得晚點再拿，她有急事。

汪和信看清了吳辛屏手上握的紙是一張車票。

極冷與極熱的感受輪流刺激著范衍重的感官，他有進展了，吳辛屏當天有出門的計畫，不是捷運可達之處。否則沒必要提早購票。她要去哪？

他請汪和信仔細描述，是高鐵的車票，還是台鐵的，或是客運？有看到目的地嗎？

汪和信窄小的眼睛閃過一絲好奇，他問，「范律師，發生什麼事了嗎？」

范衍重盯著汪和信，喉頭滾動。這張輻射著油光的圓臉，為什麼看起來會跟當時緊追著他的狗仔有幾分神似？他停頓了幾秒鐘，心中迴劃著，眼前這位報到沒多久的保全，平常有看報紙的習慣嗎？若把部分的真相告訴他，這個人是否會藉此要脅他？

經過思量，范衍重將汪和信的威脅性歸類在：極低。

「我跟她那天有點小吵架，她可能去找朋友散散心了。她沒帶手機出門，我現在聯絡不到她。偏偏她朋友又很多，北中南都有，一時半刻，要我去哪裡找？」

汪和信點了點頭，一副感同身受的樣貌。他說，很可惜他沒看得太仔細。不過，他倒是想起一件插曲。他跟吳辛屏閒聊到一半，手機鈴聲響起，吳辛屏臉色一沉，一邊接起，一邊往門口移動。汪和信的聲調有著不合時宜的輕快，吳小姐好像跟人在吵架，我沒看過她那麼激動。後來大門的感應又故障了，我去幫她開門，聽到她說，媽，妳可不可以稍微考慮一下我的立場。

汪和信觀察范衍重的表情，問道，吳小姐是不是回娘家了？我大嫂每一次跟我哥吵架，也是二話不說，行李箱拉著就回娘家了。

◈

回到家中，范衍重打了通電話給助理，交代自己今天不進辦公室，有事電話聯絡。他走進書房，左右張望，吳辛屏搬進來時，行李很少，她使用多年的筆電，幾件衣物，一些保養品，和幾本書。范衍重問了不止一次，這些是妳全部的東西？吳辛屏點頭。

這戶三房兩廳、地段絕佳的電梯大樓是范衍重跟顏艾瑟一起挑的，顏艾瑟傾向四房，她才能規劃個人的衣帽間，她的鞋子收藏價值抵得過一台跑車。范衍重說，他的存款有限，若要升級到四房，得請顏家支援。顏艾瑟冷硬拒絕，堅稱顏家付清了婚禮兩百多萬元的費用，接下來要看范衍重表現。范衍重摸摸鼻子，在心底駁斥，兩百多萬，有多少是花在我身上呢？顏艾瑟堅持什麼都要**最好的**。最好的場地。最好的季節。最好的護膚課程。最好的白紗和婚鞋。顏艾瑟執意住在娘家附近，隨手一指都是一坪百來萬的精華地段，他已把部分積蓄拿來裝潢事務所，要再端出近千萬的頭期款，著實強人所難。顏艾瑟安撫他，顏正清底下一子二女，等顏正清百年，三個小孩繼承的資產，是范衍重辛勤耕耘一輩子也不可能企及的數字。顏艾瑟雙手抱胸，我見猶憐的大眼睛眨呀眨，輕撩范衍重的心弦，她粉嫩的嘴唇吐出催眠般的呢喃：為了我，難道你辦不到嗎？

范衍重時常覺得世上有兩個顏艾瑟。好似日本妖怪鎌鼬三兄弟，一個負責把人給絆倒，一個飛快持刀劃傷，最後一個及時敷上膏藥，讓傷口隱於無形。顏艾瑟對范衍重而言，差不多也是這樣，呼喚他，羞辱他，又安慰他，對他撒嬌，讓他再次卸下武裝。

此時該想著吳辛屏，怎麼思緒一再跑到顏艾瑟？

范衍重倒了一杯水，咕嚕咕嚕地喝下，他想不出吳辛屏離開的緣由。矛盾的是，他心中有個部分，浮現了「終於發生了」的感嘆。偶爾，范衍重會想，自己跟吳辛屏的一切過於理所當然。這個女人出現，走進他的內心，在顏艾瑟製造的空位上，坐了下來。

他跟顏艾瑟離婚滿一年又多幾個星期，顏艾瑟給記者拍到，跟一名金髮綠眼的男子在機場又摟又親吻，男子的手往下滑入顏艾瑟的短褲，緊抓著她的臀部。記者打給范衍重，問他知情嗎？顏艾瑟與這位外國人交往時是否已恢復單身？范衍重掛了電話。他想起兩人最後一次談判，顏艾瑟飛到歐洲去，說她需要一些空間，釐清這段婚姻如何走下去。

范衍重想，吳辛屏有對我誠實嗎？

該不會，這世上也有兩個吳辛屏，一個迷惑他，一個埋伏於暗處，準備收網……。

Chapter 3

第三章

◆

范衍重再次見到西西，他俐落地切入正題。

「那個女人有說自己叫什麼嗎？」

西西歪著頭，以為自己將表情隱藏得很好，殊不知緊張的情緒早已浸潤五官。她看著臉色緊繃的范衍重，搖頭，吞吞吐吐地交代，「她只有說自己是吳老師的媽媽。」

「然後？她有提到自己為什麼要來找吳老師嗎？」

「沒有……但是，」此際，電話響起，西西如釋重負地跑去接電話，「喂，是，對，我們要訂九十三份飯捲，昨天有打電話。啊，等一下，昨天有說兩份要做素的嗎？喔，那現在說來得及嗎？太好了。會準時送到吧？謝謝，麻煩你們了。」

掛上電話，西西轉過身，見到范衍重的眼神沒有絲毫懈怠地緊咬著自己，她收起臉上的笑容，改以嚴肅的神情面對范衍重，「她有跟我問了一些吳老師的事情。」

「妳記得她問了什麼嗎？」

「嗯……」西西閉上雙眼，煞有其事地揉著太陽穴，「她有問吳老師在這裡工作多久了。我說我不知道，我是新來的工讀生。她又問，吳老師的薪水多少，我還是說我不知道，主任不喜歡我們聊薪水的事情。大概覺得我什麼都不知道吧，那個阿姨的態度有些不耐煩。」

「然後呢？」范衍重追問。

「她叫我把吳老師的電話給她，我說我得先通知主任，這畢竟是吳老師的隱私。那個阿姨有點生氣了，她直接吼我說，她是吳老師的媽媽，這樣不夠嗎？」

「妳有把吳老師的電話給她嗎？」

西西搖了搖頭，「主任沒有接電話，我傳訊息給吳老師，吳老師也沒回。後來學生來了，我很忙，那個阿姨就坐在那個位置，」西西伸手指著范衍重旁邊的沙發椅，「坐了一陣子，她又催我打給主任，主任還是沒接。她叫我抄下她的手機號碼，再轉給吳老師。我趕快拿紙給她。她寫完之後，問我可不可以借她錢，她整個早上都沒有吃東西，錢再跟吳老師拿。」

「妳這裡還有她的電話嗎？」聽到關鍵字，范衍重雙眼發亮。

「有，」像是急著討好老師的學生，西西忙不迭地點頭，「我怕自己忘了這件事，趕快把那個阿姨的號碼傳給吳老師，這裡應該有紀錄。」西西望向位於右手邊的電腦。

「我可以看一下你們跟吳老師的對話記錄嗎？」

不待西西點頭，范衍重已大步踏入櫃檯內。西西見狀，嘆了口氣，移到電腦前，打開桌面上的通訊軟體。最新的訊息停留在補習班打了好幾通電話給吳辛屏，無人接聽。西西吞了吞口水，偷覷著范衍重。范衍重雙眼緊盯著螢幕，嘴唇抿成一直線。

西西不敢停擱，她往上滑，終於找到那日的對話。

「取消。下午 3:47」

「吳老師，我是西西，妳媽媽來新館找妳。請回電。下午 3:49」

「取消。下午 4:20」

「吳老師，妳媽媽請妳打給她，她的電話是……下午 4:22」

范衍重按照著上頭的號碼一一輸入。

一，二，三，四，有人接起了，范衍重心神一凜，聽見一道頗為浮躁的女聲。

「我沒有要再借錢了，你們不要再換電話打來了。」

「不好意思，我是吳辛屏的先生，請問妳是吳辛屏的誰？」

一陣沉默，女人再次說話時，語氣多了幾絲錯愕。

「小屏結婚啦？她都沒有告訴我。這孩子真是死沒良心。」

范衍重頓了頓，下意識地蹙眉。

女人又搭話了，「這位先生，怎麼稱呼你？」

「我姓范。我有一件事得跟妳請教……」

女人打斷了范衍重，「范先生，想請教一下，你是做什麼的？」

「我？我是一位律師。」

「天啊，律師。孩子根本白生。她在台北找到一個金龜婿，也不管我們在這裡的死活。」女人也不期待范衍重的回應，自顧自地傾訴，「范先生，論輩分，你也得喊我一聲媽的。對吧？」

范衍重的呼吸加速，雙眼瞪大，他完全不願將優雅、靜默的吳辛屏與這個喋喋不休的女人聯想在一塊，何況是母女這般緊密的關係。更進一步想，若這女人確實是吳辛屏的母親，吳辛屏過往的欺瞞，似乎沒他以為得那樣荒唐。

「喂？你怎麼不說話，沒禮貌。」女子嘖嘖逼問，「在台北的律師應該賺很多吧？你呢？一年有一百萬嗎？」

范律師把手機自耳朵挪到眼前，他看著螢幕，兩個念頭幾乎是不分先後地躍上了腦海：再也不跟這個女人聯繫，或者，從她的身上挖出妻子的真面目。

兩個選擇都充滿誘惑。

范衍重沒有二話地押下籌碼。

「我的收入不是重點，我打給妳是因為……」

「沒想到小屏這樣狠心。她明明看到家裡的冷氣壞了，我的摩托車也該換一台了，我上一次出車禍……」

「不好意思，」范衍重無可奈何地打斷，「換我問妳，請問怎麼稱呼？」

「我？我小屏媽媽啊，小屏怎麼叫我，你就怎麼叫我。」女子答得理直氣壯。

「我沒有見過妳，怎麼確定妳是辛屏的母親？」

「范先生，你真的是個律師嗎？你平常都這樣跟你的客戶說話嗎？我都告訴你我是誰了，你為什麼要懷疑？我造假有什麼好處，還是說，我說謊會有人給我一百萬？啊，我知道了，是不是小屏跟你說了什麼？范先生，小屏從以前就滿嘴謊言、自以為是，你不要被她牽著鼻子走。你把電話拿給她，我親自教訓她，這樣做人是錯的。」

「辛屏人不在我身邊。妳們最近有見面嗎？」

范衍重沒有錯過女子話中的線索，吳辛屏有回去老家。

「有啊。她禮拜一有來，沒多久就說要回台北了。」

「我可以現在去拜訪妳嗎？想跟妳確認一些事情。」

「小屏要一起來嗎？」女子的語氣透進了防備。

「小屏跟妳見過面之後，沒有回家，這也是我得找妳請教的原因。」

「啊，這樣啊，」女子不客氣地發出訕笑，「這很像她會做的事。」

「當面講比較清楚。現在去拜訪妳方便嗎？」

「好啊，可是……」女子欲言又止。

「怎麼了嗎？」擔心這條得來不易的線在眨眼間斷失，范衍重掩不住焦急。

「你可不可以借我兩萬塊？帳單又來了，我沒錢。」

◈

范衍重花上比導航預估還多將近一個小時的時間，過程中他盡力跟複雜、彎曲的鄉間小路中奮鬥，有些路看似可行，卻容納不下他那近兩百公分的車寬。范衍重費盡功夫，汗流浹背，才找到女子提示的那條道路。沿路他見到有幾戶碧麗堂皇的透天厝，門口停放著昂貴的轎車，也不乏幾近荒廢的破屋。他並不意外，這裡開發得早，許多人口移動至市區定居，選擇待在這兒的，若不是有幾分本事，就是無力支付城市開銷。

范衍重數著門牌號碼，好不容易找到吳辛屏的老家。

三層高的透天，跟隔壁一樣，第四層是加蓋，壁面的顏色和底下三層截然不同。隔壁兩戶很明顯地有重新漆過外牆，顯得這戶格外陳舊，有些磁磚脫落了。上面還有一些殘破的傳單，范衍重仔細凝視，其中一張寫著「專業抽肥，保證……」，另外一半被人刮掉了。旁邊還有一張寫著「水塔清洗，熱誠負責」的貼紙。門口放著一台腳踏車，范衍重左右張望，沒看到車子，不知是開出門了，還是這戶人家沒車子。范衍重打電話告知女子自己抵達了。沒有多久，一名身材圓潤的女子走了出來，見到范衍重，她招手示意。范衍重才跟著女子的腳步進門，要把門帶上時，女子制止了他。

「你關上就好，不用鎖，還有人要來。」

范衍重很想問是誰，偏偏有一連串的問題在排隊，他猶豫太久，錯過了開口的時機。他抓了抓臉，不發一語，不曉得什麼因素在作祟，范衍重渾身發癢，尤其是臉。屋內昏暗得不可思議，女子沒有開燈，下午時分的微薄日光勉強地支撐著范衍重的視覺。女子穿著像是睡衣的衣物，邊角起了毛球，她毫無光澤的皮膚與黯淡的灰色沙發幾乎要融為一體。她看起來剛睡醒，眼角還浮著一泡黃色的眼屎。執業多年，范衍重見過不少貴婦在醫美手術及飲食的護持下，外表比實際少了十來歲。眼前的女子是另一種極端，范衍重扳著手指算，依照吳辛屏的年紀和那年代的結婚風氣，女子了不起六十歲，然而她鬆弛的肌膚以及枯黃的髮絲，讓她比七十歲的李鳳庭還要滄桑。范衍重也做出另一結論：他如今確信女子與妻子擁有一定的血緣關係，哪怕蓬頭垢髮，仍無法遮掩女子有一雙相當深邃的雙眸，那眼摺的寬度，說話時不經意的目光流轉，都跟吳辛屏像極了，正確來說，是吳辛屏像極了她。

屋內各處莫名其妙地堆疊著紙箱。電視櫃旁。桌邊。以及走道，中間只餘下勉強可供人行走的寬度。走道的中間是通往二樓的階梯，再往下延伸則是廚房。地板明顯地蒙著一層沙塵，讓人無從辨識它們本來的顏色，看來，這屋子很久沒有大清掃了。

女子招呼范衍重坐下，她自己也坐下了。

范衍重看了看那褪色的沙發，指著一旁的籐椅，「我可以坐這嗎？」

女子從鼻孔哼氣，說，「你跟小屏一個樣，她上次來也不坐沙發，說要坐那張椅子。」

「辛屏是這禮拜一來找妳嗎？」

「對。」

「一個人嗎？」范衍重心跳飛快，他害怕答案是否定的。

「對啊，就一個人，不然還會有誰？」

范衍重又看了幾眼屋內，試圖在雜亂、濕暗之中，尋找到吳辛屏與這個空間的關聯。一張照片或什麼都好。她曾住在這裡嗎？她怎能忍受不清理這裡的慾望？

吳辛屏有著鮮為人知的潔癖，要不是與吳辛屏同居，范衍重沒想過吳辛屏有這一面。她一個星期花上十來個小時清理住家環境，她使用國外原裝進口的清潔液，擦拭後留有檸檬和茶樹的香氣。她曾在凌晨兩點，訪客離去後，蹲在地上檢查是否還有落髮。范衍重問，有必要這樣嗎？吳辛屏直視著地面，搓著手背，我就是覺得髒。

莫怪吳辛屏不肯坐在沙發上，那沙發看起來好可怕。范衍重想像著吳辛屏跟「母親」對話的過程，她是客氣地婉拒了女人的邀請，還是說，在女人面前，她有另一種樣貌？

女人笑了笑，好整以暇地看著范衍重。「小屏不敢不來看我，我知道她在哪裡工作了，我什麼不多，時間最多，不怕跟她耗。范律師，我這樣稱呼，可以接受吧。」

「小屏正式介紹我們之前，我也叫妳黃女士吧。」

桌上散落著帳單，范衍重瞄了一眼，收件人黃清蓮，估計這是女人的名字。

黃清蓮聳肩，一臉不以為然，她撕開指緣的甲皮，說了下去，「小屏怎麼跟你說我們家的？你怎麼會跟一個沒父沒母的人結婚？你家的人沒說話嗎？」

「辛屏說……她跟家裡的人失去聯絡很久了，連你們在哪都不知道。」

「不虧是律師，說起謊來臉不紅、氣不喘。小屏是我帶大的，她在想什麼，會說什麼話，我心知肚明。她才不會說得這麼好聽，什麼跟父母失去聯絡。這種話，你出過社會的人會信？天底下哪有父母不願意跟自己的小孩聯絡？」黃清蓮眼中閃過一抹精光，「我來猜看看好了，小屏是不是說，我跟她爸都過世了？」

范衍重啞口無言，他過分小看了這女人，黃清蓮看似粗魯，卻有副機靈的心眼。

「小屏確實是說她跟父母久沒聯繫，我也信了。」

范衍重決定守護自己的謊言。他不甘心就這樣失去話題的主導地位。

「哦，那你們的婚禮怎麼辦？女方沒有半個家人出席，你們辦得成？我看你的衣服還不錯，你的事業做很大吧？你的爸媽可以接受女方沒半個大人？」

「沒有婚禮。我父親不在了，我也不想讓我媽為了婚禮傷神，總之，沒有妳說的問題。」

為了避免話題再度被黃清蓮牽走，范衍重強硬地介入，「黃女士，我從台北趕下來，是有一件很嚴肅的事情要跟妳商量。妳說禮拜一那天辛屏有到這裡？」

屋外傳來隆隆的引擎聲，范衍重跟黃清蓮對視了一眼。黃清蓮先把視線抽走，望著窗外。

「來得正是時候。」

一名男子一邊脫下安全帽一邊推門而入，他與范衍重四目相交。

范衍重一眼看穿了男子的身分，男子的眉眼、鼻梁，跟吳辛屏如出一轍。主要的差別在於下巴跟皮膚，男子臉蛋方潤，吳辛屏則有個線條優美的尖下巴；男子的臉上滿佈凹疤，大概是青春期發了太多痘子，習慣用手去擠所留下的後遺症，吳辛屏的肌膚相當平滑。

越看著這對母子，吳辛屏就在不遠處的感覺就越是強烈。

男子跟范衍重點頭致意，慢吞吞吐了一聲，「你好。」

「怎麼這麼小聲，人家是你妹婿。」黃清蓮用力地拍了男子的臂膀。

果然是吳辛屏的哥哥，范衍重心想。

「小屏有說過她的哥哥嗎？」

「有。」范衍重答得很快。

詭異的興奮之情掠上黃清蓮的臉，她的雙眼倏地撐大，「我跟你說過多少次，你妹早就把我們給拋棄，過自己的逍遙人生了，只有你傻傻地以為她是好人。」

吳啟源指甲摳著手背，眼神低垂，「我妹有跟你說過家裡的事嗎？」

「她有說過，只是我工作很忙，印象有些模糊。」

吳啟源笨重地移動到黃清蓮的身旁坐下，他看著堆滿雜物的桌面，轉頭詢問黃清蓮。

「媽，妳沒有給人家準備喝的喔……」，吳啟源又站起身，把卡進屁股的褲子拉扯出來，喃喃自語，「我先去看冰箱有沒有飲料，家裡好久沒有客人了……」

吳啟源亦步亦趨地移動，過程中碰撞到夾道的紙箱兩、三次。他似乎習慣了，熟練地架開。再次出現時，他抱著三罐鋁箔包紅茶。

范衍重接過吳啟源遞來的飲料，確認還在保存期限內，一鼓作氣插入吸管。

「啟源，你妹婿在問，你妹是什麼時候來這裡的？你告訴他。」

「小屏？她是禮拜一來的。」

「你確定嗎？」

「我記得很清楚，那天……我送小孩去幼稚園，然後去工作，中午的時候去買便當，來媽這邊，一邊吃，一邊等。小屏打電話來，說她快到了，外面那條路臨時施工，她要繞一下遠路。我跟她說不要急……」

黃清蓮不客氣地糾正，「人家沒有要聽這麼多細節。」

吳啟源朝范衍重露出飽含歉意的微笑，「對不起，我一緊張就會拚命講話。」

「沒關係，你還記得那天辛屏看起來……怎麼樣？有沒有異常的地方？」

「我那天只看到小屏一下下。」

「為什麼？」

吳啟源的眼神遊走在母親與范衍重之間，得到黃清蓮的肯定後，才謹慎地回答。

「我老婆打來，說我兒子在幼稚園吐了好幾次。禮拜天我岳母生日，我們吃燒烤慶祝……」

「停、停，」黃清蓮咂嘴，「你只要說，你等你妹等到一半，幼稚園打電話來把你叫走，不就好了？是說你老婆真幸福，沒有工作，睡到十點十一點，小孩還是老公送去幼稚園的。」

「媽，別再說我老婆了。」吳啟源看起來更哀怨了。「我岳父不計較我們家沒有錢，很偉大了，反、反正，我帶我兒子去看醫生，再趕快騎車回來，我在門口看到小屏，她說她差不多要回台北了，我問她，下一次回家是什麼時候……」

「你還記得那是幾點的事情嗎？」范衍重問。

「好像是……三點多吧。」

「你們還說了什麼？」

「我跟小屏說，我剛剛去接小孩了，妳想不想看姪子，妳最近難得想回來，卻都只待一下就急著要走，到現在都還沒看過我兩個小孩。小屏說她再找時間去我家。我說，一定要遵守諾言，不要再像之前那樣莫名其妙跑掉。」

吳啟源的聲音充滿了依戀。他的目光落在自己的雙手，面容有點羞赧，「小屏變好多，她現在就像都市人，穿得很講究，手上的包包也是真的名牌吧。沒想到小屏也結婚了，還嫁給了律師，怎麼不通知我們，我們一定是祝福她的。」

「辛屏好像沒有在這裡待很久？」范衍重提問。

「嗯。」黃清蓮不置可否地悶哼。

「方便讓我知道你們兩個聊了什麼嗎？」

「也沒說什麼。」

黃清蓮跟吳辛屏獨處不到兩小時，說不上長，但也不短，兩人可能會聊到什麼？范衍重心底沒有定見。目前為止，他接收到的訊息，一再令他質疑，他根本不認識他的妻子。

她每個月會跟補習班請假一天，來見她口中已經死去的母親。

而她暗示有債務問題的哥哥，對她很是思念。

為什麼他沒有質疑過吳辛屏的說詞？沒有對吳辛屏的過往問得更深？明明他已從顏艾瑟身上學到教訓，女人相當精於掩藏。你不能夠只依賴她們告知你的訊息，應該得把她們視為前來求助的當事人，一面傾聽，一面保持警覺，從她們選擇忽略或草草帶過的情節，窺探，推敲，事情的真貌往往在那裡，罕有例外。

「我跟你講了，吳辛屏這孩子沒有良心。」

黃清蓮注視著范衍重，眼睛裡毫無情緒。

「師父說，我的女兒是我的冤親債主，我的癌症是吳辛屏的怨氣弄出來的。禮拜一的時候，我叫她跟我一起去找師父，她不要，我們吵了起來，我受不了，只好警告她，如果不跟我去找師父，我說不定會被她害死了。」

黃清蓮頓了頓，換上心虛的表情，似乎沒料到自己會說這麼多。

「我說這句話是想要嚇她，誰知道她給我走出去。」

范衍重緊盯著黃清蓮的神情，不願錯過任何一個片段。一個念頭攫住了他，說不定黃清蓮聯合吳啟源一起說謊？范衍重不由得瞄了一眼樓梯的位置，把一個人囚禁在二樓，不是不可能。若是如此，這對母子圖的是什麼？

「請問一下，」范衍重開口，「師父是誰？」

「師父喔……就是有在修行的人。」

「那什麼又是……」范衍重回憶著那名詞，「冤親債主？」

「冤親債主就是……你在上輩子，或前幾世，可能有做出對不起別人的事，沒有跟對方化解，所以那個業一直累積……累積到這一世，就會來找你報仇。」吳啟源答道。

「這個跟辛屏有什麼關係？」

「師父說，媽媽在前幾世，都對小屏做了很可惡的事情。有一世小屏還因為媽媽而自殺，不能轉世，在鬼道被折磨。小屏這一世好不容易找到了媽媽，她一定會復仇。只要牽扯上小屏，我們家就會雞犬不寧。」

范衍重聽得頭昏眼花、一頭霧水，只得把話題繞回。

「黃女士，妳確定辛屏有離開這裡嗎？辛屏沒有回台北的家，她連工作都沒去了。她禮拜一來找妳，我猜，她說不定人沒有回台北，還在這裡？」

黃清蓮發出刺耳的乾笑聲，「范先生，你好好笑喔。你怎麼會覺得吳辛屏還在這裡。她那天一聽到要找師父化解，十六萬，我不誇張喔，她站起來，往外面走，還邊走邊罵我欸，說什麼我為了錢，什麼藉口都想得出來。」

黃清蓮嚥了嚥口水，不懷好意地看著范衍重，「范先生，你是高材生，你的腦袋跟我們這種人不一樣。我問你，你跟小屏的錢，平常是怎麼算的？」

剎那間，范衍重想起了吳辛屏失蹤的那一天，真巧，娜娜的媽媽也姓黃。

范衍重以指腹重壓勃勃跳動的太陽穴。

范衍重沒有答腔，他從黃清蓮那刻意的停頓，聽得出這女人不打算輕饒他。

「我都忘了，范先生是律師啊，你們可以鑽法律漏洞，讓財產不要算在一起對不對？哎呀，怪不得，我想說十六萬也沒有太過分，小屏何必反應這麼大呢？看來她也沒多少錢。陪人家小孩寫作業，一個月能夠拿多少呢？」黃清蓮自顧自地說下去，「也不肯跟我講結婚的事情，人家還防著自己呢，啊，傻小屏，以為自己有多高貴。」

「黃女士，妳的意思是？」

「你聽起來是什麼意思，就是什麼意思。我直接講好了，我替小屏覺得委屈。你們結婚，不通知我，我不計較，但有一些禮數不能不做。我把一個女兒栽培到快二十歲，我不辛苦嗎。」

范衍重不發一語。一來，他尚未摸索出應付黃清蓮的方法，二來，黃清蓮某程度上說對了，他沒有對吳辛屏放下戒心，他甚至設想了一份解釋：他得保護范頌律。他在感情上的誤判，不應該由女兒承擔代價。最簡單的解方就是財產各自獨立。

「黃女士，請別轉移話題。我來找妳，是因為小屏沒有回家。我很緊張，搞不好她發生了什麼事，我希望你們提供線索。現在，我們至少確定了禮拜一辛屏有來到這，之後呢？她去哪了？她的電話關機了，沒有人聯絡得到她。你們是我唯一可以請教的人了。所以，我冒昧說一句，兩位剛才有說出實話嗎？辛屏三點就離開了，對嗎？」

說完，范衍重深深看進黃清蓮的眼裡。他試圖壓迫談判對象時，就會這麼做。

然而那雙眼睛也深深地回望，顯示著主人的無所畏懼。

「范先生，你有跟小屏吵過架吧。」

再一次地，范衍重打從心底升起惡感。不只是這個女人，整個幽暗，悶潮的空間都讓他覺得窒息。吳辛屏捏造謊言，來遮蓋她的身世，會不會黃清蓮即為始作俑者？

假設李鳳庭見過黃清蓮，必然會千方百計地阻止兒子跟吳辛屏成婚吧。

「我們沒有吵架。」范衍重壓了一下掌中的鋁箔包，甜膩的紅茶滑入嘴裡。

「你不要騙我，我很懂小屏的，她看起來很溫和，骨子裡很倔強。以前也發生過好幾次，小屏跟我吵架，幾天後就消失了。我們找好久都找不到。我真可憐，生到一個不知感恩的小孩。」

手機響起，范衍重看了來電者，是扶輪社的劉董，范衍重示意他得到屋外接電話。范衍重花了幾分鐘才釐清劉董的來意：劉董的牙醫兒子出事了。檢察官懷疑他與學長合辦的診所有詐領健保的情況。劉董希望范衍重盡快與他兒子碰面。范衍重看向屋內，黃清蓮頻頻地朝自己的方向張望，吳啟源則倒回沙發上，不發一語。巨大的疲憊、倦怠自四面八方吞沒了范衍重，他理應留下，繼續追查線索，直覺告訴他，得先回到自己熟稔的世界。

范衍重走進屋內，指著手機，「我得離開了，晚上跟人有約。」

「你要走了嗎？」吳啟源抬起頭，驚訝地看著范衍重。「你才待了一下下。」

吳啟源沒說錯，從踏進這屋內到現在，尚未滿一個小時。

對范衍重而言，竟宛如整個下午。

「對，因為朋友的兒子有事。」

「等一下，你有帶錢來吧。」

吳啟源面露困惑，范衍重輕輕點了個頭。

「你帶多少來？」

「兩萬，妳在電話裡說兩萬的。」

「你看一下我們的狀況，還會覺得兩萬夠嗎？我身體這樣，沒辦法工作。」

「那妳需要多少？」

「至少十萬吧，你一定有的，我看你身上的西裝跟鞋子就要好幾萬。」

范衍重皺了皺鼻子，再一次地，黃清蓮命中要害。這女人擁有動物般的直覺與觀察力，也或許還有一些運氣，范衍重加深了離開的慾望。

「我只帶了兩萬出來。」

「這附近有便利超商跟郵局提款機，你可以去那裡領錢。」

范衍重想起女兒觀看的日本動畫，穿著泳衣的年輕少女踩著沙子，持著棍子摸索，一旦碰到了西瓜，一下，兩下，奮力地敲打，瓜殼破裂，沙紅色的果肉與汁液流得滿地都是。范衍重吞嚥口水，咕嚕，喉結的滾動令人平靜。

「我最多給妳五萬。」

「五萬一下子就用光了啊，不能再多一些嗎？」

「媽，不要一見面就跟人家拿錢啦……」吳啟源的聲音微弱得彷彿從遠方傳來。

范衍重與黃清蓮的目光不約而同聚焦在吳啟源身上。

吳啟源緊張地口吃：「這、這樣子的話，小屏會生氣吧。」

「我管她生不生氣？」黃清蓮臉頰泛紅，胸部劇烈地起伏，「沒有錢，我沒辦法好好治療。我沒有說你，你好意思說我？你自己跟有錢人結婚，就忘記你媽了。你岳父最近不是換新車嗎？有這麼多閒錢，為什麼你沒辦法借個三、五十萬回來給我，我都快死了。」

「媽，」吳啟源滿臉通紅，他窘困地看了范衍重一眼，「有別人在，妳講這些事要做什麼。我已經跟妳說過，錢的事情我有在準備，妳不要一直講、一直講。」

「你妹到底給了你什麼好處？你怎麼一直護著她？」

「沒、沒有，小屏沒有給我好處。可是媽，妳不覺得這樣子小屏又會跑掉嗎？我們好不容易才找到小屏的，這一次是僥倖，有人在台北看到她，下一次我們會這麼幸運嗎？」

「有人在台北看到了辛屏？」

「對啊。」吳啟源察覺自己做錯了什麼，用眼角偷瞄著母親。

「這句話是什麼意思？」范衍重抬高了音量。

「算了，說給你知道也沒關係。」黃清蓮以將近挑釁的腔調回應，「我們教育失敗，千辛萬苦拉拔一個女兒，哪知道她有一天，說什麼在這個家很痛苦就跑了。一下子跑去台中，後來又說自己在桃園。前幾年，想到還會回來看看，她爸走的那一陣子，有回來住幾天，但之後，再也沒有回來了。電話沒人接，我跑去她住的地方，房東說她早就搬走了。」

范衍重暗自評估著黃清蓮話語的可信度。他經手過太多案件，很明白人類擁有一種近乎天然的防衛機制：嚴重低估自己所造成的痛苦。

「我沒有那個美國時間，一天到晚只顧著找她。再說了，台灣那麼大，她有心要藏，我是要去哪裡找？我就等，等她自己良心發現。誰知道她真沒有良心。」

不知是憤怒還是委屈，黃清蓮眼眶變得濕紅。

「台北的事情到底是？」范衍重心急地追問。

吳啟源鼓起勇氣，把話接了下去：「大概五、六月的時候，我們這裡有人去台北玩，她跟我們說，在台北看到一個女生，跟小屏長得根本一模一樣，只是比她印象中白了很多。」

黃清蓮不甘寂寞地把話搶過去，「我問她，妳在哪裡看到的。她說捷運站附近。那個女生後來走進一家補習班。我又問，哪個捷運站。她忘了，只記得在飯店附近。我叫啟源去查，飯店最近的是哪一個捷運站，旁邊的補習班都標出來。我一間一間找，不信找不到。也是命中注定，那天，我才進去第二間，就中了，工讀生說吳辛屏在那邊工作沒錯。」

「你們說的那個人是誰呢？」

「告訴你我有什麼好處？」黃清蓮不假思索地回。

「我再多給妳兩千。五萬二。」范衍重摸熟了跟黃清蓮打交道的模式。

「是住在我們這附近的張太太，她的女兒以前跟小屏是同學。」

「什麼時候的同學？」

「從國小到高中都讀同一所學校，好像有一、兩年還同班。」

「張太太住在哪？」

黃清蓮瞪著范衍重，堅定地開口：「我們要不要去領錢了？」

范衍重從超商的提款機逐次領出兩疊紙鈔，走到黃清蓮面前，搖著手上的鈔票。

「這裡是六萬，我想知道張太太住在哪。我什麼也不會做，只想多一分線索。」

黃清蓮哼了一聲，往門口邁步，范衍重趕緊跟上。

同一條巷子，過了兩個路口，三人在一棟尋常的民宅前停下。

黃清蓮按了電鈴。沒有多久，一名女子應了門。

一看清楚來者，女子沒有遲疑地把門拉開，「阿姨好，來找我媽媽串門子啊？」

黃清蓮點了點頭，「妳媽媽在家嗎？有些事情想要問她。」黃清蓮轉過身，伸手指向范衍重，「這個人是小屏的先生，他想知道我們是怎麼找到小屏的。」

女子探出頭來，上下掃視了范衍重，那眼神說不上友善，反而帶著幾絲促狹。

范衍重往前一站，與女子對視。

「聽說妳母親之前有遇到辛屏？」

「也不算遇到，只能說看到吧，我媽沒有跟吳辛屏說到話。」

范衍重很難不在意女子提及吳辛屏三個字時，語氣往上飄移。毫不遮掩的輕視。

「妳母親不在家嗎？」

「對，她去看我外公了。我外公住院。」

「妳以前跟辛屏是同學？」范衍重又追問。

「我們小三到小六同班，國中、高中同校。高中我們是隔壁班。」

范衍重瞅著眼前女子的長相，跟吳辛屏同歲，滿布暗瘡的臉、乾裂的唇，本來應該是加分的大眼，卻被腫脹的眼皮給拖累。遠比實際年齡蒼老。范衍重心生納悶，這裡的人怎麼都如此顯老？女子對吳辛屏的惡感又是從何而來？照理，兩人從十歲到十八歲都在同一個校園活動，對彼此的生活應有幾分熟稔。黃清蓮跟吳啟源眼巴巴地看著范衍重，范衍重尋思幾秒，打算另謀出路。

「我趕著回台北，可以跟妳留一下妳的手機或者信箱嗎？」

女子沒有回應。

范衍重只得掏出名片。

「妳有什麼想要說的話，都歡迎打給我。不一定要很重要，跟辛屏有關係就好；或是等妳母親回來，有想到什麼，也可以打給我。」

女子接過了名片，若有所思地看著上面的頭銜。

「所以你是一位律師嗎？」

「對。」

「吳辛屏真是好運。」女子扯開一抹淡笑。

「好了，你也把名片給人家了，我們不要再打擾了。」黃清蓮一心想撤退。

三個人回到原點，也就是黃清蓮的住處。范衍重將手上的鈔票交給黃清蓮，黃清蓮數都沒數，直接折半，塞進自己口袋。目睹此景，范衍重想回台北的信念更強了。

才來沒多久，台北的生活面貌竟彷彿失去框架，從邊緣渙散、模糊。

范衍重告別了黃清蓮與吳啟源。一縮進車子，握著方向盤，看著儀表板上的圖示一一亮起，范衍重吐出一口長氣，天啊，他懷念這些秩序。

手機響起，不是他心心念念的吳辛屏，而是補習班的西西。

「范律師，有個女生跑來我們這，說吳老師今天跟她有約。她等不到人，電話又沒人接，只好跑來我們這裡。我們要怎麼回她呢？」

「那個女生有說她是誰嗎？」

「她說她叫奧黛莉。」

范衍重拚命回想，腦海一片空白。吳辛屏不曾提過這名字。

「你把我的電話給她，我跟她親自聯絡。」

「好的。」西西的語氣像是解除了一項危機，「那我請她聯絡你。」

電話鈴聲來得很快，完全沒有要給范衍重喘口氣的意思，「喂？」

「你是小屏的先生嗎？小屏人在哪裡？」

「妳是辛屏的誰啊？」

女子安靜了幾秒，才小聲地回答，「我叫奧黛莉，是辛屏的朋友。」

「辛屏從來沒有跟我提過妳。」

「范先生，請妳相信我，我能證明我確實是辛屏的朋友。」

「妳怎麼證明？說不定妳是打來詐騙的？」

「我知道吳辛屏許多事情。像是，你們結婚之前，你要求她簽一張契約，你們夫妻財產是分開的。我提這個，沒有別的意思，只是想讓你相信我。」奧黛莉深吸進一口氣，「現在，你可以告訴我她在哪裡嗎？我有急事要跟她商量。」

奧黛莉的言語彷彿一隻透明的手，穿進范衍重的胸膛，攫住他跳動微弱的心臟，他的呼吸錯了拍，流回胸腔的血液被攔截，根根肋骨糊成一塊，再也得不到舒展。

「我現在在開車，我待會回電好嗎？」

還沒有得到女子的回應，范衍重搶先一步掛斷。

手機又響了，范衍重把手機甩往一旁的副駕駛座，幾秒後，憤恨地撿回，按下接聽。

「奧黛莉小姐，我跟妳說了，我人在開車……」

話筒一片靜默，沒多久，吳啟源聲音出來了。

「范律師，我是吳啟源。」聲音很輕，彷彿對於自己的話沒什麼信心。

范衍重自問，他有把自己的聯絡方式交給吳啟源嗎？沒有。唯一的解釋是，吳啟源借了他給「小貞」的名片。范衍重燃起興致，吳啟源令他聯想到蝸牛，哪怕有人用力地戳刺，逃跑的過程也緩慢、愚笨。他很想傾聽這隻蝸牛帶來什麼消息。

「我要跟你……溝通……一件事。」吳啟源念到**溝通**二字的生硬，范衍重不禁猜想他平常多麼不需要這詞。「我們對小屏很好，沒給她受到委屈。我發誓，我們盡力要對她好。」

吳啟源清了清喉嚨，再開口時，竟不無委屈，「范律師，你是我妹的先生，照理說，我不能這樣跟你說這些，但我實在看不下去。偷偷跟你講，小屏以前**出過事**。我不能告訴你她做了什麼，只能說她傷了很多人的心。要不是師父幫助我媽看開，我媽差一點被小屏弄到發瘋。我說到這了，要信不信隨便你。」

吳啟源不等范衍重回話，如同扔出燙手山芋一般魯莽地掛上電話。范衍重倒在椅背上，他有一種幻覺，身上的血液正從某個不知名的孔竅緩緩地流掉。這個令人倒盡胃口的小鎮，以一種淺移默化的手法傷害著他。而不曉得躲到何方的吳辛屏，是否在觀望著一切的進展？雙眼時而流露哀傷，時而有冷光一閃而逝。黃清蓮說中了，吳辛屏消失的前夕，他們有個小小的爭執。原因很小，范衍重要求吳辛屏一同說服范頌律，再也不要提到顏艾瑟這三個字。吳辛屏不同意，她認為，孩子是無辜的。他們可以試著尊重顏艾瑟在范頌律心目中的特殊地位。范衍重震懾地盯著吳辛屏，他以為吳辛屏會懂，顏艾瑟鑿空了他的所有，他好不容易才把自己拼湊起來。他氣瘋了，他握著吳辛屏的肩膀，剎那，吳辛屏的臉變成了顏艾瑟。

Chapter 4

第四章

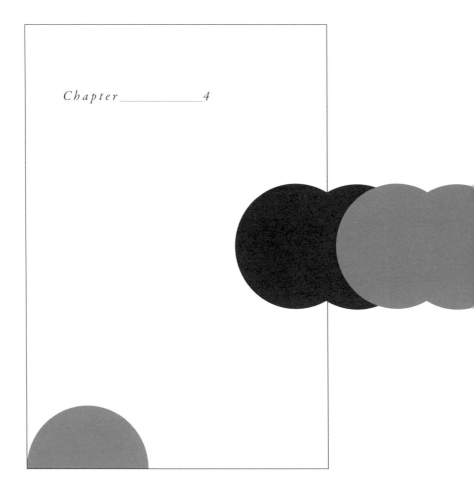

◈

我睜開眼睛，花了一段時間，才想起自己身在何處。

我眼前的女人，她睡著了。我想了半晌，原來我也睡著了。這樣很好，我不用那麼緊張、提心吊膽。第幾天了呢，說也奇怪，在這裡，時間彷彿是靜止的。靜止到我開始感受到內心的寧靜。我好多年沒有這種情緒了。這幾年我都在想同一件事：人用前半生來寫這一生的劇本，後半生用那劇本排戲。我們再怎麼不滿意，都甩不掉這寫好的劇本。

剛剛我做了一個夢。

哥哥騎腳踏車載我，在我們家附近的一塊空地。風拂在臉上很清涼，我的頭靠在哥哥的背上。哥哥的背都是汗水跟熱氣，我的臉被弄得黏黏的，一點也不覺得噁心，哥哥的汗水聞起來幾乎跟洗澡的水沒什麼兩樣。過了不曉得多久，哥哥停下來，看了看天空，說，該回家了，媽媽在等我們了。我本來快睡著了，一聽到這句話，著急地哭了起來，我搥著哥哥的背，吵鬧著，說我不要回家，為什麼不能繼續待在外面呢？哥哥嘆了口氣，一副拿我沒輒的模樣。我哭得更認真了，哥哥伸手戳我的肩膀，說，妳不要哭了啦，氣喘又發作了怎麼辦。好啦，我答應妳，我們再騎一下下，就一下下喔，妳等一下不能再耍賴。說話要算話。哥哥賣命地踩起了踏板，風穿過我的脖頸跟髮梢。我以手背抹掉鼻涕跟眼淚，伸出手，抱緊哥哥。

沒有比哥哥更重要的人了。即使結了婚，我還是這樣相信著。我的世界以哥哥為中心繞著轉。沒有了哥哥，我就不曉得要找誰講話，或者我該說些什麼。從小到大，只要哥哥不在我的視線之內，我就會緊張、肚子痛，身上浮起一粒一粒的紅色疙瘩。

我沒有朋友，只有哥哥。

由於身體虛弱，我從小就很不擅長與同齡的小孩相處。剛開始，身邊的人以為是普通的感冒，醫生測試了幾次才確認是氣喘。我一喘起來，母親想盡辦法把我送進醫院。她怕我待在家裡，一個不小心就窒息了。後來，只要我頭暈、流鼻水，母親也會把我載到醫院，說打個點滴也好。我們這裡只有一間大醫院，父親跟院長感情很好，院長簡直是看著我長大。醫院的其它醫生、護士也很疼我，偶爾會在我掌心裡遞上一把軟糖。我不排斥去醫院，認真說，可能還有點喜歡那種被悉心呵護的感覺。話雖如此，住院並不便宜。我跟母親商量過，不想太依賴醫院，得為父親省錢。母親冷靜地質問我，若妳有了三長兩短怎麼辦？不要任性，妳留在家裡只是增加我的困擾，我不知怎麼照顧妳。不要擔心錢，妳爸應付得來。

我不是很清楚父親的事業，只知道他很忙碌，時常得應酬，遲至十點、十一點才回家，倒在客廳的沙發上，口齒不清地嚷嚷。母親偶爾會等他，偶爾自己先睡下。我跟哥哥最期待後者的時機。哥哥走進我的房間，在我旁邊躺下，提醒我，千萬不可以睡著，要撐到父親回來。為了提神，我們肩併著肩，壓低嗓子，講很多故事。哥哥故事很短，沒多久就結束，他推我的肩膀說，換妳。我喜歡講很長的故事，醫院的大廳有個書櫃，堆放著包羅萬象的書籍，甚至有一整套百科全書，很可能是院長的小孩長大後淘汰下來的。我在醫院讀了人生第一本科幻小說，倪匡的《藍血人》，也讀了莎士比亞的《仲夏夜之夢》。我喜歡把不同的故事組合在一起，變成新的故事，屬於我的故事。

有幾次，我們聽到樓下鐵門的聲響，哥哥不甘願地坐起身，命令我要記得說到哪裡了，下回待續。緊接著，我們躡手躡腳地走下樓，經過二樓得特別注意，不可以吵醒母親，否則前功盡棄。一半以上的機率我們會在一樓沙發上找到醉醺醺的父親，有時他倒在通往二樓的階梯，也有幾次，父親清醒地看著電視，這是最差的情形，我們只能沮喪地爬回三樓。

多數時候我們很幸運，父親昏沉沉地在沙發上扭動，似是想甩掉酒意。哥哥開場，他問，爸，借我五百好嗎，我要買一套美術器材，學校規定的。五百是很後來的數字，最早幾次，我們只敢問五十、一百。父親的眼神渙散，對著哥哥綻放傻笑，他說，美術器材？啊，美術器材。父親從口袋摸出一疊鈔票，瞇眼睛，企圖看清楚，哥哥伸手協助，他抽出一張五百元鈔，在父親耳邊提醒，爸，就這張，這張是五百元。父親從善如流地聽從哥哥的建議，把五百給了他。我不喜歡這麼複雜，我只要抱著父親的手臂說，爸比，我想要買禮物。父親撫過著我的髮絲，捏我的臉頰，把那疊鈔票放在我的手心，語氣和藹慈祥，妳自己拿。

父親很疼我，很多人說，父親總是比較疼女兒。我是信的。

這遊戲是哥哥發明的。一次晚上，哥哥走進我的房間，說他餓到睡不著，要我陪他去廚房的冰箱拿布丁。我回絕了哥哥，冰箱在一樓，母親在二樓，若吵醒母親，後果不堪承受。禁不起哥哥苦苦地求情，我陪著他輕手輕腳下樓，才碰到冰箱把手，就聽到鑰匙轉入鎖孔的聲響，父親回來了。父親搖搖晃晃地走到我們跟前，問，你們怎麼在這。哥哥急中生智，說他想起有一本講義還沒放進書包。父親點了點頭，從口袋摸出一張五百元，吩咐哥哥，缺什麼自己去買。我跟哥哥面面相覷、後知後覺，喝醉的父親難以意識到自己做了什麼。遊戲開始。

母親飽受失眠之苦，難以入睡，極易醒轉，她睡不好時，一點小事就能讓她發瘋。哥哥跟我很早就取得共識，我們有個反覆無常的母親。她仁慈的時候，世上萬物都沒有她的擁抱與親吻珍貴，她失控的日子，我們變回孤兒，只能相互取暖，祈禱暴雨似的咒罵快點止歇。

母親跟自己的家人也處不來。外公過世得早，外婆在南部獨居。每一次回外婆家，母親表現得比父親更像個外人。我們才坐下來沒多久，母親頻頻看著時鐘，彷彿歸心似箭。她會問外婆近況，但那生疏、淡漠的語氣，又讓人不由得想問，話語背後有多少真誠。我更注意到一次跟母親合作攙扶外婆，外婆的身子僵硬，頭也盡量靠向我，似乎在躲著母親。這一點也不正常。

母親跟自己的妹妹尤其處不來。姨是記帳士，收入不低，對我跟哥哥出手闊綽。每次跟姨碰面，哥哥跟我的目光老是忍不住飄向姨腳邊那巨大的紙袋，母親罵過姨，不要讓我們年紀輕輕就習慣奢侈品。姨不以為意地說，習慣奢侈品有什麼不好，那是好命的象徵。

姨的外貌與母親極度神似，有一次，我誤把姨喊成媽，哥哥嘲笑我，母親把我的耳朵擰得無比血紅。我猜，母親在嫉妒姨，姨內在跟外在都比母親更好更溫柔。姨常問我問題，問題很短，她鼓勵我的答案越長越好，姨那專注、沉默傾聽的模樣，讓我意識到大人也能夠敬重孩子。母親說過不只一次，姨的優雅跟輕聲細語，來自她不必親自照顧孩子。若姨跟母親交換身分，歇斯底里的人就換成姨了，母親篤定得彷彿在詛咒，哥哥跟我不敢答腔，沉默是金，我跟哥哥的童年累積出可觀的寶藏窟。

母親偏愛哥哥，是我們家一目了然的事實。她對我很嚴苛，對哥哥倒是很寬容，她也有一、兩次很氣憤地罵了哥哥，事後又去摟著哥哥，跟他示好，說自己不是故意的。久而久之，哥哥好像也看得出來，他可以決定母親的某些表現。在我因為母親的責罵而痛哭的當下，哥哥會小心地施以拯救，他會說：妹妹再哭下去，氣喘會發作吧。這些話形同咒語，母親停止了對我的苛責，她會拖著腳步走回自己房間，那背影好像受傷的動物想盡辦法回到巢穴。讓我十歲左右就許下心願，有朝一日，要跟哥哥離開這個家，最好跟院長的兒子女兒一樣，在遠方生活，偶爾回來這座小鎮探望父母。

◈

我能夠信賴的對象只剩下哥哥。

說到這，王叔叔也該出場了。我們家的歷史，王叔叔也佔據了許多頁。王叔叔住台北，是父親國中時期的朋友，根據父親說法，王叔叔絕頂聰明，不愛念書，名次卻贏了所有人，把很多孜孜矻矻的同學給氣得跳腳。王叔叔一從台大畢業，就飛去美國攻讀物理，在當地做了幾年教授，又為了照顧母親回到台灣。一年至少有三、四次，父親開車載我們全家去拜訪王叔叔。王叔叔教會我「捷運」兩個字，他可以信手畫出路線圖，要我跟哥哥想像，中間那條線一旦通車，聯繫左右兩條線，將徹底改變台北。王叔叔的妻子，晨雅阿姨說王叔叔跟政府一樣一廂情願，跟王叔叔不同，她對於人們搭乘捷運的意願很是悲觀。父親跟母親也喜歡討論這對夫妻，母親支持晨雅阿姨，她說，捷運再怎麼方便，也比不上開車或騎車。父親說王叔叔才是對的，不為什麼，王叔叔沒有答錯過。哥哥對於這話題一點也不關心，他對於小鎮以外的動靜都興致索然。至於我呢，我不相信王叔叔的說法，王叔叔難道沒看清，台北夠讓人嘆為觀止了嗎？就像第一名的學生，很難再得到進步獎吧？

北上訪友前一天，母親會坐在梳妝台前苦惱良久。我聽過她和父親埋怨，晨雅阿姨的品味太好了，她很有壓力。母親的品味不惡，即使如此，跟晨雅阿姨站在一起，她仍輸得退無可退。我想起院長曾輕快地祝福我，若認真把書櫃裡的書給讀完，也許能跟他的兒女一樣，申請上很好的大學，在城市就業，過著時尚的生活。我抬頭望著院長，他是一位身材高大，面容和藹的老先生。我那時很感動，他如此祝福我，我在腦海中勾勒著我成為晨雅阿姨的一天，渾然不察，那件事即將發生，我從此再也見不到這對台北夫婦。

年紀增長，我日益明白，鎮上的人，包括我的父母，都背負著祕密在過活。

院長會打老婆。母親聽鄰居說，鄰居又是聽國小校門口對面帆布店老張的妻子張太太說。一晚，張太太想把娘家寄上來的芒果分一些給院長，感謝院長治好了她的腳痛。天色昏暗，路燈又一如往常要亮不亮。院長的別墅有一個寬敞的院子。張太太把車停好，從大門往內望了一眼，她目睹的景象把她嚇得不敢按電鈴：一名女子只穿著膚色內衣褲，面對著別墅的門，頭低著，罰站似地動也不動。張太太定睛一看，是院長夫人，鎮上最優雅、端莊的院長夫人。院長出現了，他的身影與穿著相當好認。他坐在一張板凳上，臉上的表情一團模糊，院長夫人跪了下來，院長從鞋櫃後抽出了一根棍子。

這時，張太太逃跑了，她躡手躡腳地回到車上，推了一段距離才發動機車。我曾聽母親跟鄰居議論，張太太很可能沒說出真相，在那處境下，有誰捨得離開？張太太說不定看到什麼精彩的畫面，怕說出去，被院長找麻煩，才刻意留下一個語焉不詳的結局。我倒認為張太太沒有保留，換作是我，也不敢看下去的。即使是院長打人，我或許也會覺得是偷窺的自己的錯。況且，想到院長夫人衣不蔽體，莫名地有股顫慄與不安，從我的腹部深處一寸寸升起。院長夫人的身體小小的，小小的臉，小小的肩膀，比我還纖細的腳踝，以及小小的腳，她令我聯想到鳥，骨頭細細的，撐不了多少重量。她對人有些冷漠，不像院長一年四季掛著充滿朝氣的微笑。她偶爾會來醫院，看著人潮來去，一臉心不在焉。母親笑我年紀輕輕不懂事，她說，院長夫人是在看有沒有護士勾引她的先生。

院長夫人要買衣服，不是我們以為的請司機載她到市區，而是乘著飛機去日本。母親一度很著迷院長夫人的針織外套，她想著穿上那件外套去台北給晨雅阿姨看上一眼。她請一位照顧我多年的護士代問，那件在哪裡買的。護士帶回答案，銀座。母親問父親，銀座在哪裡？父親說，不清楚的事問王叔叔就對了。王叔叔親切地回答，銀座位於日本東京，是「全亞洲最繁華、最漂亮的地方」。哥哥逞強地追問，銀座有比台北還要熱鬧嗎？王叔叔愣了一下，放聲大笑。直到我們回家，他都沒有回答這個問題。

我明白了，銀座跟台北是不能放在一起比的。換句話說，能夠去銀座買衣服的院長夫人，了解銀座的王叔叔，與我們這個小家庭之間，也存在著一條隱形的界線。穿著銀座買來的針織外套的院長夫人，有時也只能穿著內衣跟內褲被先生教訓。這些畫面拼裝在一塊，讓我格外不適。不過，母親跟院長說話，依然非常客氣和恭敬。我也繼續崇拜著院長，並且相信院長說的話會實現。

我認為，這裡的人，哪怕跟院長一樣有錢、聰明、備受尊重跟信賴，內心仍懷著神祕期待：離開這裡，像院長的兒女在那些光鮮亮麗的大城市生活，才是最完美的成就。我問過哥哥，你有沒有偷偷地希望，王叔叔是我們的父親？相親相愛的台北人，王叔叔跟晨雅阿姨，竟沒有小孩，命運是公平，還是不公平呢？哥哥敲了敲我的前額，他始終接受我腦中各式各樣的幻想，唯獨這個念頭他非常不諒解。哥哥說，人是不可以否認自己的出身的。這句話在我的腦海留下深切的鑿痕。

◈

我跟哥哥之間幾乎沒有祕密，之所以說幾乎，表示我對哥哥仍有所保留。

一晚，父親又喝多了，他雙眼緊閉，遠遠看就像昏了過去。哥哥取消了遊戲，他拍拍我的肩膀，我們上樓吧，爸睡死了。我推開哥哥的手，在父親身邊坐下，伸手拉他的手腕，心中是不安的鬼影。我在醫院的時間比一般小孩還要長，有些人被送進醫院來，也如同父親這樣雙眼緊閉，體內尖銳到幾乎要把我刺破的直覺告訴我：他們已經死了。父親還沒有散發出那種氛圍，我只是過於不安。

父親倏地睜開眼露出我從未見過的、充滿魅力的笑容，他伸手捧著我的臉，細細地說，小河，妳怎麼來啦？下一秒，父親起身，抱緊了我，他灼燙的體溫從我的皮膚表面迅速傳遞到內心，我嚇得把父親推回沙發上，轉頭望向身後的哥哥，他以眼神詢問著，怎麼了？說不上為什麼，我才要跟哥哥訴說方才的插曲，一眨眼，又不敢說了，父親的眼神刻劃著憂傷，我感到遭受冒犯，轉眼又同情起他。

人如何這般矛盾？我跟著哥哥一階又一階回到了三樓。獨處時，我會輕輕地倒映那個晚上的回憶，小河是誰？我甚至沒見過父親用這種撒嬌的口吻跟母親呢喃。我把這些疑問深埋於心底，縫上了我的嘴唇。

偏偏祕密是這樣的，你越是假裝它不存在，它越是在你的人生中佔據一個優勢的地位，你到哪都得繞過它，隨著日子累積，你想保存這個祕密，與你想消滅這個祕密，兩種念頭會不斷地在你內心競賽，把你弄得筋疲力竭。

我們第一次搭上那條王叔叔矢口會改變台北的路線時，父親跟王叔叔早已老死不相往來。我走進車廂，想起王叔叔，我趕緊閉上眼，任由搖晃的車廂把我的思緒擺盪至遠方。如今回想，倒有些可惜，我也許該睜大眼，不要錯過爸、媽與哥哥的神情。在那短短的數秒鐘，有誰跟我一樣，冷不防回想起王叔叔曾經帶給我們家這麼多的歡樂？

我受不了自己的記性，與其說是記得的能力太好，不如說是遺忘的本事太差勁。

◆

眼前的女人皺起了眉，呼吸變得急促，她要醒來了嗎？我睜大眼，無微不至地注意著她的一舉一動。說不上為什麼，即使她這樣對我，一股奇異的感情仍無聲地驅策著我，讓我不由得細看她的臉龐，這很危險，若她睜眼與我四目相交……。想到視線交繞帶來的折磨，我打了個冷顫。真想問她，對於自己的作為，後悔過嗎？我閉上雙眼，待在地下室太久了，外界時間的變換漸趨模糊，體內的時鐘失靈，我拉直小腿，想讓血液暢通，太陽穴周圍泛起大片的疼痛，牽引出了另一層回憶。不管我要不要，在腦海自動地搬演。

◆

我說謊。

我沒有朋友是騙人的。我有過朋友。但我總是要求他們無條件地包容我，他們最終都離我遠去，徒留我在原地，氣急敗壞，淚流滿面。

國小五、六年級，我跟一個女生好上了，她的名字好美，瑤貞。瑤貞是個誠實的孩子，在我讚美她的名字時，她害羞地摸摸自己的耳朵，向我坦誠她的名字是舅公取的，舅公在北部大學擔任教授，瑤貞的母親懷孕時，跟舅公許討一個象徵好命的名字。我很感謝瑤貞說出真相，這樣才對，好的事物都來自遠方，荒蕪的小鎮不應出產這麼美的名字。

美好的名字並沒有應許瑤貞的好命。我倆之所以成為好友，並非出自什麼相知相惜，而是被動地被歸為一隊。自三年級起，座號三十一的女生，帶頭欺負我。我跟三十一的糾葛，大人們要負極大的責任。

國中時，有一次作文題目是「性善與性惡」，國文老師當著全班的面大聲朗讀我的作文。那篇作文我還收藏著，十四歲的我是這樣寫的：

「小時候，我有氣喘，常常請假。每一次我去上學，導師都會在講桌上，拜託大家好好照顧我，不可以看我身體不好就欺負我。如果被她抓到有誰對我沒禮貌，扣優點卡三格。如果人性是善的，跟孟子說的一樣，導師為什麼要這麼做呢？同學不是理所當然會對我好嗎？而且導師根本在幫倒忙，樂極生悲，同學們一下問我為什麼不乾脆住在醫院？一下又問我，家裡是不是有給老師錢，老師才對我特別偏心。」

國文老師把我罵得狗血淋頭，她說，作文不是用來批鬥老師的。小學生一點規矩、禮儀也沒有，願意帶這些小朋友的老師，都是善良的好人。她命令我罰站了一整堂課，補交一篇，她要在新的作文裡看到懺悔跟反省。我忘了自己有沒有重寫，只有印象我把這篇作文讀了好幾次，還是無法領悟國文老師的教訓，只挑到「樂極生悲」應改為「事與願違」。

有兩個學期，三十一擔任副班長，點到我的時候，她會故作感動地昭告天下：哇，妳今天有來，好偉大。有些同學會應和她，多數的人只是僵硬地轉過頭去，裝作他們什麼也沒看到。一度三十一對我很友善，會跟我打招呼，或是在我經過她的座位時，只是看著，沒有口出惡言。在我以為厄運到此為止，三十一又發下信紙，要同學票選班上最討人厭的女生，她寫上我的名字，其他同學也配合她，在我的名字旁邊一橫一豎打上正字記號。我不是沒想過要告訴哥哥，可是，一看到哥哥，百分之百地溫柔、發誓會保護我的、純真又勇敢的臉，我一個字也吐不出來。我不想讓哥哥為我難過。所以，好幾次，哥哥躺在我的面前，邀請我玩「摸臉摸到睡著」的遊戲，我伸出手，自鼻梁到嘴唇，從上而下，在他的臉頰如同畫貓咪鬍鬚似地撇上好幾痕，以整個掌心覆蓋住哥哥的臉頰，摩挲。我克制、壓下傾訴的渴望。我不能永遠依賴哥哥。

五年級分班結果揭曉，我竟跟三十一又同班了。新的導師姓方，屢屢強調，她是被逼著教五年級的，這年紀既沒有四年級的嬌憨，又缺乏六年級的懂事。開啟了「五年級學生有多討人厭」的話題，平日喜歡使喚班長去泡茶的方老師，也能在滴水不進的情形下，流暢地講完一整堂課。方老師強調，五年級的女生又比男生難搞，脆弱易感、無理取鬧，動輒以為自己是八點檔的女主角。她得跟大家約法三章，若心底有委屈，自行解決，不要找她告狀。她不會像以前那樣干預，小女孩跟小女孩的遊戲，她玩不起。見我們陷入靜默，方老師又說，很多年後你們都會忘記小時候的自己有多殘忍，大人不是，大人會記得被辜負、利用的每一分、每一秒。

方老師說話時，我故作撿拾掉落的橡皮擦，想看清三十一的表情，我很好奇三十一怎麼解讀方老師的發言。沒料到三十一根本沒在聽，她埋首用力搓出橡皮擦屑，輕盈捏起，灑在瑤貞的頭頂上。瑤貞很漂亮，她比學校多數的女孩都漂亮，不過。她常流露出一種笨拙的表情，不管跟她說什麼，她都要過個好半晌，才勉強反應過來地頷首。有人猜測瑤貞是不是智障，偏偏班上四十個同學，瑤貞在十幾名左右，也算不差。三十一是瞄準她哪裡？我不知道，或許欺負一個人，跟愛上一個人一樣，不需要理由。下課玩鬼抓人，我跟瑤貞一再被指定當「鬼」，這遊戲讓我幾欲窒息。我跟瑤貞還不夠像「鬼」嗎？想親近誰，誰就躲閃、逃避。有一回，三十一故作慷慨地問，給妳們決定，誰要當鬼？在我說出「瑤貞當鬼」的前一秒鐘，瑤貞開口了，照舊是那慢慢吞吞、拖沓不決的傻樣，她說，我當鬼吧，我喜歡當鬼，反正我跑得很快。瑤貞的語氣很平靜，我驚訝地抬頭看她，她以唇語說，沒關係。

從此，我天天帶兩包巧克力餅乾到學校。一包給我，一包給瑤貞。科學麵一包六元，巧克力餅乾一包三十元。那是十一歲的我能想到的奉獻。謝謝瑤貞自願當鬼，我才可以當人。我在文具店買了精緻的信紙，墨水有香氣的彩筆。我寫信、傳紙條給瑤貞。瑤貞，妳好嗎。瑤貞，妳有兄弟姊妹嗎。瑤貞，妳的爸爸媽媽感情好嗎？瑤貞，我不太好。我有一個哥哥，他對我很好，保護我，照顧我，可是，瑤貞妳現在會想談戀愛嗎？瑤貞，大人的世界好複雜。我爸爸媽媽他們吵架了。媽媽在房間哭，好吵。瑤貞，哥哥說，那是大人的事，我們安靜等待，他們會沒事的，真的是這樣子嗎？瑤貞，我好難過。妳有時間的話，安慰我一下下好嗎……。

到了放學，瑤貞會請人轉交給我的回信。我們不能公然來往，害怕激發三十一惡毒的心眼。我陷入幻想，我跟瑤貞是童話故事中，被巫婆綁架、困在城堡裡的公主，必須用智慧化解危機。我著魔地比較瑤貞跟我的差異。她的睫毛好美。她的小腿比大腿修長，膝蓋有一塊嚇人的粉色疤痕，來自小二的一場車禍，瑤貞從機車後座被拋出，飛了幾公尺，右膝著地。瑤貞出過車禍，我沒有。瑤貞還有一個傷疤，在右手掌心下緣，她從腳踏車摔下，被路面石頭劃破。她反問我，妳學騎腳踏車時難道沒有摔過嗎？我搖頭。哥哥守在我身後，沒有一秒鐘鬆懈。瑤貞歆羨地望著我，說，妳有一個好哥哥。我的弟弟跟妹妹都是討厭鬼。

瑤貞說她父親在外地經商，母親在家照顧三個小孩。我沒有見過瑤貞的父親，倒是看過她的母親跟阿姨幾次。瑤貞的母親好滄桑，皺紋彷彿河流，侵蝕了她的臉皮。我問瑤貞，妳母親很晚生小孩嗎，她看起來像是妳的阿嬤？瑤貞不失禮貌地回答，媽媽二十八歲生我的。

瑤貞是我第一個朋友。我興奮到什麼程度呢？我做夢，不只一次，夢見我咬她。不是輕輕的、好玩的咬，而是把瑤貞身上的一部分給咬了下來。夢裡我叼著那塊肉跑來跑去，喜悅、放肆、天馬行空。我如夢似幻地醒來，高聳的人影坐在我的床頭櫃，定睛一看，是哥哥，他愁容滿面地問，妳好吵，妳是不是中邪了？一下子笑，一下子全身捲起來哭。妳還好嗎？偷看鬼片了？我坐起身，氣喘吁吁，沒辦法說話。哥哥跨過我的身子，抽了幾張衛生紙，幫我擦掉脖頸的汗，隨即伸進我的睡衣內，哥哥察覺了我身體拉緊，悶糊地說，妳的背都是汗，不擦乾，待會妳睡著了會感冒的。哥哥的話不無道理。我停止抗拒。

哥哥請我形容自己的夢境。我很清楚不能全部講出去，否則哥哥會太好奇，哥哥很善良，但我慢慢明白，善良的人依然會好奇，一個人太好奇會惹出麻煩，否則不會有句話是，好奇心殺死一隻貓。我撒謊，我看了一則新聞，女學生因為想分手，而被砍了十幾刀。我夢見那個女生。哥哥把我擁進懷裡，悉心安撫，別怕。妳跟那種女生不一樣，妳會乖乖的，不會讓自己陷入危險，對吧？我想不起自己怎麼回答，大概是半聲不吭，當作承認。

學校提早放學的日子，我提議去瑤貞家，我渴望跟瑤貞親近，但又不想要讓人撞見。我們兩人躺在她微微散發汗味的粉紅色床單上，漫無邊際地聊天。瑤貞提出幾個她不會寫在信裡的問題。妳會摸自己的那裡嗎？妳如果挺胸，小腿拉直，腳跟往上勾，會不會有一種感覺？瑤貞也會被這些對話弄得出現特殊的反應，臉會變紅，吐在我臉上的氣息也熱黏黏的，好像夏日午後，空氣變成膜，裹在身上。瑤貞有一種味道，不是隨時都有，難以形容，有點特殊，令我聯想到水果放久了散發出的氣味。我會趁瑤貞不注意時，用力吸氣。

後來，我在班上聽到一個風聲，班長鍾昶宇被問到「班上的女生誰最漂亮」時，選擇了瑤貞。鍾昶宇膚色很白，眼睫毛長長的，鵝蛋臉，脣紅齒白，像混血兒，他不是第一名就是第二名，可惜不太擅長運動，沒跑大隊接力。就算這樣，喜歡他的女生還是很多。我提醒瑤貞，說不定這是一場嶄新的惡作劇把戲，妳不要輕易掉進陷阱。聽到我這麼說，瑤貞嘴角下垂，泫然欲泣。我不敢置信，瑤貞竟然信了。我奇異地感到憤怒，分不清是對瑤貞，還是散布這流言的人。我費心說服瑤貞，妳信了，妳就完了。瑤貞的眼淚大顆大顆掉下。我們躺在她的床上，瑤貞細數鍾昶宇的可疑行跡：放了一盒牛奶在她的桌上，改她的數學考卷多給三分。瑤貞的臉一下緊皺，一下紅潤。說到激動處，瑤貞身體略往前傾，發育中的胸部看起來更圓了。我記得自己竭力端出中立的語氣：喝牛奶會拉肚子。鍾昶宇要害妳，三十一教唆他這樣做。瑤貞的蠢笨與憨甜在此時發揮了意想不到的效果：我隱約地貶低她，她也能極快地恢復。我險些沒脫口而出，妳以為像我們這種人，憑什麼被鍾昶宇看上。

瑤貞生日那天，鍾昶宇請同學轉交了一盒巧克力。我送上精心製作的卡片。瑤貞雀躍地讀著我寫的字，我卻感覺到她的心飄向那盒包裝精緻的巧克力。我預期她會分給我一些，等到放學，她沒有再把那盒巧克力從書包內抽出來。瑤貞最懂如何掃興了。

三十一不知從哪得到內幕，她間接地把瑤貞算成鍾昶宇的一分子，減少對我們的欺凌。我理應喜悅，又鬱鬱寡歡，瑤貞不再對我忠心，我想找她傾吐心事，她也只是魂不守舍地聽著，她好像變靈光了，懂得閃避我的話題，丟出自己的困惑，瑤貞跟我描述一個又一個場景，請我分析鍾昶宇是不是釋放了什麼暗示？有些一聽就知是她的綺想；有些貌似有譜。

體育課練習趣味競賽，瑤貞給自己絆倒了，她坐在地上抱著大腿哀嚎，我走向瑤貞，有個人超越了我，是鍾昶宇。隔著瑤貞只剩三、五步的距離，鍾昶宇停下，我也跟著停下腳步，注視著鍾昶宇。鍾昶宇做了一個行為：他咬著牙，低聲問，妳快啊，妳在幹什麼。我意識到自己多麼可恥，有一瞬間，我以為鍾昶宇會跟我說什麼。在這緊要關頭，瑤貞又變笨了，她渾然不察自己成了我們爭執的核心，她試著撕開膝蓋掀起的皮，並發出更嘹亮的哭喊。我們合力把瑤貞撐起來，朝著保健室邁開步伐。經過這風波，同學們大致上相信了班長對瑤貞的感情，瑤貞安全了。

我只剩下瑤貞對我的坦承，她跟我更新每一個微小的、食之無味的改變。我把瑤貞說的每一句話，都詳細地抄在我的日記裡。我耐心地紀錄，不可自拔地關注著瑤貞的感情。時序進入夏季，空氣黏濁。師長要我們提早規劃國中生活。多數同學會直升隔壁的國中，也就是說，我們要看著同樣的幾張臉度過未來三年。我不懂，這有什麼好規劃的。

這時，發生了一件大事。瑤貞跟鍾昶宇起了誤會，瑤貞想寫一封信給鍾昶宇，表述她的心意。她搖晃我的手臂，懇求我代筆。瑤貞的理由很正當，我文筆好，又清楚他們之間的點點滴滴。我一個晚上寫好，瑤貞看了，摟著我的肩膀，她的味道又滲進了我的鼻腔，她泫然欲泣，在我耳邊低語，妳最懂我了。我聽從瑤貞的指示，把信嵌進鍾昶宇的書包，夾在課本之間。

隔天，鍾昶宇再也不看瑤貞了。幾天後，拍畢業照，他與瑤貞如對角線各據一端。瑤貞哭著問我，那封信怎麼沒有派上用處。我輕拍瑤貞顫抖的肩膀，勸哄她，妳太自作多情，成了笑柄。沒關係，我在，我都在。瑤貞，我陪妳走出來。妳不要再想著要去跟鍾昶宇說清楚了，那只會更丟臉，到此為止。反正要畢業了，暑假大家好好想一想。妳會好起來的，好險妳沒有放**真正的**感情，對吧？

暑假來臨，瑤貞得消化失去鍾衵宇的苦澀，我的父母則決心揭開傷疤，清理他們婚姻中的淤泥。我聽見他們提起王叔叔跟晨雅阿姨，母親憎恨地大喊，你們怎麼對得起我們。我逃到瑤貞家，逃難一般奔上樓梯，跳到瑤貞的床上，我把臉埋進她的枕頭，暑氣把瑤貞蒸出了一身汗水，瑤貞的家裡又不給她裝冷氣，那味道更濃厚了。我昏沉地想，搬來跟瑤貞住個兩、三天吧，大人會答應的。瑤貞坐在床頭，異常安靜，若有所思。

那幾個星期，我們的初經都來了，沒有意料中的驚慌失措，很安分地接受身體的成熟。我被瑤貞的神情轉移了注意力，那寧靜的側臉讓她老了好多歲，像個成年人。瑤貞眼中滾出一顆顆眼淚，我問，還在為了鍾衵宇難過嗎？瑤貞搖頭，說她要搬家了。

我坐起身子，一下子清醒了。我問，去哪裡？你的弟弟跟妹妹不是還沒畢業嗎？瑤貞遲疑了好一會，才說，我爸出來了，我阿嬤說，不管怎樣我們是我爸的小孩，要珍惜跟爸爸重新開始的機會。我一頭霧水，出來？妳爸爸本來在哪裡？瑤貞回答得很理智，不若她平素的遲鈍：監獄。我爸很多年前騙了朋友的錢，很多，不是一、兩百萬那種，我們沒有錢幫他請律師，他去坐牢了。

我啞口無言、呆若木石。這解釋了許多事，瑤貞母親的衰老，我為什麼在這個家屋裡遲遲目擊不到男主人的蹤跡，啊，瑤貞那揮之不去的緩慢、平庸……都是保護色。瑤貞悄悄跪坐在我的膝蓋旁。我想起自己寫給瑤貞的眾多文字，沒有瑤貞，沒有那些紙，那些筆。

我偷過筆，罕見的、櫻花般的淡粉紅色，我試在手上，就好想要用這支筆寫信給瑤貞。我趁著老闆與熟客閒聊，把那支筆放進自己的口袋，又晃到書籍區，直覺提醒我，一得手就離開書局，會引起疑心。過了三、五分鐘，我往門口移動，老闆喚住了我，他的雙手倚靠櫃檯，臉上笑容可掬。他第一次說話時，我被心跳聲分了神，硬著頭皮請老闆再說一次，第二次我聽懂了，老闆誇獎我的氣色變好了，爸媽在我身上砸了這麼多錢很值得。我謝過老闆的關心，跨出書店，一過了轉角，我再也按捺不住歡呼尖叫，喜悅取代了罪惡感，佔據了我的心。

瑤貞，我第一個朋友，我的全部朋友。她要離開我了。瑤貞拚命地眨眼睛，她哽咽地跟我道別，才不是為了鍾昶宇，他的事情，妳要我放下，我就放下了。我捨不得的是妳。妳是我這輩子最好的朋友。妳放心，到了新家，我會寫信給妳，也會打電話。我們來約時間，妳要接我的電話啊。瑤貞的言語如海浪撞擊上岩石，破碎，又閃著光芒。

憤怒、難過、背叛，許多感受在我的胸口激盪。

我瞪著瑤貞，流下眼淚，我氣惱地喊，我以為我們會一起上國中的。瑤貞的眼淚流得更急，她哀求，妳不要生氣，我媽逼我們的，她叫我千萬別說出家裡的事，不然我阿姨不敢再把房子借給我們住了。我們沒有讀同一所國中，不過我們的心會在一起的。

我獨自散步回家，把整件事從頭到尾又想了一遍。瑤貞的家採光奇差無比，卻不習慣開燈，走廊總是暗暗的。壁紙有浮凸的顆粒。房間的隔板薄得不可思議。我跟瑤貞說話時，她得反覆地請我壓低音量，怕她母親聽見。還有我跟瑤貞阿姨的初次見面，她坐在餐桌前，前面擺著一碗粥，一碟鹹魚跟一盤青菜。她混濁的眼珠定定地看著我，幾秒後，她訓斥瑤貞，聲音粗得驚人，妳帶朋友回來，怎麼沒說呢。我把這話解讀為不歡迎我的表現，不敢再往前一階，那女人又下了指令，冰箱內有切好的西瓜，妳拿進去房間請妳朋友吃吧。

我曾那麼介意，瑤貞對自己的家人老是躲躲藏藏。每一件小事，都是拼圖，我太執意整理已有的拼圖，沒有察覺，瑤貞是用「空白」訴說她的人生。瑤貞的母親是怎麼帶著三個小孩來到這小鎮投靠她的姊妹，而她們又跟小孩叮嚀、囑咐了什麼呢？不要相信外面的人？不要交太親的朋友？

早知如此，我何必調換瑤貞的信？白忙一場。

真相是這樣的：我給鍾昶宇的信是另一封。我了解鍾昶宇，遠比瑤貞的程度還深。我每一天、每一天聽著瑤貞描述鍾昶宇的一舉一動，以及鍾昶宇對她吐露的心事，要用瑤貞的名字傷害鍾昶宇，一點也不困難。我成功了。我賭對了。白馬王子愛瑤貞，更愛自己的尊嚴，鍾昶宇甚至嚇得不敢找瑤貞談判。我還在品嚐勝利的餘韻，瑤貞卻說她要走了。瑤貞果真走了，不到一個禮拜，瑤貞按了我家的門鈴，她臉色蒼白，又恢復成那膽小、笨拙的樣子。她說，父親提早來接他們，她來不及好好跟我說再見了。她把一封信往我的懷裡塞，喃喃低語，我還不能確定新家的地址，我再告訴妳，妳要等我寫信給妳，我一到新家也會打電話給妳。說完，瑤貞伸出手，用力地摟了摟我，她身上的味道最後一次包裹著我。

瑤貞一走，我把她的信立即撕毀。她又寫了兩封信給我，電話好幾通，我的態度決絕。在最後一通電話，瑤貞提出一個問題，妳是不是很生氣我沒有跟妳說真話。我說，對。我覺得被騙了。瑤貞才想解釋，我把電話掛上。她不放棄地又打了好幾通，我走投無路，只好跟哥哥告狀，有個女生在跟蹤我，像個變態。不知道哥哥跟瑤貞說了什麼，她再也沒打來。

沒有瑤貞的我，度過了一個寂寞不堪的夏天。

三十一為什麼恨瑤貞？又為什麼恨我？我跟瑤貞從外表到內在，有什麼神似的特徵嗎？瑤貞跟我同受欺壓，瑤貞被愛上，命運從此不同，我則不然。瑤貞到了新的住所，也如同她在鎮上一般，隱藏著內心的祕密，開啟一段清新的友誼嗎？我懷念瑤貞，但也怨恨著她。

人是不可以否認自己的出身的。

哥哥，這麼多年來，我還是很想問你，你還相信這句話嗎？你不害怕擁抱這種想法的人，到頭來只能越活越絕望嗎？我們難道無法容忍一絲絲的希望與救贖嗎？

Chapter 5

第五章

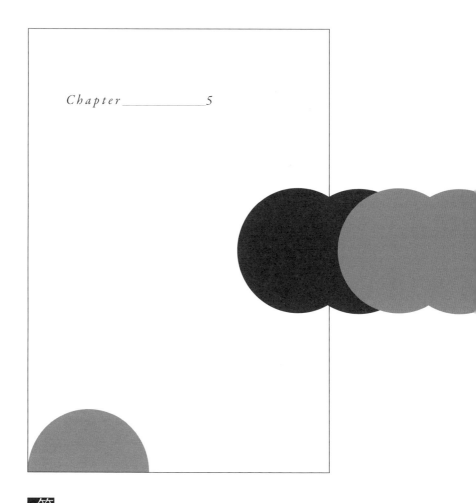

◈

范衍重以眼角餘光注意著儀表板上的時速。他嚴重超速了。吳啟源的話在他腦中揮之不去，彷彿撕下海報後壁面餘留的殘膠。怎麼樣的人會把自己的家庭藏得這麼隱密？正常人會這樣做嗎？兩種思維在范衍重的腦中各自擴散：一是，吳啟源在說謊。他只是比較友善的黃清蓮，懂得把對於吳辛屏的惡意以一種質樸、帶點委屈的方式呈現。

范衍重執業多年，上過這種人的當。這些人，令他又氣餒又驚豔。他們的雙手通常是帶點神經質地交握著，敘事含蓄、字斟句酌，批評別人時，也會真誠地流露出苦惱、自責的神態。

范衍重剛考上律師沒多久，屢屢被這些人打動，一方面慶幸自己在人情義理上沒有遭遇什麼恐怖的考驗，一方面感傷於人與人的欺凌如此頻繁。他在餐桌上跟李鳳庭討論這些人的苦痛與折磨，李鳳庭很識趣地應聲，你現在才知道社會有多陰險，睜大眼睛、仔細看，這些都會成為你寶貴的經驗。之後，他跟著老闆張國貴上法庭，看著對造律師提出的證據，范衍重的認知與信念被擊潰了，李鳳庭的話再次穿入他的內心，**你現在才知道社會有多陰險**。他寄予同情、信賴的那些人，都在說謊。

范衍重一直期待張國貴會找個時間，教他怎麼判斷當事人的說詞真偽，等到范衍重處理的案子多了，才懂得張國貴為什麼保持不語。這得自己去體會：人會想盡辦法為自己製造受害情節，不這麼做，他們難以度日。也就是說，這些人否認自己的犯行，不是因為他們惡性頑強，才能夠心安理得地說出與現實不符的言論，相反地，可能源自於他們內心仍眷戀著自己善良正直的一面。

吳啟源是這樣的人嗎？幾小時的相處，已足夠范衍重判斷出吳啟源儼然是黃清蓮的應聲蟲，他對吳辛屏的認識，可以不受到黃清蓮的污染嗎？但，吳啟源電話中的語氣，瀰漫著老實、木訥的特質，吳啟源有能力經營這麼長的謊言嗎？他看起來腦袋並不靈光。還是說，吳辛屏才是**那種人**，勢利又刻薄，唯獨在范衍重面前，修飾出一個無辜的自我。

范衍重一層層推敲，吳辛屏是發自內心地疼惜范頌律嗎？吳辛屏企圖獲得什麼？按照黃清蓮與吳啟源的言論，吳辛屏貪圖榮華富貴？這不是多數人的嚮往嗎？再說了，范衍重給了吳辛屏一張副卡，連帶按月匯入五萬元的家用到他為吳辛屏辦的戶頭。吳辛屏不怎麼刷那張卡，戶頭的錢也是合乎正常家庭使用地消耗。她要的是錢嗎？范衍重糊塗了。

這時，顏艾瑟的身影又悄悄地、優雅地走進了這複雜的腦內迴路，再一次朝他伸出手。顏艾瑟問過他許多問題，最常見的一則是，衍重，在這世界上，你最愛的人是我嗎？范衍重不假思索地點頭，反問，妳呢？這個世界上，妳最愛的人是我嗎？顏艾瑟歪著頭，完美的脖頸線條一覽無遺，她慢了兩秒鐘，綻露燦笑，**當然**。

與顏艾瑟離婚的頭幾個月，范衍重把范頌律送到李鳳庭那裡，一個人過生活，從前的興趣跟嗜好再也勾不起他的精神，他看起一些過往嗤之以鼻的節目。不怎麼樣的藝人，不怎麼樣的棚內，對著不怎麼樣的主持人，敘說著不怎麼樣的婚姻煩惱。范衍重放下遙控器，打開他請助理買的便當，讓他幾乎叫不出名字的藝人的聲音圍繞著他，想像他們在自家走動，說話，范衍重感覺到被陪伴的舒適，最棒的是，他不必回應這些人的好奇心。這些人不會突如其來地湊近，開啟話題，衍重，你還好嗎？要不要見面？談一下你跟前妻之間究竟是怎麼了？為什麼記者把你說得這麼恐怖？

有一集節目的主題是信任，標題下方有一行深藍色的小字，「你會偷看另一半的手機嗎」，一位留著短髮、容易臉紅的來賓說，「我跟我的另一半之間是沒有祕密的」，來賓緊緻的臉龐混雜著羞赧與恰到好處的自信，范衍重停止咀嚼，屏氣凝神，主持人俏皮地問，「妳確定嗎？也許妳的丈夫有一、兩個小祕密，妳不知道而已」。來賓被主持人給擾亂了節奏，臉上的微笑稍稍走樣，她深呼吸，試著穩定聲音，「不，不可能，我的丈夫有什麼事情，我一定會知道。我們都是很需要安全感的人，結婚前有說好，手機密碼要讓對方知道，定位也要分享，不這樣約法三章我們沒有辦法走進婚姻」。

范衍重關掉電視，真荒謬，這個女人清楚她在說什麼嗎？范衍重才不如此想，他覺得，很有可能，終其一生，人傾倒最多謊言的對象，就是他們的伴侶。很多人形容婚姻是一座牆，為了待在牆內，人必須維持某個奇特的外觀與生活。謊言是潤滑劑，不是絆腳石。

◈

補習班的一樓充斥著海苔飯捲的氣味，那是學生們放學後的點心，為了發送飯捲，西西一臉困擾地告知奧黛莉，頭頂上方有監視器，若她繼續跟奧黛莉交談，主任很可能會打電話來警告她。奧黛莉點了點頭，要西西先忙，她會耐心等待。

簡曼婷從教室走出，明明也看見了西西忙得不可開交，仍把一本書放在桌上，請西西影印十五份，按照順序訂好再給她。簡曼婷坐在奧黛莉的身旁，撐著下巴，吐出一口長氣，似乎想告知旁人她有多麼疲憊不堪。但是，連奧黛莉這個局外人都看得出來，簡老師的工作尚未正式開始。

簡老師胳膊厚實，皮膚煥發著奶白的光澤，坐在她旁邊，更襯托出奧黛莉骨瘦如柴的外觀。簡曼婷輕聲問，請問妳是誰的家長？奧黛莉沒有預料簡曼婷會跟自己說話，她竟結巴，明明只要把跟西西說的話重複一回，便能安全脫身，奧黛莉卻做不到，簡曼婷慵懶又不失凌厲的氣質，讓奧黛莉格外不安。

西西回答，「簡老師，她不是家長，是來找吳老師的。」

「哦？來找吳老師啊？」簡曼婷的視線掃過奧黛莉全身，「妳是她的朋友？」

奧黛莉點了點頭，目光轉向西西，西西承諾她手上的事告一段落，就打給范衍重。

「妳是吳老師以前的朋友嗎？」

「對。」奧黛莉並不是很想搭理這位陌生人，一心希望西西快些為她辦事。

「吳老師最近突然沒來上班了，不曉得發生了什麼事。」

奧黛莉心弦一鬆，簡曼婷語氣中的擔憂，讓她對簡曼婷產生一絲好感。

「是，我也很擔心辛屏，電話打不通，我們昨天約好要見面的，她從來沒有這樣過。」

「妳問過她的先生了嗎？」

「我沒有她先生的聯絡方式，只能來這裡問，辛屏跟我說過她在這附近的補習班工作，我剛剛找了兩間，都不是，以為自己記錯了，好險我沒放棄，還是有找到你們這邊。」

簡曼婷的態度變得十分柔和，她傾聽著奧黛莉，奧黛莉從簡曼婷的眼神中感受到鼓勵，她搖了搖頭，想甩掉腦中不斷浮起的記憶碎片。簡曼婷讓奧黛莉想到一個人，她想避免這樣。奧黛莉強迫自己專注在眼前。

「吳老師有沒有跟妳提過，她的先生是一位很有名的律師？」

「有，但她沒說太多。」

「怎麼可能？妳們不是朋友嗎？這樣也太見外了。」

「辛屏說……她老公滿重視隱私的。」

「原來是這樣。這也難怪，畢竟……她老公……嗯，」簡曼婷緊盯著奧黛莉的神情變化，發出一聲嘆息，「啊，算了，吳老師沒說，我也不要去講別人家的私事。」

「拜託妳告訴我。」奧黛莉激動地把手放在簡曼婷的掌上，兩人同時因為肢體的接觸，而顫了一下，奧黛莉的掌心冷如寒冰，簡曼婷的卻溫暖又蓬軟。

「妳有什麼線索，請務必讓我知道。」

「若之後吳老師知道我把這些事告訴妳，會對我生氣吧？」

「不會的，我會跟辛屏解釋，是我要求妳的。」奧黛莉急促地回答。

「那好吧。先說一件事，妳不能夠跟任何人說這件事是從我這裡傳出去的，假如有人問，妳得說是自己發現的。我只是一個小小的補習班老師，鬥不過人家大律師。」

「好，我答應妳，也謝謝妳願意幫忙，辛屏有妳這種同事真是幸福。」

簡曼婷停頓了幾秒，笑道，「對，所以聯絡不上她，我也很著急，不知是怎麼了。」

「太好了，」奧黛莉肩頸一鬆，壓低聲音，「我請櫃檯小姐幫我聯絡辛屏的先生，她心不甘情不願的，我還以為是不是辛屏在這裡不受歡迎。不然為什麼人都不見了……」

簡曼婷輕拉著奧黛莉的手臂，「去外面說，這裡不方便。」

一到門外，簡曼婷逕自往前走去，奧黛莉一頭霧水，連忙跟上。一進到便利超商，簡曼婷在架上挑選了兩盒巧克力，結帳後，她把其中一盒拆開，倒一些在掌上，伸向奧黛莉，順便解釋，「另外一盒是要給櫃檯的，我可不希望她跟主任打小報告，說我臨時離開。」

奧黛莉並不是很喜歡甜食，不過她還是拿了一顆，塞進嘴裡。糖分刺激著唾液的分泌，奧黛莉恍然想起，她一整天沒進食了。

◈

范衍重接起電話，是補習班。

「范律師，你會過來補習班嗎？這位小姐她……」西西為難地問。

「我待會有事，怎麼了嗎？」

「吳老師的朋友說如果她今天沒有看到你，她會一直待在補習班。」

「妳幫我跟她說，我不接受這樣的威脅。要見面可以，明天，我今天有事。」

話筒另一端傳來窸窣的交談聲。范衍重又聽到那女子的聲音，她慌張且高聲地跟西西爭辯著，不，他不清楚事情的嚴重性，妳告訴他，不然把電話給我，我自己跟他說。西西低聲下氣地拜託女子不要為難她。她得準時拉上鐵門，時間一到，主任會檢查。

兩道聲音模糊地交鋒，范衍重跟著心浮氣躁。

「范律師，她在櫃檯這，我沒有辦法做事。」西西壓低了聲音。

「好，我理解了，我大概一個小時到，妳先請她到附近的速食店等待，好嗎？」

◈

奧黛莉比范衍重想像得嬌小，目測在一百五十五公分上下，整個人套著一件過寬的襯衫。

范衍重還沒坐好，奧黛莉搶先一步開口，范衍重拉開椅子的手勢一僵。

「為什麼還不報警？」奧黛莉的雙眼充盈著戒備。

「許小姐，我們是第一次見面，我不認為妳有這立場決定我應該做什麼。」

范衍重覺得奧黛莉這稱呼太親暱，他問了女子姓氏。

「辛屏跟我約好了昨天見面，她從來沒有失言過。」

奧黛莉的嗓音含著一絲嘶啞。

范衍重深吐一口氣，拉開椅子，坐在奧黛莉面前。

「許小姐，請問一下，妳是誰？辛屏從來沒有跟我提過妳。」

「范先生，我知道你很困惑，」奧黛莉頓了一下，「這不好解釋。」

「妳不覺得妳在強人所難嗎？許小姐，我們將心比心，今天有人跑過來，說是妳伴侶的好友，可是妳的伴侶不曾在妳面前提過這個人，妳信嗎？」

整日奔波磨光了范衍重的理智，他拔高的音量引來隔壁一位中年男性的注視。

范衍重咬了咬牙，他得謹慎些，不能再引起關注。

「我是有證據的。」奧黛莉平靜地反駁。

「那好，證據在哪？」

「我知道你們兩個人之間的事情。」

「妳是說婚前協議吧？那不算什麼。我跟我的太太收入上明顯有一段落差，稍微有社會歷練的人，都可以做到這種猜測，這不是什麼太高明的證據。」

奧黛莉收起淚水，改以冰冷的眼神打量著范衍重。

「許小姐，我要很慎重地告訴妳，我不知道妳想要從我這裡得到什麼，但，補習班那邊有跟妳說過吧，辛屏不告而別，我很焦慮，也很緊張，現在只想專心找出辛屏。若妳沒有線索可以提供，請停止現在的惡作劇。否則，別怪我對妳採取一些行動。」

范衍重以為奧黛莉退卻了，他望向速食店的大門，做好離去的準備。疲憊如潮水般襲來，他宛如涉入泥淖，一寸一寸下沉，黃清蓮、吳啟源，以及那位非常鄙夷吳辛屏的詭異鄰居。此際，又多了一個來路不明的奧黛莉。范衍重想到一個哲學問題，假如一棵樹在森林裡倒下，沒有人聽見，它有沒有發出聲音？若沒有這些人物，吳辛屏的另一面是存在的嗎？還是說，對這些人而言，他，范衍重，才是吳辛屏的另一面？范衍重不禁多瞧了奧黛莉一眼，她身上的襯衫質料低劣，線頭綻露，腳上踩著老舊的雜牌休閒鞋，放在托盤旁邊的錢包，也像是購自地攤或書局的便宜貨。范衍重有些懊悔，他不應該為了跟奧黛莉見面，指派另一位受雇律師去為劉董服務，現在可好，他浪費了多少時間跟機會。

范衍重才想到一半，奧黛莉張口說話了。

「范律師，你平常也是這樣子對辛屏說話嗎？是的話，怪不得辛屏上次會說，結了婚並不表示天長地久。」奧黛莉咧開一抹難看的微笑，確認范衍重在傾聽，她嚥了嚥口水，說了下去，「辛屏說她要結婚時，我好開心，她是我最重視的朋友，雖然後來她說你們不打算舉行婚禮，我還是訂了高級餐廳，兩個人吃飯慶祝。沒記錯的話，你們是在九月去登記的吧。辛屏給我看你送的鑽戒。她很喜歡，說捨不得戴，都放在化妝台的一個盒子內，每個晚上睡前，拿出來摸一摸，你還笑過她，說這戒指也才五、六萬，丟了也不會太心痛，可以天天戴。」

范衍重的吐息隨著奧黛莉吐出的每一段話而越發沉重，這些日期和對話，只有他跟吳辛屏知情。他終於正眼看著奧黛莉，這女人完全稱不上好看，眼距太寬，唇色黯沉，清瘦的脖子跟四肢，給人一種病入膏肓的不祥預感。然而，范衍重也看到了奧黛莉的眼中有著不容錯辨的執著，他說不出什麼具體的感受，若要依憑直覺去描述，他會說，奧黛莉似乎對於吳辛屏抱持著某種情感。為什麼？他們兩個人之前又是什麼關係？

「范先生，我知道你很忙。他們有告訴我，你跟人有約。這可能是藉口，我暫時先相信。

我只希望你可以回答我，若辛屏**真的**失蹤了，你為什麼還不報警？」

「我有我的考量。」范衍重答得有些勉強。

「我有看到你之前毆打妻子的報導，而且，辛屏前幾天打電話給我，說你們結婚前約好的一些事，你有些地方沒說實話……范先生，你懂我在說什麼吧？」

奧黛莉動也不動地盯著范衍重。

在范衍重眼中，奧黛莉成了藤蔓，攀附上胸腔，蜿蜒纏繞，安靜地緊束，逼得他快要吸不進氣。

「我沒有對辛屏或我的前妻做任何事情。妳若有認真看的話，應該也會發現媒體只採用我前妻的說法，我前妻的背後是誰，大家都知道。這樣的新聞可以相信嗎？妳如果追下去，也有看到後面的新聞吧。稍微有點邏輯的人都應該看得出來，」范衍重咬緊牙根，「我的前妻為了跟她的新歡在一起，而誣陷了我。」

「你有沒有被誣陷，除了你跟你的前妻，沒有人知道真相，我在問的是你跟辛屏的關係，你們是不是吵架了。范律師，」奧黛莉的語氣轉瞬間變得很刻薄，「請容我懷疑你，畢竟你是個有前科的人。」

若人的怒氣能化為有形，那麼，在這一秒，范衍重真誠地希望他的怒氣能夠具象為一把匕首，往奧黛莉的脖子抹去，他在心底想像著奧黛莉的脖子往一邊倒去，如市場那些放血的雞隻，只能不甘心地瞠圓雙眼，再也發不出任何聲音。

「我們有爭執沒錯，但我們最後有談開。」

「范律師，」奧黛莉哀傷地笑了，彷彿在勸說冥頑不靈的孩童，「我怎麼信你，時間點太巧了，你們倆爭執沒多久，人就消失了。我不像你這麼聰明，可是我也不是笨蛋。」

范衍重如遭重擊，他看出來了，他終於看出來了，這個看似貧困且精神不穩的女人，是帶著惡意接近他的。范衍重果斷地起身，走向櫃檯加點了一杯可樂，飽含氣泡的液體一輸入嘴裡，范衍重才發現自己渴得厲害。糖分讓頹靡的精神宛若迴光返照一般回升，他直視桌面，逼自己想，對他而言，最可怕的後果是什麼？無非是奧黛莉去找媒體放消息，進入下一個問題，媒體會把奧黛莉的消息當真嗎？

這得看奧黛莉究竟是何方人物。

「許小姐，妳對我提出這麼大的控訴，換我要求妳一件事，不過分吧？」

「那要看你的要求是什麼。」奧黛莉謹慎地回答。

「妳那麼清楚跟我有關的事情，我卻連妳最基本的名字、年紀、職業，都不知道。」

「我只能告訴你，我跟辛屏差不多大，然後，」奧黛莉愣了愣，視線下垂，「我在一間餐廳工作，不過，我是不會說餐廳名字的。誰知道你會對我怎麼樣。」

奧黛莉縮著身子，錯過了范衍重臉上漾開微笑的一瞬間。

「許小姐，我得走了，不管妳信不信，我待會跟人有約。妳若懷疑我，就請直接去報警吧，我問心無愧。只是妳這樣做會不會害到辛屏，妳自己想清楚。最後，若妳有任何辛屏的消息，」范衍重遞出名片，「也請跟我聯絡，我話就說到這裡。」

奧黛莉沒有伸手，反而從自己的皮包內取出一張相片，推到范衍重的眼前。

那是一張放在塑膠套裡的照片，三個女孩背對著澎湖的跨海大橋，范衍重認出站在中間的女子是吳辛屏，她緊攬著左右兩側女子的手臂，右邊是奧黛莉，照片中的她一頭長捲髮，與現在的造型截然不同。左邊短髮、橄欖綠髮色的女子。范衍重瞇起眼，這人又是誰呢？吳辛屏笑得眼睛如彎月，露出整齊潔白的牙齒。范衍重無話可說，他沒看過吳辛屏如此快樂的模樣。難道這是黃清蓮口中，吳辛屏與家裡失聯的時期嗎？

奧黛莉收回相片，以掌心拂去指紋，看似相當珍惜這張照片。

范衍重沒有錯過她眼中一閃而逝的傷痛。

「這是什麼時候的照片？」

「七、八年前吧。」

「妳跟辛屏怎麼認識的？」

「若你一定要有個答案，」奧黛莉的眼神像是放棄了什麼，「不如把我們想成室友吧。我們曾經租了一間公寓，住在一起。」

「那另外一個女的又是誰？也是室友？」
「你看過這個女人嗎？」
「沒有，我沒有見過。」
「那就好。」奧黛莉的眼神閃了閃，「你沒見過她最好。」
一個想法升起，范衍重脫口而出，「妳去過辛屏老家嗎？」
「沒有，你去過？」
范衍重點頭，觀察著奧黛莉的反應。
「她的家人有跟你說什麼嗎？」
「她的家人應該要跟我說什麼嗎？」
奧黛莉瞪著范衍重，似乎領悟了范衍重的手法：只取不給。
「范先生，我只能說，假如她的家人說了什麼辛屏的壞話，請你不要當真。」
「這麼巧，她的家人也跟我說了差不多的話。」
「是嗎？」奧黛莉倒抽一口氣，「這種話，他們說得出口。」
「容我提醒妳，許小姐，妳也說了幾乎一模一樣的話。」
「那是因為我知道實際上發生了什麼事。」
「那妳說說實際上發生了什麼？」

「我不能說。」奧黛莉很冷靜地說，「辛屏自己才能決定要不要說。」

「你們都是瘋子。」范衍重低聲咒罵，「我真的得走了。許小姐，有必要的話，妳再聯絡我吧。」范衍重把名片擱在桌上，不待奧黛莉回應，他拎起公事包，轉身離去。

◈

一踏出速食店，奧黛莉快步走到路肩，找到水溝蓋，她彎下腰，吃力地乾嘔，什麼也沒有吐出來，黏稠的液體順著嘴角蜿蜒流下。奧黛莉一陣猛咳，口腔酸氣漲溢，臉因奮力而漲紅，眼中浮游著血絲。奧黛莉聽到路人壓低聲音的交談，八成在議論自己。若是其他的日子，她一定會非常難為情，但，不是現在，奧黛莉認為自己有義務，為吳辛屏掉些眼淚。才起了這心思，一陣風拂來，奧黛莉臉上一冷，才會意自己早已淚流滿面。

太不值得了，奧黛莉心想，辛屏，妳竟將就了一個不把妳看作一回事的人。

眼淚沿著臉的輪廓滾落，會不會吳辛屏已不在人世？想到這個可能性，奧黛莉聽見尖叫聲來回撩刮她的耳膜，她睜開眼要尋找聲音的來源，才懂了是自己的身體在發出尖叫。

奧黛莉想逃回她的套房，扭開浴缸水龍頭，把水溫推到幾乎要燙傷的程度再爬進去。

奧黛莉認為她不斷地被燙傷，沒有停止過。

一個人，若學會了一個很稀罕的語言，那他窮盡人生，也要把其他使用這語言的人給找到。

哪怕是一個也好，那麼，他們能夠在四下無人時，用這語言交談。哪怕學習這語言的過程多麼痛苦，他們也能因為遇見知音而有福至心靈的喜悅。

奧黛莉先找到吳辛屏，再來找到芝行。

她原本以為三個人能夠相濡以沫。

◈

昨天，奧黛莉在咖啡廳等到五點，她翻出兩人的對話記錄，確認自己沒搞錯時間地點，奧黛莉打了三通電話，傳了兩次訊息，沒看到回應的跡象，她停止發出訊號，把一大杯巧克力冰沙慢慢喝完。四點半，服務生走到桌邊，跟奧黛莉商量，五點到七點有企業包場舉辦說明會。五點一到，奧黛莉拖著腳步離開咖啡廳，她回到家，翻出芝行的新號碼，傳訊，「妳是不是又去找辛屏了。」

兩小時後，奧黛莉收到了回訊，「請問妳是誰？」，奧黛莉深呼吸，敲入自己的身分。這一次回應來得很迅速，「妳可能傳錯了，我才剛換這號碼兩個月。」

奧黛莉渾身乏力地跌坐在地上，芝行又食言了，說好不再更換號碼的。寒氣自地面沁入身軀，腦海如幻燈片播映起她、辛屏跟芝行在萬華小公寓的歲月。三人在客廳裡看電視，三言兩語地交換日常瑣事，冬日吃花生湯圓和橘子，夏日喝粉圓冰。公寓在四樓，一上了樓，任誰都懶得再爬下去。芝行最愛耍賴，肚子餓了就吃她和辛屏放在冰箱裡的食物，或是打電話給她們，央求她們回程順便帶她的宵夜回來。

奧黛莉跟芝行鬧過幾次彆扭，她覺得吳辛屏太縱容芝行，破壞了三人之間的平衡。辛屏也察覺了奧黛莉的不滿，刻意單獨把奧黛莉約出來，請她吃小小一盅就要兩、三百的法式甜點，讓她盡情地埋怨芝行。辛屏往往是這樣收尾的：我知道，每一次都是妳退讓，妳一定會有情緒。我也有。但芝行她好起來的時間比較慢，她之前沒有人陪，很寂寞，又遇到這麼多壞男人，如果連我們都不願意陪著芝行走過這一段，我們怎麼、我們怎麼……。辛屏永遠不會把話給講完，那彷彿是個儀式，奧黛莉只要聽到「寂寞」二字，彷彿遭受催眠似地，胸腔緊縮，心臟再次打出血液時，奧黛莉有種錯覺，血化成透明的，從她的眼睛汩汩地滴下來。

她想問吳辛屏，那妳呢？妳自己不也是這樣，獨自一個人好不容易地走過來？奧黛莉沒有問，預感告訴她，別輕易啟齒。辛屏沒說過自己苦，旁人不能為她設想她有多苦，這樣的設想往往阻撓了一個人的好轉。還有一件事更令奧黛莉心煩，她討厭自己在跟芝行爭寵。

芝行常拉著辛屏的手，哀聲嘆氣，辛屏，妳千萬別離開我們，我跟奧黛莉不能沒有妳。妳哪天想結婚，別忘了跟妳的對象說，娶一送二，我跟奧黛莉要跟你們一起住。奧黛莉一邊對芝行的自以為是很是感冒，一方面又暗自贊同芝行的勒索，芝行說出了奧黛莉想要又不敢說的，吳辛屏不要她們了怎麼辦？奧黛莉也時常擔心，假使是芝行先拋下大家呢？

三人之中，芝行最美，野生野長的美，芝行有時只穿著細肩帶小熱褲，腳上踩著夾腳拖，與她錯身的男人往前走幾步，停下，回頭望著芝行的背影，臉上浮現悵然所失的神情。奧黛莉之所以那麼清楚，是因為她也悄悄地回了頭，想驗證自己的猜想是否無誤。而辛屏，更合宜的形容詞是「寧靜」，膚色白皙、四肢纖細，小巧的臉蛋，五官並不特別立體，綜合起來卻很悅目，二十幾歲了，臉上的神韻卻活脫脫像個青春期小女孩。

奧黛莉曾有過疑惑，命運似乎遺忘了吳辛屏，她們三人都有相若的遭遇，芝行從此煙視媚行，輕率裸露自己的肌膚，年紀最小、姿態也最世故；至於奧黛莉，她常穿過大的衣物來遮掩自己的曲線，她沒給自己買過半罐保養品，吳辛屏看不下去，把自己的美白乳液分了一些給她。吳辛屏則跟兩人都不像，她的談吐跟個性都在正常標準之內，她對工作更是適應良好。奧黛莉問過吳辛屏，怎麼有辦法工作那麼久而不被往事絆倒？吳辛屏的理由是，她的工作環境都是小孩，不易觸發負面情緒。即使如此，奧黛莉跟芝行還是不打算認真找工作。奧黛莉有父母可以照應，芝行來往的男人也願意付她零用錢。

事情發生前，奧黛莉成天惶恐，辛屏跟芝行，是誰先離開？那一刻實際到來時，她反而釋懷了，好像把書給狠狠翻到最後一頁，哪怕是壞結局，也不再忐忑。她只是沒料到芝行的反應那麼劇烈，不惜傷害自己，也要毀掉辛屏的愛情。奧黛莉永遠忘不了那個夜晚，芝行把刀子往手腕上一抹，血灑了一地。奧黛莉雙手摀著耳朵，蹲下身子，她頭暈目眩，嚎啕大哭，我們怎麼會走到今日這地步。溺水的人怎麼沒辦法相互扶持，而是把彼此更往水深處拖去？

奧黛莉的思緒從回憶拉出，她拿來手機，凌晨四點了。辛屏失了音訊，芝行也不知去向。要從哪個人找起？也許找到一個拉到另一個，誰知道芝行是不是又盯上吳辛屏？

奧黛莉傳了訊息給餐廳老闆，說她感冒了，得臨時請假。奧黛莉在目前這咖啡廳工作有整整三年了，是她此生最長久的一份工作，她熟悉一切環節，臨時被調去內場，也能駕輕就熟地製作鬆餅跟三明治。老闆回訊，好的，保重，多喝水多休息。補習班十二點開門，奧黛莉設定鬧鐘十一點，時間一到，她走下床，整理外表，把自己的身體給推到補習班。西西敷衍的態度一度讓奧黛莉不是很好受，但她事後認為自己去補習班是正確的選擇，她從簡曼婷身上取得關鍵情報。

在便利超商內，簡曼婷問奧黛莉要再來一顆嗎。奧黛莉婉拒。

簡曼婷開了口：「吳老師的先生昨天有來問我們一些事情，重點是他的態度，根本是把我當成犯人。我實在不想這樣說……」簡曼婷安靜了好半晌，見奧黛莉一臉急切地聽著，她聳肩，續道，「我會忍不住想啊，新聞說的說不定不是假的哦。雖然現在大家時常說假新聞，但我覺得假新聞根本沒那麼多，記者要報導一件事，至少要有一、兩個線索才敢這樣寫吧。」

「新聞說了什麼？」

「妳不知道嗎？吳老師的先生好像會家暴啊。」

「妳可以說清楚一點嗎？」

「妳不要說是我跟妳講的，」簡曼婷重申，「吳老師問妳，妳就說妳在網路上滑到以前的新聞，不要提到我的名字，懂嗎？」得到奧黛莉點頭回應，簡曼婷又停了幾秒，好像在思索著從何說起：「我之前一直很納悶，吳老師這個人很特別，她跟妳也是這樣嗎？總之，她不太說自己的事情。當然，也不是說一定要講，像我也不太喜歡其他老師拚命問我的事情。可是，吳老師真的、真的很特別，她什麼都不講。等到很多家長以為她單身，要幫她介紹男朋友，她才會說她結婚，有小孩了。不過，老公跟小孩長什麼樣，也沒人看過。」

簡曼婷壓低音量，有意無意地營造出詭譎的氣氛，「有老師問，既然沒看到本人，至少照片給大家看一下吧。她也不肯，說老公小孩不喜歡照相。有老師在傳，吳老師八成離婚了，才會這麼低調，不然一般人怎麼捨得不分享家人的照片。到了昨天，大家才知道，她沒離婚，老公還是個大律師，怪不得之前有家長要介紹自己的哥哥，剛在南港買房子，吳老師只是笑笑沒說話。拜託，她住在大安區耶。」

昨日，簡曼婷就著手上的名片，反覆地更換關鍵字，搜索著跟范衍重有關的報導與採訪。幾分鐘後，賓果，她看著自己的戰利品，噗哧笑出聲來，「顏正昌前家暴女婿疑有新歡，女伴提購物袋似已同居」，篇幅不長，五、六百字，細節也不多，只能過過乾癮，附圖是一張模糊的照片，簡曼婷一眼就認出那是她朝夕相處的同事，那頭長髮、身材、吳辛屏穿來上班好幾次的白色紗裙。文章裡特別指出了建案的名稱，沒多久，簡曼婷在客廳找到正對著鏡子調整領帶位置的施德顧。

「嘿，帥哥，問你一個問題。你覺得……」

「曼婷，有什麼問題非得要現在說嗎？我差不多得出門了。」

施德顧面露為難。他很清楚，若跟妻子交談，自己勢必會遲到，但，簡曼婷似乎正在興頭上，潑妻子冷水，會不會面對更恐怖的代價呢？施德顧近日時常很後悔踏入婚姻。前幾天，他坐在餐桌前，咬著吐司，簡曼婷在一旁抱怨，婆婆拿來的滷肉做法太油了，她每一次吃了，腹部都堵塞好幾天。施德顧問，不然我請媽不要再送了？簡曼婷冷笑一聲，銳利的眼神掃過丈夫，不，你不要害我。媽就是喜歡這樣，我看得出來。施德顧還想說些什麼，簡曼婷已擅自關上話題，她說，就這樣吧，我沒有要你做什麼，我只是想讓你知道我的感受而已。說完，簡曼婷撐起身子，離開餐桌，坐到沙發上，施德顧看著妻子躺在沙發上滑手機的身影，烽火在他的腦中簇簇升起，飛快串成一條訊息：他好想傷害這個人。

吳辛屏上哪去了呢？施德顧並不好奇，但他依舊趕緊去拿簡曼婷的手機，強迫自己，至少做出投入的假像。他滑過照片，滑過記者差強人意的文筆，他迎上簡曼婷那閃閃發亮的雙眼。

「吳老師未免太可憐了，搞不好，不僅有身體暴力，還有精神虐待……」簡曼婷說。

施德顧本來想打岔，他認為一下子跳到暴力、虐待，都太荒謬了，但，見到妻子舒坦的神情，他又緘默。他混淆了，妻子有同情吳老師的處境嗎？

「老公，我問你喔，只有家人才可以報警對不對？」

「妳想要報警？」施德顧心跳漏了一拍。「不好吧，說不定吳老師只是離家出走。」

「難道我們要袖手旁觀？」

「我們沒有袖手旁觀，我們現在是觀望。目前也沒有發生什麼事情，只是吳老師沒來上班，又聯絡不上而已。要做什麼，至少也等個幾天吧。」

「電視上都說，如果要破案，時間很關鍵啊。如果吳老師遭遇什麼不測呢？」

「這也不是由我們出面的，妳也只是同事而已。」

「之前不是有個新聞，有個女生翹班，電話又打不通，到了第三天同事報警，說這個女生平常很準時上下班，突然翹班三天，一定有哪裡不對勁。警方去找女生的地址，才發現女生被前男友軟禁在家裡嗎？」

「再等幾天看看吧。」

「好吧。」簡曼婷不情願地噘嘴。

「我可以問妳一個問題嗎？」

施德顧躊躇了幾秒，直到他確認了若自己沒有得到答案，一整天也會掛念著這個問題，才聽到自己的身體先一步發出聲音，「妳跟吳老師是好朋友吧。」

「對啊，你怎麼會問這麼好笑的問題。」

「沒事，想到而已，只是問問。」

施德顧沒有將話題延續下去，他有個預感，自己在想的事太危險了。

人一旦知情朋友的際遇比自己更好，會誠心誠意地祝福嗎？還是說，會因為彼此之間的落差而產生了痛苦的嫉妒心？又，假設看似平步青雲的朋友後續發生了不幸的事件，會心生悲憫，還是心情會改善一些呢？畢竟雙方又在同一個水平了。

後者的友情，該說虛偽，還是無比真實？

他不能再想下去了。他要遲到了。施德顧大步地穿過客廳。

◆

放下鑰匙串，范衍重倒在沙發上。母親，哥哥，此際又多了一位密友奧黛莉，每個人對於吳辛屏的介紹都不同，奧黛莉跟簡曼婷，誰才是吳辛屏認定的「朋友」呢？以照片來論斷，大概是奧黛莉，結伴去離島旅遊，感覺是緊密的摯友才會做的事，最重要的，還是吳辛屏那自在的笑容。但，他也可以輕易推翻這證據，吳辛屏曾在范衍重面前很簡略地介紹了簡曼婷，但，奧黛莉就像黃清蓮跟吳啟源，被歸類在吳辛屏有意隱瞞的那個分類。范衍重越來越相信吳辛屏在籌布著某種局面。至於目標跟什麼有關？目前沒有明朗的徵兆。金錢？這是個常見的理由，但若套用在他跟吳辛屏的狀態，則有些格格不入。再來，吳辛屏為什麼要躲藏著不被自己的親人發現？又為什麼寧願請假，獨自去找黃清蓮，也不知會他。是擔心范衍重不願接受妻子有個需索無度的母親？還是她擔心黃清蓮來攪局？范衍重又撓起頭髮，手上資訊太少，不足以看出整體計畫的輪廓。不過，至少能肯定一件事，吳辛屏絕非他當初以為的，是內向又簡樸的安親老師。范衍重心事重重地坐起身子，他筆直走進范頌律的房間，范頌律睡姿甜美，白鬆鬆的腮幫子讓他不忍，忍了片刻才搖醒女兒。

「寶貝，爸爸問妳一個問題。」

「嗯……」范頌律的眼皮不情願地撐開一條小縫。

「爸爸不在的時候，媽咪有沒有偷偷欺負妳？妳老實跟爸爸說。」

「沒有啊，媽咪對我很好。」

「那妳有沒有跟媽咪說了什麼不可以說的事情？」

「沒有。你說過，不能講出去的。」

「頌律有記得跟爸爸的約定，很乖。」范衍重輕撫女兒的頭頂。

大概是意識到這問題的意思，范頌律清醒了些，回問，「那爸爸有乖乖的嗎？」

范衍重愣了一下，答，「爸爸當然有乖乖。」

范衍重心底一驚，女兒看著他的神情，有一秒像極了憂愁的顏艾瑟。

「那爸爸，媽咪什麼時候回來？」

「媽咪會回來的。」

「之前媽媽的時候你也這樣說，媽媽後來就不回來了。」

「那不一樣，上一次是因為媽媽喜歡上別人了。」

「那媽咪會不會也喜歡上別人？」

范衍重注視著自己的手，如此一來，才可以避開女兒的雙眼。

「頌律，爸爸只能答應妳一件事，不管怎樣，爸爸都會在妳身邊。」

「那媽咪會回來嗎？」

「會的，寶貝妳快點睡，說不定妳起床了，媽咪就回來了。」

范衍重撐起身子，給范頌律蓋好被子。

他很不甘心地感受到，到了這個節骨眼，自己竟連應付女兒的童言童語都很吃力。

「晚安，寶貝。」

「爸爸，晚安。」

一關上女兒的房門，范衍重爬上沙發，把臉深深埋進抱枕。

Chapter 6

第六章

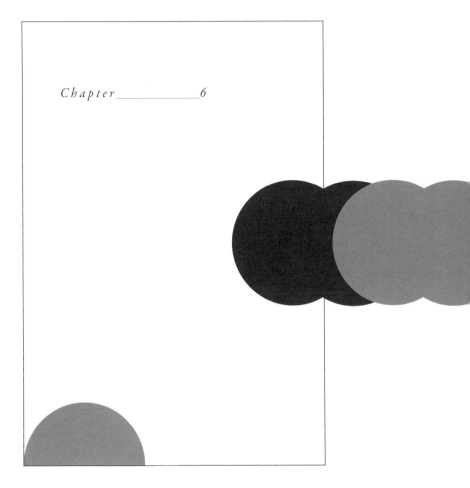

◈

翌日清晨，范衍重被鈴聲喚醒，他以為是鬧鐘，撈到手機，一看，神智清醒了大半。

「喂，衍重，抱歉現在打給你，你還在睡吧。」鄒國聲的聲音滿是疲倦。

「我差不多該起床了，怎麼了嗎？」

「是我兒子的事情。我真是要被他氣死，振翔似乎去找那個女生了。」

「什麼意思？」

「我太太剛剛要進去我兒子的房間放衣服，發現人不見了，手機跟錢包也不在。電腦是開著的，我太太登進他的臉書，那女生換個帳號又找上我兒子了。他們約在祕密基地見面，那是哪裡？我太太打給振翔，振翔都不接。衍重，假設他們兩個又怎麼了，之前的和解還算數嗎？為什麼那個女生的家人都不管教她呢？把我們當提款機嗎？」

「你等等，說慢一點。」

「不好意思，忘了你才剛起床。」

鄒國聲靜默了幾秒鐘，范衍重聽到細微的哭聲。

「你老婆在哭嗎？」

「是啊。」鄒國聲以氣音續道：「那天晚上，我跟你講完電話，就跟我太太討論了一下振翔的態度。我的語氣也沒怎樣，她卻咬定我是在指責她沒把孩子帶好，不得了，告訴你，這輩子沒見過她瘋成那樣，一下子衝去振翔的房間，破口大罵，還打了振翔一巴掌，誰知道振翔在跟朋友視訊，年輕人，在朋友面前這樣丟臉，火氣也上來了，我還來不及反應，振翔就把他媽媽推去撞書櫃。下面的事我不想再說，說了又會想起那畫面，我分不清楚是誰需要看精神科，是振翔，我太太，還是我？」

鄒國聲的聲音有些哽咽，「怎麼會這樣，到底是從哪裡開始出了差錯。」

「抱歉，那天我不應該多事的，造成你們的困擾了。」

「不，不是你的問題，請不要這樣說，衍重，我只是想讓你明白，我不是想打擾你，只是現在情形好像、好像也超出我的理解範圍。我不懂，沒有任何方法可以制裁那個女生嗎？我們或許可以蒐集證據，證明是那個女生對振翔死纏爛打、緊追不放啊。這樣子難道也只能算是振翔的錯嗎？」

「是的，因為法律就是訂在那了，只要對方未滿十六歲……」

鄒國聲匆匆打斷范衍重，「沒有別的路了嗎？法律不是都有例外條款嗎？」

「目前的法律，只要對方未滿十六歲，縱使是你情我願，也是觸法。之前的狀況是好險振翔也未滿十八歲，還適用兩小無猜條款，不然會更棘手，變成公訴罪，即使跟對方達成了和解，檢察官依法還是要繼續偵辦……是說，振翔的生日是不是快到了。」

「對，」鄒國聲有氣無力地回應，「正是明天，好幾個禮拜前我太太還在那邊說，十八歲成年要好好慶祝一下。現在連要不要取消餐廳訂位都不知道。」

「先不要那麼悲觀。」

「我樂觀不起來。衍重，我到現在還在想，這是不是一場夢。為了振翔準備考試，我太太每天在那邊研究吃的，家裡早換成五穀米，說什麼裡面的營養素對大腦有幫助，還煮湯，怕振翔吃膩，一下雞湯，一下魚湯，一下茯苓排骨。我們的努力盡責換來什麼？都是謊言。我們以為他在學校孜孜矻矻，誰知道都跑去找那個女生，做那種見不得人的醜事。」

鄒國聲似是逮著了吐苦水的機會，滔滔不絕。范衍重很久沒見平素寡言的老友一口氣說這麼久的話，見鄒國聲一反常態，范衍重不由得追想，當年他跟顏艾瑟的風波逐日蔓延時，也是這副德性吧。被突然的驟變嚇得魂不附體，行為舉止都跟過往大異其趣。他與鄒國聲相反，他異常沉默，不肯與人交談，也拒絕朋友上門關心。一來是不知從何說起，他也清楚顏艾瑟那張我見猶憐的臉，還不用開口，就贏了三分觀眾的好感，他不認為自己能扭轉偏見。二來怕自己掉以輕心，誰能擔保這些聽他傾訴的人，沒有顏家安排的眼線？

信了顏艾瑟以後，他誰也不能信，不敢信了。

耳邊傳來嗚響，范衍重才驚覺鄒國聲還沒停止。

「振翔是個貼心懂事的小孩，從前跟我太太也是無話不說，這幾年是少了些，也難怪，他是男生，又青春期，跟媽媽保持距離是正常的。我只是要說，若真要說我們哪裡做錯，就是沒告訴振翔外面世界的險惡。振翔沒什麼跟異性相處的經驗，突然一個女生跑來，對他撒嬌裝可愛，他哪裡分得清楚對方是好人還是壞人……」

范衍重內心隱隱升浮幾縷不適。他能夠體諒，人們都有種把過錯往別人身上牽的特性。然而，鄒振翔跟娜娜之間能夠這樣解釋嗎？娜娜的母親也表明了，鄒振翔有意識地跟娜娜索取性愛，作為照顧及提供宿處的代價。他不認為鄒振翔全然天真無邪、給娜娜牽著鼻子走。他甚至認為，鄒振翔根本很清楚自己跟娜娜的供需關係。

范衍重沒有把他胸中的分析說出來，他跟鄒國聲的交情更重要。

他調整成一個舒適的姿勢，聽鄒國聲說下去。

「只憑年紀、性別來決定誰對誰錯，這樣的立法，是不是有問題。衍重，我沒有意氣用事，或者今天振翔是我的兒子，我才這樣子想，只是我們在社會上打滾這麼多年了，都心知肚明年紀不代表什麼，有些人到了五、六十歲還是幼稚得跟什麼一樣。今天不是在討論晚餐要吃什麼，而是要不要把一個人抓去關，這種影響一個人一輩子的事情，只看年齡可以嗎？我講更極端的例子好了。」鄒國聲墜入靜默，不知是在調整呼吸，還是在整理即將要說的話，「那個女生，振翔不是她第一個對象，在振翔以前，她跟很多人發生過關係。振翔也給我看過她的大頭貼，不要說十六歲，我這個大人來判斷，都會以為她起碼二十歲。對，振翔後來也知道那女的可能未滿十六歲，但他沒有社會歷練啊。」

范衍重閉上眼，在心中描繪話筒另一端的場面：鄒國聲的妻子坐在不遠處，注視著、評估著丈夫的一舉一動。鄒國聲的反應多少有點像是在表演吧。

范衍重後知後覺，他的旁邊也沒有人了。

吳辛屏消失第三天了。

他對於自己竟有片刻的遺忘，以及竟這麼快又想起，感到被命運玩弄的荒謬。

鄒國聲的形容，也讓范衍重一步步走進回憶的漩渦。幾年前的下午，當他警覺被跟蹤時，壓抑多時的不滿頃刻間暴湧而出，他在大街上，拉著那名身材矮小，頂著光頭的記者咆哮，不要把我寫得那麼可惡，你們根本不是在報導，只是想把充滿刻板印象的家暴故事硬套在我身上而已。你們要不要去調查一下顏艾瑟私底下是怎麼對我的？話一出口，范衍重懊悔了，他怎麼又送了機會給對方？他凝視著那名眼睛狹小的男子，想像著他的拳頭陷入對方的眼窩，突出的指節牴觸著眼球，往前一施壓，是什麼會破裂？似乎有個透明的名字，玻璃體？水晶體？算了，無所謂，那是醫生的職責，不是他的。他只要負責讓這個人理解到，不管他是媒體還是顏正昌派來的人，都得意識到，**人跟人之間是有界線的**，踰越了就得付出代價。

范衍重保持呼吸，等待男子的反應，對方若轉身欲逃，他就要動手，逼他交出手上的攝影器材。也許他們不只一個人？還有人黃雀在後，準備好捕捉他對記者施暴的畫面？范衍重多想關掉自己高速運轉的腦袋，他壓抑太久，隱藏太多，深知一旦出手，形同把籌碼押在顏艾瑟身上，他無所謂了，再次爆出粗口，他媽的你到底是哪邊的人，你再不說，就不要怪我對你怎樣。男人瞳仁緊縮，顫抖地吐出，先生，你搞錯了，我不認識你。剎那間，范衍重鬆開了緊揪著對方衣領的拳頭，男人逮著機會，三步併作兩步地繞過范衍重，往前疾行。

范衍重愣在當場，彷彿被人以粗針戳穿腦門，再輕輕旋攪，他整副身軀就要麻痺、癱瘓。他狼狽地躲入計程車，一入家門，關掉手機，倒在床上，不停地重擊自己的前額、阻撓著思緒翻湧，但他的腦袋如同當機的電腦，一股腦兒地吐出連續的訊息，**你搞砸了你搞砸了你搞砸了**。范衍重無計可施，退無可退，一把搶過床頭櫃上那顏艾瑟鍾愛的、二十歲時去巴黎旅行在鄉間小舖購得的天使雕像，底座是沉沉青銅，往額頭一砸，鑿出一道血口，皮掀肉破，鮮血汩汩滴下，幾珠爬過他的眼皮，掏出癢感。范衍重感激地閉上眼，痛感驅逐了其他全部感受。

他終於把自己給關掉了。

「衍重？喂？你還在嗎？怎麼沒聲音？」

「我還在。」范衍重撫摸著前額，多年前的血口，如今只剩一條躲在頭髮裡的傷痕。

「抱歉跟你牽扯了這麼多廢話。」鄒國聲又道歉了。

「我們回歸正題，先找到振翔要緊。」

「是是，也想問你的意見，我們沒有那個女生的聯絡方式，倒是有她媽媽的，你覺得我們要主動聯繫嗎？會不會弄巧成拙，又讓她抓到把柄？但我又怕再不阻止，兩人又亂來……」

「那個女生的住處，我記得是振翔朋友幫忙找的，你們知道是哪位朋友嗎？」

「知道，我太太有逼他說出來，小一屆的社團同學。我太太有跟學校打聽過，有錢人的小孩，父母一天到晚飛國外談生意，根本沒人在管這小孩。」

「那你們有這位同學的聯絡方式嗎？這個人應該會有線索。」

「好，那我現在打電話問老師。」

即將收線之前，鄒國聲又添了一句，「衍重，謝謝，很重要的恩情。」

聞言，范衍重含糊應了聲，掛斷了電話。

◈

奧黛莉在警察局門口來回踱步了好久。

這裡是當初顏艾瑟報警的警局。她刻意選了同一間，想要給自己勇氣。她告訴自己，「想著妳是顏艾瑟，得給范衍重一些教訓，妳會做得跟顏艾瑟一樣好的。」

坐在值班台的方臉員警一臉好奇地看著奧黛莉，奧黛莉在他眼前走來走去將近二十分鐘了，這種人並不是沒有見過，只是奧黛莉的穿著跟氣質混合出一種特殊的氛圍。

「不好意思，我想要報案，有人失蹤了……」

「請問是誰失蹤了呢？」

「我的朋友吳辛屏。」奧黛莉慎重地說出三個字的正確寫法。

「朋友嗎……不好意思，法律規定，要特定親屬或配偶才能成為報案人。請問你朋友的家人或者配偶還在嗎？如果還在的話，請他們來報案吧。」

「她的家人，我不知道聯絡方式，她的先生，不想報案……」

「那也只能請妳找到她的家人或是她先生了。」

奧黛莉感受到員警敷衍的企圖，她垂著肩膀，「為什麼我不能夠報失蹤，我朋友就是消失了，班也沒上，電話也沒人接，你們不可以這樣吃案。」奧黛莉想要展現出理性、克制的一面，卻一下子就紅了眼睛，鼻子也滑出鼻水，「我要去檢舉，說你們這裡吃案。」

「小姐，請你不要誤會，我們沒有吃案，這是法律規定的。」

奧黛莉提升了音量，「規定是可以通融的吧？你們不知道情況有多危險嗎？」

吳家慶一邊把手臂穿入外套袖口，一邊走出房間，他被值班台的爭吵聲給吸引住了。他問方臉員警，怎麼了。奧黛莉轉過身，雙眼直勾勾地盯著吳家慶。

「你們這裡有人吃案。」

「我才沒有吃案，妳不要亂說。」

方臉員警把奧黛莉推向一邊，大步上前，在吳家慶耳邊細語，「這女的好像怪怪的。她說要報案她朋友失蹤，她朋友消失好幾天了，沒去上班，電話也不接。我叫她去找那女生家屬或老公，她一直跟我說，朋友的老公就是不想報警，這是要我怎麼處理？」

「你交給我來好了。」吳家慶瞄了奧黛莉一眼，「小姐，既然妳朋友的先生還不急著報警，那會不會有一個可能是，妳朋友其實沒有失蹤？」

「為什麼你們是這樣想事情？她的老公不想報警，正常人都會覺得她老公很可能就是兇手吧。」奧黛莉幾乎是咬著牙說出這段。

「兇手？妳有看到什麼嗎？還是妳朋友之前有跟妳說什麼？」

「她有跟我說，她跟她老公起了一點爭執。」

「夫妻吵架是很常見的事情。」

「可是我的感覺就是不對。我朋友的先生很怪。」

吳家慶嘆了一口氣，跟方臉員警交換了一個**我懂你的意思了**的眼神。

「小姐，抱歉，我們還有別的事情要忙。」

「我不是顏艾瑟，所以你們才這樣對我嗎？」

「妳怎麼會講到顏艾瑟？」
「我也在講范衍重啊，因為我不是顏艾瑟，你們才不理我嗎？」
「小姐，這兩個人到底是誰，妳這樣講誰知道……」方臉員警不滿地咕噥。
「范衍重跟這件事有什麼關係？」吳家慶伸手示意方臉員警稍安勿躁。
「范衍重跟顏艾瑟離婚，跟我朋友結婚了啊。」
「妳再從頭跟我講一次妳朋友的事情。」
吳家慶把奧黛莉帶到一個小房間，拉過椅子，示意奧黛莉坐下。
奧黛莉的雙眼如同被注入光明，倏地亮了起來。
吳家慶把吳辛屏的資料輸入檢索系統，重複的人名並不多，他沒有延誤太久，就找著了黃清蓮的電話跟住處，他撥了電話，黃清蓮接聽，不過，吳家慶很快地得到對方敷衍的回應，我才不要去報警，她的個性就是這樣，說消失就消失，我看破了。吳家慶試著以吳辛屏可能遭遇危險來動之以情，黃清蓮持續固執己見，我說不想就是不想。
奧黛莉心焦得催促吳家慶，「你快告訴她，吳辛屏的老公很危險，之前打過人的。」
黃清蓮不為所動，她平靜地扔下一句，「我是不會再為吳辛屏做事的，這個女兒太讓人失望了，你們也不用白忙一場，她想出現時，就會出現的。」吳家慶才要回話，電話已斷線。
「她的家人不想報警。」

「你們還是可以做點什麼吧？去找監視器啊，還是去問人啊……」

「這個部分，可能得用別的方式來處理了。」吳家慶勉強地說道。

「難道就要這樣看著范衍重故伎重施嗎？」

吳家慶看著面紅耳赤的奧黛莉，想起顏艾瑟衝進他們警察局的那個夜晚。

幾年前，他剛報到沒多久，還是個菜鳥。坐在值班室，負責備勤的資深刑警在後方打起瞌睡，吳家慶正哀怨著前輩又在偷懶時，顏艾瑟來了。吳家慶下意識屏住呼吸，這女人好美。白、瘦、一頭烏黑的長髮。如小鹿般濕潤的雙眼透露了內心的驚惶。女人身上穿著寬鬆的居家服，腳上還踩著毛茸茸的室內拖，跟警局陽剛、冰冷的氣質形成了巨大的衝突。

有幾十分鐘，女子沒辦法作出完整的陳述，頻頻被自己的顫抖與啜泣給打斷。她的左臉紅腫，太陽穴周圍有銳器劃過的皮肉傷，血液凝成半乾涸狀，彷彿一張黏在額際的貼紙。他陪著顏艾瑟完成了報案，途中吳家慶不斷地提醒，妳可以說話了再來，我們不急。他沒認出這個女子是顏家的女兒，他只是被胸中湧現的疼惜給勾動，這女人好精緻、脆弱。程序完成沒多久，范衍重來了，對著顏艾瑟咆哮，他拉起顏艾瑟，要妻子跟自己回家。顏艾瑟無助的雙眼投向吳家慶，吳家慶命令范衍重住手，范衍重睥睨著吳家慶，吳家慶重申，請你離開。范衍重回頭望著顏艾瑟，臉上恢復鎮定，他輕笑，鼓掌，這是妳的新把戲嗎？妳在家裡演戲還不夠，如今演給別人看？奧斯卡最佳女演員真應該頒給妳。顏艾瑟低垂著臉，沒人能夠看清她的面目。

范衍重別有深意地看了吳家慶一眼，低聲警告，你不要被那張臉給騙了。范衍重一走，吳家慶趕忙看向顏艾瑟，顏艾瑟說她訂了飯店。吳家慶提議他可以護送顏艾瑟過去，顏艾瑟搖頭，說這樣耽誤警察太多時間了，她叫了計程車。顏艾瑟留了吳家慶的私人聯絡方式。

幾天後，吳家慶才從新聞得知，顏艾瑟有個不得了的身分。他以為再也遇不到顏艾瑟了，晚上就接到顏艾瑟的來電，說明在父親的介入下，她的安全獲得了保障，她十分感念吳家慶在她最是驚慌失措時，安定了她的情緒。接下來幾個月，吳家慶偶爾會接到顏艾瑟的電話，多半是午夜，顏艾瑟訴說她心境上的轉變，如何被媒體騷擾，跟范衍重的談判是否有進展。有時只是十幾分鐘，有時會長達一、兩個鐘頭。顏艾瑟細緻的嗓音透過話筒，尤其在睡前，彷彿夾帶微弱電流，自耳朵向腹部奔竄。特別是她在收線前，總不忘強調，吳警官，你是一個溫柔的好警察。吳家慶也不想糾正說自己並不是警官。

兩人第二次見面，是顏艾瑟與范衍重達成和解的那一天，吳家慶跟朋友借來西裝，隆重出席，餐桌上顏艾瑟說起她即將遠行，她的男友在比利時等著與她團聚。顏艾瑟取出方正的小盒子，上面印著一行看起來也不像英文的品牌名稱，吳家慶接過禮物，迷糊地回到家。他脫下衣服，把襯衫跟褲子平整地掛在椅背上。他知道他再也不會接到來自顏艾瑟的電話了。

現在，命運又把他們給繫在一起了。

吳家慶承諾奧黛莉，「我會幫妳的。我們先擬定計畫。」

◆

范衍重打開車門的那瞬間，手腕猝然被人從後勾住。

他轉身一看，覺得分外眼熟，一時間想不起來，男子報上姓名，「忘了我了嗎？」

聽到聲音，范衍重的記憶都回籠了，他眉間堆起摺痕，男子沒穿制服，他才認不出來。

范衍重甩開男子的手，低聲說：「你來找我幹什麼？」

「你打跑一個老婆還不夠？」

「你在說什麼？」范衍重的呼吸濃厚了起來。

「聽說你的老婆不見了？」

「誰告訴你的。」

「誰告訴我，並不重要，重要的是你是不是又做了什麼？我早就知道，你們這種人，不打個女人沒辦法證明自己是不是？吳辛屏人到哪裡去了？」

「你這樣私底下來找我沒問題嗎？你怎麼進來我們社區的？」

范衍重的話產生了作用，吳家慶抿了抿嘴，擠出微笑。

「我來見見以前的老朋友，問他生活的近況，哪裡有問題？你沒有心虛，為什麼要迴避我的問題，現在吳辛屏人在哪裡？她沒去上班，管理員也說這幾天沒看到她。」

范衍重冷眼看著吳家慶，「這跟你沒有關係。」

「你不怕我把這件事訴諸媒體？」

「她回去老家看她父母了，這樣你滿意了沒？」

「你在說謊，我已經打給她媽媽了，她媽媽說吳辛屏去找完她，就回台北了。」

「我得去上班了。」

「范先生，請你回答我，你的太太在哪裡。」吳家慶伸手攔阻范衍重進入車內。

「你再這樣下去，我要告你強制罪了，你還不快點放手。」

吳家慶鬆了手，他警告，「我還會再來的，我會一直注意著你。」

「你他媽的快給我滾——」

范衍重看向前方，催緊油門。後照鏡反映出吳家慶臉上高深莫測的表情，這時，一個古怪的念頭攫住了范衍重，吳辛屏是不是跟顏艾瑟聯手要毀滅他？這種故事他不是沒聽過，女人們有一項不可思議的天賦，她們能夠以任何形式結盟。吳辛屏的消失是顏艾瑟設計的橋段嗎？如果是這樣，他要聯絡顏家嗎？這麼做會不會讓他再度成為笑柄？

范衍重想起自己跟顏艾瑟交往期間的情話。

「傻瓜，我怎麼可能傷害妳。我發誓，我若傷害了妳，就遭到報應。」

「什麼報應？」

「那麼殘忍，報應還要具體特定？」

「我們都知道法律最重要的是違反的效果。」

「那就身敗名裂吧？律師最重要的是名聲。沒了名聲，沒有案件。」

「我不要罰你這個，那樣好殘忍，你是個好律師。」顏艾瑟低喃宛如歌唱。

「那要怎樣妳才會接受？」

「罰你……，」顏艾瑟從背後環抱著范衍重，「不管跟誰在一起，都忘不了我。」

◈

奧黛莉又請假了。

簡曼婷的話語縈繞在她的耳邊，她摀著耳朵，聲音就鑽了進去。她躺在床上，輾轉難眠，千辛萬苦，卻墜入夢魘，看見了老師，奧黛莉絕望地認知到，這麼多年了，老師的五官，除了眼睛，她都記得清清楚楚。這個夢魘，老師的身影在夢境裡是如此地清晰、真實，奧黛莉在夢中又化做小孩的身形，她丟掉了成年以後全數的歷練，又被牽進去那間教室。坐在桌子上，望著老師，準備下一道指令。老師張口的剎那，奧黛莉醒來了，她僵著脖子，呆望天花板，把呼吸找回來，又不知道多久，她恢復一點力氣，先把身體帶離床，床單上一片濕漬，驚恐時，人體原來會冒出好多汗。

奧黛莉來到廚房，左手拿起熱水壺，右手用力拍打臉頰，她不停地深呼吸，低語，那只是個夢。奧黛莉給自己泡了一杯紅茶，細細地啜著，思緒飄忽，為什麼人要有記憶？若記憶的存在只會讓存活的人堅定地走向毀滅，那這機制為什麼在演化中沒有被淘汰？而是被保留下來？人為什麼無法刪除讓他們活不下去的記憶？

◈

芝行曾嚷嚷著要三個人一起出國，她這輩子沒有搭過飛機。三人的預算都不高，泰國是首選，芝行指定要騎大象跟看長頸族，奧黛莉在電腦前認真比對著旅行社的評價，查找到一半，一篇文章的標題吸走了奧黛莉的目光，「大象永遠不會忘記」，筆者是一位剛從大學畢業的女性，她認為人們應抵制騎大象、觀賞大象表演的活動。幼象在幼年時被迫從母象旁帶離，訓練者千百次地以象鉤刺戳大象，迫使牠們做出令人滿意的表演。有段文句，奧黛莉反覆念了數回，「大象必須適應乾旱，牠們發展出驚人的記憶力，有些大象甚至能記得十幾年前路過的一處水源，並在多年後把發渴的象群引導到舊地，也因為如此，大象永遠不會忘記，不會忘記加諸在牠們身上的暴行」，念到最後一次，奧黛莉抽了衛生紙來擦眼淚，越是賣命擦拭，眼淚流得越兇。奧黛莉最後說服她們，改去澎湖。

跟大象沒兩樣的奧黛莉，都那麼多年了還是牢記著老師的語氣，拘謹有禮，帶點發禮物似的興奮，彷彿背後接的是一個問號而不是句號。也像是孩子們相聚的遊戲，老師說啊老師說，奧黛莉，**把裡面的褲子脫下來一點點**。可以說不嗎？這樣子不就違反了遊戲的規則？

◈

從小到大，奧黛莉深受自己的完美主義所害。母親簡薇容時常問，我們並沒有給妳壓力吧？為什麼妳要把自己弄成這樣呢。母親說的也沒錯，卻無法阻止奧黛莉的幻想，自有印象起，奧黛莉始終認為有人在監視著自己，她千萬不能犯錯，否則就證明了自己是個瑕疵品。有三位以上的老師，在親師會上暗示簡薇容，這孩子得失心太重了，是不是承擔了太多期望。到了第二次，奧黛莉已不敢注視母親，簡薇容露出受傷的眼神，手握成拳，本來就白皙的手，轉眼間蒼白得不可思議，她近乎咬牙切齒地交代，我們沒有給過她什麼壓力。我跟文靜的爸爸都是在美國讀到碩士沒錯，但這不表示我們會要求小孩表現得跟自己一樣。我們只希望她健康、快樂。老師看了奧黛莉一眼，似乎想求證，奧黛莉太緊張了，低頭迴避老師的目光，以為這樣子才是最安全的表態。兩人跟老師揮手道別，走到轉角，簡薇容停下腳步，放掉母女緊牽的手。過了幾秒鐘，奧黛莉鼓起勇氣抬頭去看，母親的臉上流滿了淚水。奧黛莉知道，她又搞砸了。她應該跟老師說，老師，妳錯了，我的爸媽都對我很好，沒有給我壓力，是我自己把事情弄成這樣的。

這些話都是真的。

奧黛莉的父母在大學校園相戀，畢業之後，一起飛去美國，一個讀建築，一個讀歐洲史。他們在美國誕下奧黛莉。奧黛莉兩歲時，舉家回台，父親進入政府單位工作，簡薇容因身體的免疫系統出了問題，在家休養，以翻譯來賺取外快，還能照顧女兒。這對夫妻的雙親都有錢得要命，即使如此，他們仍勤勉向學、憑藉實力爭取機會。他們對於唯一的愛情結晶奧黛莉，只有健康快樂的心願。簡薇容說了不只一次，我的寶貝女兒，我們留給妳的錢，可以讓妳這輩子不必為了經濟發愁，妳只要找到自己喜歡的興趣，我們會支持妳，願妳這一生都無憂無慮。

奧黛莉事後回想，這是不是一種詛咒？神喜歡予人考驗，讓現實與理想相違。平安無憂正好是奧黛莉此生最大的缺陷，從小就怕丟臉、怕出糗，天生與快樂絕緣，一點小事就往心底去。那麼多人在奧黛莉身邊，獨獨一位國小老師發覺了奧黛莉的與眾不同。那老師叫什麼，奧黛莉忘了，只記得姓林，林老師，她記得同學們拿諧音捉弄老師，林老師咧。林老師是教國語的，奧黛莉在母親的耳濡目染之下，對於文字的應用有些心領神會，偏偏她容易緊張，去過一次即席演說，在台上講了五十幾秒，嘴巴再也咬不了半個字，只好狼狽地鞠躬下台，奧黛莉的寫作倒是拿過兩次排名。奧黛莉被指派參加國語文競賽，她在朗讀跟寫作間擺盪，她羞於啟齒，自己有上台的憧憬，她想被看見。

林老師請奧黛莉在午休時間到教師休息室，循循善誘，文靜，不要緊張，我們慢慢想，老師的名單可以晚點送出。奧黛莉受寵若驚，哪怕她在林老師面前表現得那樣忸怩、小家子氣，林老師也未曾表露厭煩的神色，更可貴的是，林老師還逐步引導奧黛莉說出自己的想法。中午的休息時間，導師規定誰如果頭抬起來，被風紀股長看見了，會被扣優點卡。奧黛莉是例外，鐘聲一響，她可以理直氣壯地坐著，抓起朗讀的稿子練習，十分鐘後，再提起裙子，慢慢地走出教室。她可以感受到，有些人扭著脖子，目送奧黛莉走出教室。無庸置疑地，她被深深羨慕著。

奧黛莉成年了時常回去想，為什麼童年時人們那麼不甘願睡覺，視其為懲罰、午休時間晃來晃去是特權；長大之後，情況顛倒過來，人們寧願遁入睡眠，而睜開眼睛成了困難的責任。奧黛莉更進一步想，是不是因為孩子們曾經對世界充滿希望，深懼一旦閉上了眼睛，就要錯過了什麼美好的、稍縱即逝的繽紛畫面，而在成長的過程中，這希望一天天萎縮、直至凋零、瓦解。曾經的孩子們懂了，睜大眼睛有時候反而會看到不該看的，而有些時候，目睹了就退無可退，從童年的狀態強硬登出，丟失了密碼，不管在門外哭得多麼狼狽，從今而後就是大人了。

奧黛莉十歲就被變成大人了。

奧黛莉曾經很愛林老師，那份愛是她不會想要去討論的。裡面或許鑲嵌著其他情感，尊重、敬仰、崇拜甚至感激，那又如何？這一切的匯集之處就是愛，她曾經很愛林老師。後來很多人試著找她梳理這份愛的質地，奧黛莉在那些安慰中，反而認清自己是不可能得到救贖了。這些人不可能理解的。他們一口咬定，奧黛莉的愛是假的。

她只想，你們是把那時候的我當成白癡嗎？

奧黛莉很容易練習到一半就喪失信心，林老師會使出一切手段來安慰她。文靜，老師知道，老師都知道，爸爸媽媽雖然一天到晚說他們沒有給妳壓力，可是，妳就是感覺得到，對吧。班上的同學，誰跟妳一樣有兩本護照呢？誰跟妳一樣，有個常上電視的父親？妳沒有錯，爸爸媽媽也沒有錯，文靜，不要害怕也不要緊張，老師看得出來，妳比誰都希望讓爸媽驕傲。老師陪妳，人不會因為一次的失敗，就什麼也不是。我們先慢慢地把妳的朗讀練好，哎文靜妳不要哭，老師真的會陪妳。

奧黛莉掐著自己的脖子，收緊，她眼前一黑，回到現實。她又摔進回憶裡了，林老師的話彷彿廣播系統，只要她召喚，旋即清晰穩定地流瀉於腦中。她小時候把林老師的話奉為聖經，虔誠地背誦，文靜妳不要哭，老師真的會陪妳。那次校內朗讀比賽，她果真得了第一名，一走進比賽的場地，三位評審，林老師坐在正中間。奧黛莉感覺到體內有什麼，突破了邊緣，汩汩流出，她走到中央，眨眨眼，竟不覺得自己在與別人競賽，只是在跟林老師說話，林老師定定地看著她，奧黛莉耳邊聽見回音。文靜，老師真的會陪妳。榜單貼出來之前，奧黛莉早已知道她會得名，林老師又問，文靜，妳要去參加全市的比賽了。緊不緊張？

老師，只要你陪我，我就不會緊張。奧黛莉想起來，聽到這句話，林老師笑得好開心。奧黛莉從小到大沒有一刻那樣地替自己感到驕傲。林老師又說，爸媽愛你，因為你身上流著他們的血液，而且他們只有你，哪怕妳再怎麼平凡又普通，爸媽依然會愛你。老師不是，老師跟你沒有血緣關係，一年又要陪伴這麼多學生，若老師愛你，一定是妳真的很特別。

◈

范衍重把車停好，下了車，他不只一次停下腳步，東張西望，確認沒有人注意到自己，才繼續前行。抵達後，在門口站好，深呼吸，按下門鈴。

「誰啊。」屋內傳來拖鞋鞋底彈回地板上的聲響，腳步慢且沉，該有些年紀了。

內門被拉開，女人隔著鐵門瞪著范衍重，一隻眼珠有些混濁。

「請問是張太太嗎？妳好，我想問一些關於吳辛屏的事情。」

「吳辛屏？你是她的誰？」張太太的眼珠往上提，多了分警戒。

「我是她的先生。」

「你前幾天是不是有來過我們這裡？跟著吳辛屏的媽媽。」

「對，那天妳人剛好不在，我們是跟妳女兒說話。」

「你都跟我女兒說到話了，有必要再來嗎？」張太太作勢把門掩上。

「等一下，張太太，我是真的有很要緊的事情，我太太現在出了一點狀況……」

「那個女的出的狀況可多了。」

又來了，跟女兒如出一轍的眼神，輕視。

一早，范衍重醒轉，說不上是什麼在驅動著他的思緒，也許是常人所謂的直覺，他想起了黃清蓮口中的「小貞」，他認為黃清蓮跟奧黛莉都在掩蓋著什麼，只有這位不起眼的鄰居，赤裸、輕慢地展示了她對吳辛屏的不屑。小貞沒有聯絡他，他乾脆親自上門。

「張太太，妳願意說一下，辛屏之前到底是出了什麼狀況？」

「我才不要，自找麻煩，」張太太嘴一癟，語帶嘲諷：「你可以去問其他人，吳辛屏幹了什麼好事，雖然十幾年有了，大家應該還有些印象，總有一、兩個愛八卦的會告訴你。」

「張太太，拜託。我很需要妳的資訊。」

「對不起我幫不上你的忙，你去找別人吧。」

張太太後退一步，門唰地闔上，下一秒，裡面的鐵門也一併關上了。

范衍重愣住，又按起門鈴，他將身子貼著不鏽鋼材質的外門，另一隻手奮力拍著門面。他不敢放聲呼喊，以免招來關注。他祈禱張太太別通知黃清蓮，這對母子只會壞事。就在范衍重想著是否該離開時，鐵門再次開啟。

「張太太……」范衍重很快地噤聲，應門的是小貞。她半張臉隱沒在門後，另外半張臉神色陰沉，眼珠飄移不定，乾澀的嘴唇合攏又張開。

范衍重撐起笑容，和顏悅色地問，「張小姐，我們見過，再給我一個機會好嗎？」

「吳辛屏怎麼了？」女子問，眼神從下而上斜睨著范衍重。

由此可知，黃清蓮並沒有跟這些人告知吳辛屏人間蒸發的事。

范衍重打算靜觀其變。

「辛屏前幾天回來看家人，好像吵架了，整個人變得很不對勁，不管我怎麼問，她都不說。我只好親自來找辛屏的家人，但他們也不太配合。我就想到，那天我們來找妳，妳看起來好像知道辛屏的一些事情，張小姐，我感覺得出來，妳是個正直的人，或許辛屏以前做事不成熟，得罪了妳，我在這邊代替她跟妳道歉。也請妳幫個忙，給我一些線索好嗎？」

小貞防備地看著范衍重，范衍重這才注意到她的喘氣聲比常人響，這裡距離發電廠不遠，范衍重記得自己回到台北後，一口氣喝光兩大杯綠茶，才稍稍舒緩喉嚨的乾痛。一想到這，他看向小貞的眼神瞬間柔和了許多。

范衍重目光所及若不是農田，就是低矮的屋舍，最高不過四樓，許多建物斑駁灰敗，牆面落漆嚴重，也不乏拆到一半，疑似預算耗盡，乾脆停擺的房屋，木梁跟鋼筋凸露，一面牆尷尬立著，前方有一只孤零零的白色馬桶。若從他家陽台望出去，那是截然另一幅景致，大安森林公園，三組字，兩兩組合，都讓人覺得自己足夠幸運，遑論把他們併在一起。范衍重喜歡觀察那些牽著狗散步的人，尤其是老人，老人與狗，他可以看著他們慢慢地走，最終移出他的視線範圍，一個下午過去了。他走來張家的路上，特別留心了電線桿上以鐵絲旋緊的廣告紙板，一戶透天的價格，跟頌律房間的價值相去不遠。

這裡的人日子真好過，也真難過。吳辛屏與這裡劃清界線，仔細想，也是情有可原。

「你再說一次你怎麼稱呼。」小貞悶聲道。

「我叫范衍重，不然我再給妳一次名片？」

「不用了。」小貞回絕，態度柔和了幾分，「我不想要有太多牽扯。」

屋內傳來張太太的粗吼，示意女兒快點打發范衍重，小貞喊了回去，再給我一點時間。

范衍重胸腔一抽，時間所剩不多。

「我問你，你為什麼會想知道吳辛屏之前的事情？只是好奇嗎？」

「不只是好奇。」

「你是個有錢人嗎？」

「這要看你對於有錢人的定義是什麼，不過，我不覺得我是個有錢人。」范衍重想了想，恍然大悟，「張小姐，我不是個有錢人，但我也不愛佔人便宜。不會要求別人白白做事的。」

「你在說什麼？你以為我在跟你要錢？」小貞發出冷笑聲，身子又縮回門後。

范衍重很明白，他快要毀掉幾分鐘前打出的好牌了。

「我不是這個意思，我只是想表達，若妳願意分享任何資訊，我會在能力之內……」

「我不需要任何東西，我只是替宋家覺得很不值得。」

「宋家？」

「吳辛屏沒有跟你提到？也難怪，她講了，到手的肥羊就跑了。」

「張小姐，妳可以講得更仔細一點嗎？宋家？哪裡的宋家。」

「范先生，你太太有跟你說過，她高中時被學長強姦嗎？」

小貞臉上浮現一抹微笑，「學長是家長會長的兒子，也是我們這裡最有錢的人。」

「強姦？張小姐，等一下，」范衍重感受到手上的牌一張張墜落至地面，排列成他從未看過的陣型，他手指頭緊箍著下頦，好壓住逸出的驚呼，「我跟妳確定一下，我們在討論的人是吳辛屏，」他拿出手機，刷到妻子的照片，「這個人沒錯吧。」

小貞涼涼地看了一眼，視線又與范衍重對視，「吳辛屏八成把你給弄得團團轉吧？她從以前就是這樣，對男人很有一套的。」張太太又高聲呼喚，范衍重這次聽到了女子的名字，貞芳。

張貞芳沒有回應母親的催促，視線繞過范衍重，落在後方的街景，也可能是更遠處的山景。

「吳辛屏讀書的時候，看起來很清純，對所有人都很親切。」

范衍重屏住呼吸，他看得出來，張貞芳很壓抑，既想發表、又想掩藏。他的思緒更是紊亂，怎麼會這樣？他遠道而來，不過是想釐清黃清蓮跟吳啟源的嫌疑，他想過，若吳辛屏有勢利、薄情的一面，他願意接受，他甚至覺得這說不定是吳辛屏在這種地方成長，所發展出的防衛機制。偏偏強姦這個字眼太大了。他承受不住，好像有人把整箱的針全數倒在他頭上，其中幾根刺破他的武裝，筆直穿進他的喉嚨跟心臟。

他打了個哆嗦。吳辛屏像是被強姦過嗎？他又問，怎麼樣算像？

若以精神失序和反覆崩潰來說，顏艾瑟更像。但，范衍重憂鬱地想到另一個層面：吳辛屏在床上的包容。范衍重跟吳辛屏在性上面，始終好不起來，他常常力不從心，吳辛屏安慰他沒關係，我們都不是年輕小伙子了，性沒有那麼重要，過日子下去才是。

日子還過得下去嗎？范衍重不確定了。

張貞芳深深吸進一口氣，「我不想再說了，這是吳家跟宋家的事情，跟我其實也沒有關係，我只是旁觀者，不好說什麼。我只是替懷萱感到很不值而已。她沒有錯，只是交到壞朋友，誰能夠在十幾歲就認清身邊的人是好人還是壞人？聽到吳辛屏現在出了事，范先生，我這樣說很傷人，但我鬆了一口氣，人做錯事，還是會有報應的。」

「懷萱又是誰？」范衍重想辦法忽視張貞芳的恨意言論。

「學長的名字叫宋懷谷，懷萱是他的妹妹。你不如利用你辦案的專業，好好把那時候的事情弄清楚，到了那一刻，也許你就明白為什麼我們聽到吳辛屏會這麼反感了。」

「張小姐，很抱歉，但，」范衍重咬緊牙根，「算我求妳，再回答我一個問題吧，既然妳說辛屏在高中時被、被學長給強姦了。那為什麼妳一點也不可憐她？妳不是說妳跟她當同學很多年嗎？」范衍重險些說出，**難道這都不算什麼**？

張貞芳露出不懷好意的微笑，整個人竟有不合時宜的愜意：「我為什麼要可憐她？范先生，換我問你一個問題，強姦這種案件，為什麼都只聽女生說什麼？」

「張小姐，我不懂妳的意思。」

張貞芳呼吸悄悄加速，眼中泛起紅光，「我問你，兩個人兩情相悅，女生怎麼可以把身體給人家，再說人家強姦你？這是不是陷害？你說說看。宋家還真的賠了五十萬，我不懂，宋懷谷是做錯了什麼，他那麼善良的人，就這樣被吳辛屏毀了。」

范衍重察覺到，張貞芳對這件事的立場，絕對不如她自己所言的「旁觀者」那樣單純，下一個問題是，張貞芳是對裡面的誰有反應？又是以什麼角色？

張貞芳調整了一下呼吸，「范先生，你先不要去想這個女生是誰，先聽我講，再告訴我你覺得誰有道理。今天，有個人生日，在家裡辦派對，喜歡的女生也來了。兩人有說有笑，看起來很正常。女生隔天看起來也是跟之前沒兩樣，誰知道過幾天，那個女生跑去跟老師說，她被這個男生強姦了。這有什麼道理？」

「這不能妄下定論。很多受害者當下看起來都很正常，但她們可能是在隱藏……」

張貞芳插話，「我說了，你不可以把這個女生想成吳辛屏，你看，現在你就是在幫吳辛屏說話了。我不要聽你的大道理，我只信我看到的。一個女生如果真的被那樣了，她隔天怎麼有辦法跟宋懷萱聊天，有說有笑？」

張貞芳話鋒一轉，「再說了，宋懷谷條件那麼好，多少女生喜歡他，他沒必要來硬的，很多女生恨不得跟他在一起。吳辛屏這樣污衊宋懷谷，不就是為了敲詐？我還想過，搞不好是她爸慫恿她的，那一陣子她爸不知道在外面怎樣了，吳家欠了好多錢。」

「辛屏爸爸有欠錢？」

「這你都不知道？」張貞芳倖倖然瞄了范衍重一眼，「吳家本來日子還過得去，不知道發生什麼事，就沒錢了，吳辛屏她媽那一陣子還跟我媽借了不少錢，後來才還清，八成是用宋家給的錢還的。不過，她哥很好運，娶到有錢人的女兒，說是娶，不如說是入贅，小孩讀書的錢跟他們開的車，好像都是娘家給的。」

這也解釋了為什麼吳啟源在母親跟前抬不起頭的原因，相處不過幾個小時，范衍重已經能揣測黃清蓮的心思。她勢必認為兒子也拋棄自己，跑去享受更優渥的人生。

沉默半晌，張貞芳又說，「你自己想想吧。吳辛屏毀了多少人。可憐的不只宋懷谷，還有宋懷萱，聽說剛出事的時候，宋懷萱差點沒被她媽打死，她帶回家裡的朋友害慘了哥哥。」

「妳可不可以給我妳的聯絡方式，我怕以後我還有些事想問妳。」

「不了。我不想被吳辛屏糾纏上。也請你不要再來打擾我們，我跟你說了這麼多，算仁至義盡，倒是有個問題，我想了好多年。你可以的話，幫我問問吳辛屏，這幾年來，她睡得著？不會良心不安嗎？」

范衍重還在思量著怎麼回應，張貞芳毫不戀棧地把門甩上。

Chapter 7

第七章

我又不小心閉上眼睛了。我太累了，我的疲憊很可能來自於這麼多年來，我都要掩藏著我的感受，絲毫沒有片刻的安寧。此時此刻，那女人瞪大眼，瞅著我。或許她心中正規劃著一百種方式來傷害我。

◈

我時常想，我的祕密算什麼？我曾經以為哥哥會牽著我飛出去，誰知到頭來我一無所有，被遺留在原地，笨拙又狼狽地苟活。對哥哥的思念時常在體內燒灼著我，烘得我渾身皮膚膨脹發燙。有了丈夫，我還是渴得無法救藥，丈夫是海水，哥哥是清泉，我越喝越渴，越喝越思念。這樣不對。非常不對。只是對與不對的爭執，又是誰說了算，很久很久以前，我們的事也能夠解釋為，本性，如此簡單。

我餵過一隻母貓，我叫牠咪咪，咪咪後來消失了。

我害怕咪咪被撞死，我們這裡的酒鬼太多了，入夜，那些人的車速又莽撞得像是一心求死。我做了好多惡夢，咪咪癱死在地，肚腹猶在鼓動。我並不愛貓，但咪咪不同，我餵過牠。人很少意識到，「付出」這件事有多麼令人難以忍受。高一導師，教數學的，口頭禪是不忘行善，要當掌心向下的人。施比受更有福。他教完我們這屆就退休了，據說是跟妻子搬回老家、照顧年邁雙親，我再也沒見過他。我幻想過無數次，若有日我跟數學老師巧遇，我勢必要糾正他，你錯了，施捨的人會悄悄地、不知不覺地挪移手勢，一眨眼掌心就向上了。付出的人也在等待有人報恩。他比所有人都飢渴。

我惦念著咪咪。逢人也問，有沒有看到一隻母貓，身上的花色東一塊，西一塊的。有人指點我去土地公廟尋找，說有人在洗水果時，看見了一隻跟我形容得極像的貓。我拎著貓食去土地公廟，前兩次都無功而返，第三次，垂頭喪氣地返家時，咪咪站在我家門口，身後跟著兩隻幼貓，她帶著她的孩子來找我。我高興得說不出話來，連忙去便利超商抱回好多罐頭。我看著那兩隻幼貓一天天長肉，一日，一隻消失了，母貓攻擊另外一隻。我嚇壞了，去問超商店員，店員從前養過一隻貓。她很冷靜地為我分析：咪咪在保護她的食物，她認不出那是她的小孩了。我挫敗、震懾地瞪著店員，對方在這剎那看起來好聰明，我幾乎要遺忘她在上班時間不斷混水摸魚，或望著時鐘，倒數下班時間的慵懶姿態。我急問，怎麼會？哪有媽媽會認不出自己的小孩？店員眨眨眼，擺出一臉我都說了妳怎麼還不信的神情，又說，貓是用氣味來辨識的，氣味變了母貓就認不出來了。

我恍然大悟，又黯然神傷。事理可以如此，人心何苦複雜。

那年暑假發生的事很單純：父親睡了晨雅阿姨。

母親把我跟哥哥叫到客廳，告知了這件事。相對於傷心，母親展現出的情感更像是憤怒。她詛咒父親不得好死，聲音像是從喉嚨深處拉扯出來，我幾乎要相信她下一秒跟電視裡那些病瘦的丈夫一樣，噴咳出鮮血。

我一面心疼母親，另一面則心疼父親。晨雅阿姨那麼好。我第一次見到晨雅阿姨的時候，整顆心懦弱地縮起，若我是晨雅阿姨的小孩，那該有多好？她的手指頭粉嫩嫩，身上縈繞著一縷淡淡的香氣，她不疾不徐地從冰箱端出水果跟蛋糕，遞上叉子的手勢如此溫柔。有這樣優雅的母親，同學很難不羨慕我們，我的可怕願想，父親竟實踐了。

哥哥跟我站得很直，像失去溫度的蟬殼，我們等著母親的審判。內心滿懷擔憂，是不是從此我們兄妹倆得在老師學期初發下的家庭狀況調查表上，勾選單親，老師會在幾天後，私下把我們叫過去，鼓勵我們，只要認真讀書，我們還是可以表現得和正常家庭的小孩一樣好。

我越想越覺得不甘心，灌入我體內的空氣緩緩地變薄了，眼淚順著眼眶滾落，哥哥急促地喊，媽媽，媽媽，妹妹好像要……。母親的視線直直地刺向我，臉上有我無法明白的恨意，我的身體很快地跟上我的心，我確實喘得上氣不接下氣，我甚至感覺到自己的靈魂脫離了我的身體，居高臨下地旁觀我的表演。

我也想起瑤貞，我多想要她也在場見證這一刻。並在事情沉澱之後，向我描述我跟母親的神情與動作。我想像她附在我耳邊，聲音伴著氣息拂在臉上，令人迷亂的味道緊緊包裹著我，她說，妳太了不起了，妳知道嗎，妳媽媽完全被妳騙到了。我好佩服妳。妳是我見過最聰明的人。

寥寥數秒，我發冷又發燙，心思如按了八倍速的錄影帶，一格一格跳躍，偶爾連續、偶爾失去了聯繫。母親跨步，橫在我跟哥哥之間，她抓住我的肩膀，指甲嵌入我肩肉，星火自眼前竄過，我痛得呲聲，母親把我抓到哥哥正前方，我跟哥哥四目相交，我讀到了他眼中的關懷與困惑，心底又是一晃，我才要露出笑容，母親吐出的言語如同閃電從天而落，把我的身軀狠狠劈成兩半，她發出尖銳的乾笑，你關心她不如關心我，你這妹妹也是你爸爸跟別人生的，不，也不能算是別人。

母親猛然又捂著臉，嗚噎如嬰孩，手放開時她滿臉是淚，放聲尖喊，我模糊地聽懂了母親嚷嚷的內容，你們的父親太偉大了，他有病，他非得要去碰他身邊的女人，不碰不行、不碰會死。我的耳朵一片嗡嗡嗚響，我怎麼可能不是母親的孩子？我們那麼像。母親帶著我跟哥哥去菜市場，攤販們像是事先說好似地，一個接著一個讚嘆，隨著我的年歲增長，我越來越像年輕一點的母親，我們緊閉嘴唇時的側臉，不笑的時候略垂的眉，鵝蛋臉，放在整張臉上顯得太小的唇。太多跡象顯示我的血脈與母親緊密依偎，我不能理解母親何必在這時試圖扭折我的心。

母親停止對我的凌遲，她指著我，瞇起眼，我心跳劇烈，胸腔萎縮，不由得慶幸瑤貞不在場，我不能接受她對我施以同情。也不願想像瑤貞笨拙又執意，想擠出一兩句好聽話，又讓我心底更加難受。我注視著母親，祈禱她快點向我道歉。母親跪坐，哥哥去攙扶她，這一幕讓我情緒潰堤，我也捂著臉，細細地哭了，我們連表達難過的方式都那樣神似。

哥哥慰哄母親，聲音低沉，卻滿蘊力度，他說，媽媽妳不要這樣，妳看妹妹被妳嚇成這樣，妳快點告訴妹妹，妳只是在跟她鬧著玩而已。母親揚起臉，嘴唇吐出冰冷的命令，不允許妳喊我媽媽，妳的媽是妳念念不忘的姨。妳開心了？妳得意了？妳不是很喜歡姨？

我轉而尋找哥哥的視線，他也掛不住笑容了，聲音漂浮，擠出彆扭的微笑，媽妳在說什麼呢，姨不是妳的妹妹嗎？媽妳是不是太累了。妳跟爸爸的事情，怎麼會跟姨有關呢。母親撐著膝蓋，站起身，我恍惚有種錯覺，母親快要消失了，她試著站起的模樣如此辛苦。母親拒絕回答我們的問題，她要去問父親。她說，全部都是他造的業，你們去找始作俑者問個清楚吧。說完，母親緊抓著扶梯，一階一階，遲緩地爬上樓，她沒有再轉過來看我跟哥哥一眼。

我望著哥哥，多麼希望他會走過來，環抱我、以溫暖結實的聲音勸哄我，跟我說，我們所目睹的一切，不過是母親在暴怒中製造的畸形妄想。哥哥鎮定地走到電話前，我感到憂愁，但見到哥哥規律地壓著數字，崇拜這種情感無端在我的體內膨脹，他為什麼可以在混亂之中，輕而易舉地意識到最重要的莫過於聯絡上我們的父親。

他是冷眼旁觀？或是理解到必須如此？哥哥是不是想保護這個家？電話接通了，哥哥把我喚過去，話筒置於我們之間。哥哥發言，語調平靜得我不禁仰起頭觀察他的神情，他流露出某種雕像的氣質，我感覺到冰冷跟永恆。他要求父親立刻回家。父親回覆，還在外面談生意。哥哥不給父親心理準備的機會，直接切入，媽媽說妹是你跟小阿姨生的。一段冗長的沉默，我恍然大悟，母親沒有說謊。我落下憎恨的淚水。父親說，我馬上回去。

坐在沙發上期盼著父親，跟坐在醫院冷硬椅子上期盼著醫生沒有兩樣。他們都是要來發落我體內的祕密。父親似乎對於這一天的到來，有所準備，他給予了很多細節，多到我無力說服自己，這是個即興的惡作劇。自從母親生下哥哥，身體跟著衰敗，深夜裡，她的背跟腳無以名狀地抽痛起來，母親深信自己即將不良於行，她沒完沒了地哀歎她得成為鎮上同輩人最早坐輪椅的。父親把母親送去院長那住了一陣子，吃了好幾排的藥，注射數不清的營養劑，絲毫不見起色，院長懷疑母親是承受不了育兒的勞苦，簡言之，是心病，心病還需心藥醫，院長提議父親找個幫手，姨於焉到來。

外婆很滿意這安排，那時有個男生終日在外婆家附近遊蕩，似乎在守候著姨，外婆不喜歡那男生，嫌棄他只是個老師，收入有限，配不上姨，外婆很篤定姨可以跟我的母親一樣，嫁給商人或是醫生。父親說到一半，疲憊地揉了揉臉，他的雙眼皮鬆開，眼睛深邃了幾分，我恍惚自問，我怎麼未曾注意到父親面容這般俊秀？父親偶爾會來接送我們，有幾位同學起鬨，大喊父親是美男子。在我心中，那張臉就是一張父親的臉，無關俊帥醜陋。如今情勢逼得我仔細端詳他，多少人被這一張臉給吸引。母親。姨。晨雅阿姨。那不單純是一張父親的臉，也適宜解釋成情人的臉。我延遲到那麼晚才發現。我對於血親的判斷，似乎老是失準。

我逼問父親，我是姨的小孩嗎？父親的眼中飄現一抹幽光，我心中巨人一般的父親，這一刻看起來渺小、萎縮、不堪一擊，他徐徐點頭。我不由得抬頭眺了一眼樓梯的方向，想著母親是否握著欄杆，提著呼吸偷聽。我又問，怎麼是這樣。父親陰鬱地看著我，試圖解釋，妳媽媽整天把自己關在二樓，院長說妳媽媽的心病不是一天兩天會好的，要我跟姨有耐心。我好像在照顧兩個小孩，一下是你哥，一下是你媽。那一年我回到這裡，只有一個人願意聽我說話。沒有妳的小阿姨，我根本撐不起這個家。父親抹了抹臉，神情乾淨又無辜，他無措地乾笑了兩聲，說，你們不要擔心，這個家還是會好好的，不會離婚的，我上去跟你們的媽媽說一下話。

哥哥攔住了父親的腳步，他瞪著父親，那果敢、專注的神情我至今難忘，他問，爸，你還會再讓這種事發生嗎？再發生一次，我們就要沒有媽媽了。父親杵在那，我沒見過他這樣膽怯的臉，他悵然地開口，不會的，你們不要擔心。語畢，父親步履沉重，蹣跚地登上二樓。他走進主臥室，我跟哥哥大氣不敢抽一聲，很擔心他們兩人的發展。哥哥悶著聲說，我們的父親太懦弱，也太多情了。我點點頭。

父親那樣崇拜、敬重王叔叔，為什麼他在對晨雅阿姨做那件事情時，會忘了他的摯友呢？我想像父親觸摸小阿姨，或晨雅阿姨，那是個兩情相悅的場面嗎？那些女人的內褲是她們主動褪下的嗎？還是說，她們只是天真地倒臥，把主導權交給我的父親，如此一來，她們才能夠抽身，好整以暇地說，這一切都非我所願。

我忖度著她們的內衣，跟母親泛黃的，弛張的內衣截然不同，合該鑲滿了精細的蕾絲。乳房包裹在裡面，如薄紙裡蒸好的糕點。我怎麼可以妄想這些女子的裸體，又，為什麼妄想她們與我的父親交合，讓我又是苦悶又是興奮。我難不成是瘋了？我又想到被母親沒收的那些姨的禮物。怪不得姨總是給我最好的。我也想到姨的名字帶個荷字，小河原來是小荷的誤聽。這樣說起，父親那晚捧著我的臉，綻放出的甜蜜微笑都有了緣由。父親愛過姨。我既委屈又釋懷，墜了幾滴淚，滴在哥哥的臂上。

我推開哥哥，一心一意要找到瑤貞。我會給瑤貞一個加工過的故事，裡頭僅有父親睡了王叔叔的妻子，沒有姨。我走得汗流浹背，我給自己設下底限，允許自己在瑤貞面前稍微衝動地哭泣，但不能太久，若瑤貞湊過來，以她那拙樸、愚緩的言辭，試著給予慰藉，我或許讓她擁抱我，拍拍我的肩膀，同樣地，也不能太久。我不能讓瑤貞以為，她安慰了我一次，就顯得她偶爾比我聰明識事。我還沒表明來意，瑤貞早先一步，宣布她要搬走的消息，讓我的眼淚硬生生被封存，無法流下。那個分秒沒有流下，其後，我也尋不到其他的場合，只能獨自享受，祕密爆炸瞬間的轟然耳鳴。

有一段時期，我食不下嚥，有時整天只吞了半顆蘋果，還是哥哥逼我吃的。我無從預測我的父母會怎麼商量我的歸處，而瑤貞的隱瞞更讓我如遭背叛，到了第三天，哥哥再也忍受不了，他走進我的房間，我埋在枕頭上，木然、無語，只是眼角留心著哥哥的舉動，哥哥蹲下，視線與我的平齊，語氣又肅穆又寵溺，妳該振作了。

我乾涸的雙眼又有潮水漲起，哥哥見我泫然欲泣，把我的上半身拉進他的懷裡。邁入青春期的哥哥，散發出跟瑤貞有些近似的酸果氣味，稱不上好，我卻嗅了又嗅。哥哥的身體因為賀爾蒙而變成我熟悉又陌生的輪廓，他的骨頭與肌肉似乎每一天都比前一天更加進取。哥哥的吐息落在我的耳際，溫熱潮濕，沿著耳朵的輪廓掉入我的身體，他說，妳不要怕，妳還是我的妹妹。這是大人的事情，跟我們沒有關係。妳只要知道，我們兩個人沒事，就沒事了。我們不要受到這件事的影響。

我就是聽著哥哥的話，一點一滴把散落一地的自己給拾拼起來的，否則我好害怕母親要把我趕去跟姨一起住，跟姨一起生活並不會令我難過，姨是母親更好的版本，母親確實也猜對了，我幻想過若姨是我的母親，我也不至於太悲傷。我擔憂的是就這樣離開了我習慣了多年的家。彷彿有兩個我在做抉擇，究竟是跟我的生母一同度日，或者是在這裡，跟我愛的人與愛我的人耗盡一生，兩個選項，似乎都能讓我不枉此生。下一個困擾我已久的問題是，這僅僅是我個人的問題嗎？其他人，都是用一張臉，一份理念，一式邏輯，就過完了自己的一生？

沒人知曉父親是怎麼說服母親的，他們又好了。

我們絕口不提王叔叔，晨雅阿姨，與其他的關鍵字，台北、捷運、通車，以及改變。父親瘦了幾公斤，氣色也枯黃許多。即使如此，他恢復了舊往的應酬。母親隔了幾天又下到一樓來，神情自若，像是那個撕心裂肺的夜晚不曾發生過。冥冥之中他們大概達成了什麼交易。母親對我的態度也回到舊樣，不冷不熱，差別在於我不再怨懟，那是我應得的。

◈

暑假結束，一晃神，時序進入冬天，不知是否心情作祟，或那年的寒流特別頑強，那是我經歷過最冷的冬天。清晨跳下床，準備把睡衣換成制服，冷風刺在我的肋骨上，如電流竄至胸口，再跳躍至太陽穴，我痛得咧嘴，頻繁地換氣，想讓身子暖起來。母親扔給我一件背心，我還是凍憮憮的，哥哥竟說不冷，我伸手摸他，暖呼呼的，我把他的制服掀起一角，制服跟內衣之間，還多了一件保暖衣，料子粗厚，我撫過，手掌挲擦出熱氣。

哥哥也把我的制服連同內衣拉開，他的手直接放在我的腰上，整個世界我只聽見我的心跳，哥哥往上延伸，到我的胸肋，我停止呼吸，他又倏地往下一指，凡他掌心所經，處處有火焰升起，火舌舔舐著我的心。哥哥問，妳怎麼那麼冰，我去跟媽媽說。我拉住哥哥的手，說不用了，我不冷，你不要再去打擾她了。哥哥看著我，迷濛之間我聽到他的嘆息，他說，好吧，妳想要這樣，就這樣吧。我沒有說話。哥哥彎下身，緊緊箍著我，那年暑假我一公分也沒長，月經也沒來，我忍不住把兩件事帶給我的打擊，怪罪於父母跟瑤貞。我被自己的身世給嚇到了，身子承擔了心靈的痛苦，因而如置牢籠，血僵凝在體內，落不下來。

話題淪為禁忌，就生出誘惑，我反倒很常想起王叔叔跟晨雅阿姨。王叔叔多愛他的妻子啊。晨雅阿姨個性風風火火，時常截斷王叔叔的話，我常為晨雅阿姨擔心，我想起院長夫人只穿著內衣罰站的故事。殊不知王叔叔並不生氣，自在地把目光落在妻子身上，乾脆把麥克風讓給了她。進一步說，我在王叔叔身上，見識到若男人想尊重女人，他是有能耐做到，並不讓自己看起來很委屈，或承受了什麼不公的挑戰。父親只解釋他怎麼親近了姨，沒講述他跟晨雅阿姨的經過。我只能揣測，揣測讓人大膽。我把記憶所及的畫面小心剪輯，組合我眼中有意義的線索。人只要接受了結果，往前追溯的濾鏡也難免深受渲染。我轉身追憶，連父親催促著哥哥跟我快點上車的聲音，都滲進了激情。我的父親可有掙扎過？他又是如何勸哄晨雅阿姨與他不倫？換個角度，在姨的眼中，她可曾有一剎那踟躕，身上的男子是她絕望的姊姊的丈夫，她照顧的孩子的父親。母親沒有罵錯。父親罹患怪病，離他很近的女人，妻子的手足，摯友的愛妻，隱隱召喚著他，誘他，勾他，他動之以情。

我瞞著哥哥，又去找了一次父親。一見到我在他身側坐下，父親定定地看著我，我百感交集，也同情父親，他傷害了很多人，尤其是母親，連帶地也傷害了我。我更渴望母親的愛了。十二年來她不是沒試著愛上我，她刻薄過，偏心過，知曉內幕後，我更甘願想到母親對我好的光景。她藏著苦澀的祕密，祕密的結果又成天在她的面前，學步，上學，結識朋友，鬧彆扭，偶爾還說謊欺騙她。我曾為了跟瑤貞鬧彆扭，哭哭啼啼，拒絕晚餐，半夜，飢餓熬出滿腹酸水，我摸到廚房，見到母親為我留了兩枚水煮蛋，一碗湯跟一片巧克力。我站在流理台吃著母親準備給我的食物，胸中是一片澄黃暖明。然而，我對父親也很好奇。他不是初犯。他連洗澡都不會摘下手上的結婚戒指。他在追尋什麼？姨跟晨雅阿姨是否讓他享受過？他是不是也跟我一樣，時常做夢，夢到自己孑然一身，飄到了他方？

我問，有其他人知情嗎。父親提到一個人物，院長。我出生那日，護士是從別的醫院找過來支援的。出生證明跟其他的住院資料都沒有瑕疵。我又問，鄰居呢，其他人呢，會有人發現吧，媽媽的肚子沒有變大。父親的語氣異常地定靜，他大概私底下演練過數回。妳不要怕，我們成功隱瞞了所有人，生完妳哥哥之後，妳媽媽太沮喪，很少出門，妳阿姨穿得很多，遮住身材，沒人問過。最後兩個月，姨也不出門了。妳的姨是半夜三、四點破水的，我們開車抵達醫院，那麼晚，一路上我們沒遇到任何人。妳媽媽跟姨一起在醫院裡住到妳滿月，最裡面的房間，我跟你外婆、院長輪流照顧著，沒有人知道。在我們這裡，人跟人之間是藏不住祕密的，妳都那麼大了，有人來問過妳嗎？沒有。

我心一抽。難怪母親時常把我往醫院送，她說不準是在跟院長賭氣，院長也是計劃的共犯，他站在我爸爸那邊，演了一齣好戲。我提出最後一個問題，你愛過姨嗎？哥哥不在，我拜託你跟我說實話。父親神情一凜，聲音溫柔得近似哀求，他說，妳原諒爸爸嗎。我點頭，父親又說，若妳願意原諒爸爸，就不要問了。

時序持續推進，到了回外婆家的日子，父親頻頻苦勸，母親奮力掙扎，你自己帶他們去吧，我不想收拾殘局。父親寒著臉坐上駕駛座，哥哥牽著我走進後座。沿途我的思緒灰撲撲地，無法想事，因為整顆心已化成事情本身。外婆跟姨在門口站著，臉上有刻意的笑容。我看著他們，說不出話來。外婆怎麼理解她的兩個女兒都為同一個男人生了小孩。在姨懷孕時，到底有幾個人坐下來商討我的生命，他們在這幾年間又是怎生決定爾後相處的模式？我不記得外婆對父親開口時有過不耐或遺恨。姨也是，他們對父親的態度親切自然，查無異常。

姨的眼中蓄起了淚水，她伸手，在我們之間製造了親暱的氣流。我雙手緊握，很決絕地說：我媽今天沒來，她人不舒服。姨的臉龐抽搐起來，眼淚迂迴打轉，我繞過姨進了屋內。我做出了抉擇。我不可能不這樣做。我得選擇自己的母親。多數的人，一生下來就有個母親在那裡等著他們了，我沒有，我得做出對我最好的選擇。我坐在沙發上，哥哥的手緊壓我顫抖的肩，他說，妳辛苦了。我聽到外婆、父親跟姨錯落的交談聲響，一會模糊一會清晰，姨抽泣起來，我放棄諦聽。我拉扯哥哥的袖子，問他，能不能為我幫一個忙，哥哥眉毛輕抬，等候我的指示。我說，等我們回去，晚上你可不可以來我的房間，跟我一起睡。哥哥傾斜著頭，他的視線在我的臉上逡巡，掃描、辨識著我的誠意。他咧嘴一笑，點頭答應，我反而憂心起來。

我很多年再回去看那個下午，稍微釐清了十二歲的我在想些什麼。寂寞。我被寂寞給深深攫住了，我參與了跟哥哥的苦澀遊戲。我轉換了我的身分，不再只是被動地接收。祕密因而變質，從可以告訴一個人的祕密成了無人可以傾訴的祕密。我沒有勇氣去著想這是不是個好的決定，我太累了。我想要有個人在我做了這麼困難的決定後，給我一個長長的擁抱。姨懸空的纖白雙手，在我腦海鑿出窟窿，我得要緊緊用什麼壓抵住，才能防止血的汩汩湧出。

◈

三十一也搬走了，她的父親等了好久，終於抽到了移民簽證，她小人得志地說自己要變成美國人了。我一則以喜，一則以憂。我不必再擔憂著她的伏擊，也為自己感到不值。三十一居心叵測，卻收穫了甜美的命運。美國，那裡的人是不是每一個都金著髮藍著眼珠子，嗓音迷人，步伐輕快彷若隨時都能跳舞，鼻梁掛著很精緻的眼鏡。

三十一的告別，讓我立誓要重新開始。我不是個有完整身世的人了，我不能再出差錯。在家裡，在學校，都要堂堂正正。可惜沒有一個人能夠像瑤貞那樣，讓我有書寫的慾望。我竭力表現，想說服他們選擇我成為最好的朋友，一個女生不能沒有最好的朋友。詭譎的是，一旦我跟她們親暱，我又承受不住內在的反感，表露出淡漠、不耐煩的樣子。

有些女生傳起了對我不利的流言，我想駁斥，又偷聽到她們對我的形容很正確，雙面人。

我暗自驚心，看來同學也察覺到了，我有兩個「自己」。一接受這個念頭，更能感受到自身的無能為力。我越來越畏懼照鏡子，擔心鏡子裡投射出來的臉孔會隨著時間而幻變成我認不出來的五官。

我一個學期內掉了五公斤，浴室的排水孔擠滿了我的頭髮。我哀求母親，讓我請了三天的病假，由院長開立證明。那三天，我參與了母親的白日，跟過去我親自和同學描述的不太一致，所有人都認為母親的命很好，比院長夫人還好，院長夫人需要打點醫院的庶務，也得固定在家裡舉辦一些席宴，我會糾正那些人，說，但我的母親要做很多家事，我們家那麼大。

同學們紛紛服氣了，是，妳家好大，只比院長家小一點。我豎起耳朵傾聽，以為自己會聽到母親在屋內移動的腳步聲，水桶被抬起又放下的悶響。實則不然。母親主要待在自己的房間，到了十一點多，她才走到廚房，我也識相地在那個時候走到二樓跟她會合，母親煮了幾盤清淡的菜餚，都是對身體有益的。我坐在她的對面，放緩手腳，盡量不發出咀嚼聲。下午我們又各自待在自己的房間。母親的房間傳來歌聲，那是她很鍾情的歌手，母親買了她好多張專輯。我聽到母親跟著輕哼，我有些詫異。她很少在哥哥與我面前有過如此放鬆，洩露個人喜好的舉止。我懷疑她忘了我也在家。

我走到樓梯間坐下，聽母親唱歌，母親一首接著一首，我的腦中浮現一個想法，那想法很奇怪，但也很不可思議：我或許能夠試著跟母親說點什麼。我不一定要一下子說出全部，先做出開場，再來一些提示，讓母親發問，使喚我解釋得更仔細。我得先故作十分為難，讓母親相信我不是在裝模作樣，她催促，我才把祕密交給她。我在腦中設想，鋪陳著對白順序與相對應的神情。

那些女生大致上說對了，我是個雙面人，一個活潑，一個陰沉；一個天真無邪，一個世故老練；一個恨不得不顧一切，另一個卻遲疑恐懼。單單是維持著兩者留在我的身體裡，不要逃出去，就耗光我全數氣力。好比說那時，我即將走下樓，讓一切按照我的模擬接續發生。母親抱著乾淨的衣物走上樓，見我坐在階梯上，臉上先是浮現困惑，旋即挑眉，問，妳又不舒服了嗎？我內心慌亂，這順序錯了，我得再次計算台詞，我說不出話來，只能緘默，笑得很緊張，在母親眼中似乎被解讀為心虛，她有了情緒，聲音一沉，又問，妳到底在做什麼？不要再演了，讓妳請假三天是極限。不管妳好了沒有，妳明天得去上課。

母親越過我，進入哥哥的房間，幾秒鐘後，她走出來，愁容滿面，手上握著一本什麼。母親心事重重地在哥哥的房門前踱步，她又走回去，出來時手上已空無一物。母親喃喃低語，太髒了，真是太髒了。又瞪我一眼，吩咐我裝作什麼都沒有看見，回自己的房間，在她回來之前，我不許離開。

她疾走回房，歌手的聲音中斷，我聽見鑰匙串碰撞的鏗擊，以及門用力甩上的轟響。我數了一段時間才把門打開，亦步亦趨閃進哥哥的房間。我沒花多久就找到了，母親顯然沒把那東西放回最初的位置，她刻意放在桌上，非常方正，與桌子的邊線對齊，那是一盒撲克牌。封面是一名半裸的女郎，頭髮濕潤，兩顆碩大的，紅通通的乳房往左右傾斜，她穿著一條很緊的牛仔褲，雙腿大張。

我想起母親的警告，抬頭張望，拆開盒子，從中抽出一疊，那是男女交合的畫面，高度聚焦在他們的性器官，其中一張，男子挺肚，身體的一部分沒入女人的身體，我首度看見女人體內的皺褶，以及皺摺如何被打開，我的指頭顫慄如觸電，那張牌落了地，滑飛進書桌底下，我嚇壞了，趕緊蹲下，牌埋得很深，我左顧右盼，沒有適宜的器具，我跳回自己房間，汗流浹背，找到一把尺，我趕緊以尺去搆，把牌給一點點敲出，牌面布滿塵埃，我不得不拿到二樓去沖，再以衛生紙揩拭，紙摩擦著牌，我的心又是一電，我爬回三樓，把牌嵌回，對齊桌子的邊線放下。我回到自己房間，用厚重的被褥覆蓋自己。

那晚，我做了噩夢，夢裡我失去了五官，只得躲起來，透過聲音跟人聯絡，夢裡有個人買走了我的長相，我再怎麼苦苦乞求，他也不讓我贖回我的五官。我醒來整個人汗濕如淋雨。我聽到哥哥跟母親的交談聲，從一樓傳來。我想下樓偷聽他們說話的內容，又感到頭昏腦麻，哥哥拖著上樓，我以為他挨罵了，必然很不快。我錯了，他走進我的房間，神色自若地坐在床沿，見我睜著眼，他低笑，我以為妳在睡覺，要給妳驚喜。我坐起身，哥哥把一盒彩筆推到我眼前，我定睛一看，不自覺張大眼，那是很珍貴的香味原子筆，班上的女生流行塗在指甲上，指甲有蜜桃香，也有顏色，老師沒有制止我們，他們不認為那是指甲油，不必受到校規的約束。書店一進貨，又被掃購一空。

我問哥哥怎麼來的，答案簡單得不可思議，他說，妳請老闆為妳留一整盒就好了。見我無動於衷，哥哥推了推我的肩膀，開心嗎？我點頭，卻也感受到寒意一層層滲透，癱瘓了我的意識，我感受到自己似乎遺忘了什麼，該說的而沒有說，該做的也沒有做，我凝視著手上的彩筆，比我想像的還要沉甸甸，我決定別再認真想了。我該做的是拆開這盒禮物。哥哥在打量我，我不能讓他失望。

隔天，清晨鬧鐘一響，哥哥來敲我的房門，很雀躍我們又能一同走路上學。我坐在床上，不肯站起。母親走到我跟前，聲音跟表情一樣毫無溫度，我就知道妳騙我，妳才沒有生病。說吧，妳到底是為什麼不去上課。我看著哥哥，又看著牆壁上的時鐘，哥哥要遲到了。母親跟哥同時在等我，某種絕望在我心底傾覆，如洪水氾濫，我聽到自己的聲音，奉承，帶點哀求，我在學校被同學欺負，我不想再去上學了。

母親換上寬容的神色，走過來揉我的肩，我從她的眼神讀到原諒。她不怪我了。多麼荒唐，母親待我並不仁慈，然而她也不能容忍別人欺凌我。母親提議，那我去學校跟老師反映一下。妳今天還是得去上學，妳越是不去學校，妳越沒辦法交到朋友。母親換上正式套裝，警衛幾乎是立刻放行了，我經過警衛時，從他的臉上讀到幸災樂禍。

我跟哥哥的求學路上，父親的名字不絕於耳，母親則是無聲的幽魂，如今幽魂現身，我能明白警衛的好奇心。母親要我先進教室，不打算讓我出席她跟導師的談判現場。我在教室硬梆梆的椅子上坐立難安，母親會跟導師說什麼，我無從想像，她可能會怪我，也很可能會怪導師。課堂開始，導師遲了十分鐘，母親在窗戶那對我揮手，示意她要走了，她微微一笑，我辨識不清那是激勵或是調侃。我心緊緊一揪。她沒有把我喚過去，跟我多說幾句，我要怎麼面對導師？

母親的對話很迅速地產生效果，幾天後，導師把一個女孩調來我旁邊。那女孩，我給她取了一個綽號，鑒於她是雙魚座，我叫她小魚。小魚是個神奇的女孩，分組時向我提出邀約，免除了我乏人問津的尷尬。小魚每一次要上廁所時，不忘問我是否願意伴同。她最完美之處在於，從不讓我察覺到她的手心，是向上還是向下。她行為大方，舉止從容，好像我們打從最初就志同道合、十分投契。

有小魚在身邊，那些流言蜚語也隨之減弱，小魚人緣極佳，有些同學渴望親近她，也順帶照顧了我。我本來有一些難過，無法自然地跟人建立友誼，似乎暗示了我跟其他同齡女生比起來有些特定缺陷，我很快地學會不在意，小魚的加入，為我的世界注入香草般的清新氣息。我買了巧克力餅乾請她，她說味道很棒。我回到文具店，挑選信紙跟筆，寫信給小魚，告訴她，我不是個壞人。她說她相信我，她越跟我熟識，越能夠感覺到我只是太害羞，不知如何抒發內心的情感，那些女孩對我的評價都有失公平。我握緊信紙，用力得我的心臟都痛了。

我把信紙收回信封，心中充滿柔情、肅穆跟寧靜。我想起瑤貞。我問小魚，妳會在這裡待多久，妳有遠方的親戚嗎，妳會不會一下子出現又消失？小魚笑了，回答，我能到哪裡去？我媽說，除非我考上很好的大學，否則我只能待在這，外面的生活很貴，我們家很普通，他們說讀書會花很多錢，量力而為，不適合就去工作吧。這答案令我卸下心防，她不是沒想過離開，只是困於現實環境。也就是說，她有動機，沒有金錢的支持，我感到安全，決定讓她慢慢深入我的生活，包括哥哥。我始終企盼有一個人幫我看一下哥哥，這願望是如此強烈，應該要有另一個女孩見識哥哥的全部。

哥哥遺傳了父親俊秀的外貌，身子頎長。哥哥生日時總收到許多禮物，連同灑了香水的卡片。哥哥全數交給了我，要我拆開，把喜歡的東西留下，不喜歡的直接丟掉。我的喉嚨被複雜的情緒給堵塞著，我太幸福了，哥哥把那麼多人對他的暗戀交給了我，任我處置。我想讓那女孩也加入這份幸福，也許她會喜歡上我哥，見過我哥的人很難不被他美好的一切給勾引。最好我哥也喜歡上她。

我喜歡這個安排，如此一來，我們三個人會形成一個完美的三角形。我那時太天真，習慣把事情想得很簡單，以為我這麼做，事情會回到應有的軌道上。我沒想過小魚會悄悄地移動到瑤貞也沒有造訪過的地方，又在最緊要的時刻收回了一度伸出的手，因而讓我們如河上的小船，翻覆滅頂。這麼多年來，我在心底演練過許多次，若我們又重逢了，她要說什麼，我又要怎麼應答。

十七歲那年，我們親手埋葬了彼此生命的一節。我們是彼此的劫難。我們從核心逃走，留下一張寫了一半的考卷，而在多年後，我看著她，她看著我，這是我們自己一起選擇的預言。做了事，承擔代價，如此簡單，我們得把剩下的考卷寫完。現在，永遠。

◈

我其實想問她一個問題，這麼多年來，妳想過我嗎？

我也說不上來我想不想她。我猜多少是難免的。要如何讓自己被一個人永恆地惦念？讓他對你愛恨交加就是了。如此一來，他每一刻都得想一個問題，他是愛你多一些還是恨你多一些。他在心底琢磨你的時間就比他愛過的人跟恨過的人都還要多。你像是擁有他又不需要付出什麼。

哥哥，都這麼久了我還是沒有勇氣跟你說明，我不是故意的，我真的不是故意的。

Chapter 8

第八章

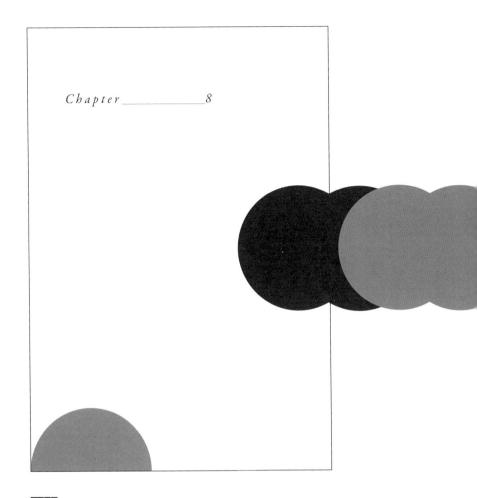

◈

范衍重走進超商，拿了冰咖啡跟巧克力酥片。味道嚐起來跟在台北的便利超商沒有兩樣，劣質咖啡豆榨出水溝般的氣味，喝完還得處理口腔內的餘臭。

他不在意，他只需要咖啡因注入身體的化學機制：精神短暫的提升。

他深深吸進一口氣，打開判決檢索系統。他手上只有兩組名字，宋懷谷跟吳辛屏，他是不可能指望後者了，妨害性自主的案件，受害者多數以一長串代號呈現，來達到去身分化的效果。至於加害人，則得憑運氣，偶爾會出現案例事實以代號呈現，被告欄卻清楚載明其姓名的窘境。范衍重先敲入宋懷谷，查無判決。他一個轉念，輸入吳辛屏三個字，還是沒有結果。也有可能是那份判決尚未數位化，這不是什麼引人矚目的案件，上傳到系統建檔的過程中，被遺忘或忽略的成分很高。

那年吳辛屏究竟幾歲？宋懷谷又是幾歲？起訴的罪名又是什麼？

得再蒐集到更多的細節才有可能更進一步。

絕望感再次湧上，把范衍重層層密封，他自問，還要再求一個結果嗎？若最後證明是吳辛屏的設計，又要怎麼防堵媒體的追獵？又要如何跟頌律交代？范衍重眨眨眼，顏艾瑟的笑容浮上腦海，包括她那朦朧帶點催情的呢喃，**罰你得不到幸福**。越想心跳越失序，范衍重急忙灌了一口咖啡，強迫自己處理相對簡單的問題，吳辛屏埋藏著她在老家的所有資訊，圖的是什麼？她怕這些背景，包括自己的家人，會讓自己失去范衍重的好感嗎？

范衍重一愣，他怎麼會下意識地使用「圖」這個字眼？莫非他被這裡的人淺移默化，傾向認為吳辛屏接近自己是別有用心？范衍重一邊咀嚼著他信手從架上購買的零食，一邊篩選著幾種可能性，巧克力脆片裡的花生顆粒香氣在嘴裡迸裂。他注視著包裝，自己不由自主地挑選了吳辛屏最愛的零食。這也是兩人緣分的起點。

幾年前一個晚上，頌律哭喪著臉，把專門裝放餐具、雜物的袋子提到范衍重面前，說她餅乾沒先打上橡皮筋再放進去，袋子底部都是碎屑。范衍重挪出袋子內的大小簿子、髮圈、貼紙跟零星的錢幣，拿沾濕的廚房紙巾擦拭，問女兒，零食哪來的，他有規定女兒一週糖分的攝取量。頌律結巴說是吳老師給的，怕她太餓。范衍重聽到了，低頭掩飾自己困窘的神情。他去接頌律時，都遠晚於補習班的規定，整間補習班只剩下吳老師跟頌律，兩人坐在櫃檯，吳老師在電腦前打字，頌律手撐著下巴跟她說話。

范衍重有幾度不想破壞這幅畫面，他很清楚，頌律雖然忍住不說，但她依然渴望著母親的身影。他停下清潔的動作，問頌律，有記得跟吳老師說謝謝嗎？范頌律嘟著嘴，說，當然有，爸爸要不要也跟吳老師說對不起，那麼常遲到，工讀生都比吳老師還早走了。隔天，范衍重準時出現在補習班門口，提著秘書推薦的手工餅乾。范頌律把父親引領至吳辛屏面前，吳辛屏面露不解，范衍重表明來意，說他不是故意疏忽了補習班的時程，也謝謝吳老師留下來陪范頌律一起等，還招待她吃餅乾。吳辛屏沒有搭話，范衍重有些尷尬，心底質疑，不過是個安親老師我幹嘛做到這樣。才這樣想，吳老師溫柔的聲音響起。

「頌律爸爸，不然這樣好了，頌律跟我說過你們家大概的位置，我也住在紅線上，你不介意的話，我可以帶頌律搭捷運，陪她走到大樓門口，再請其他家人來接她好嗎？」

「這樣不會打擾到老師嗎？」

「請放心，一點也不會打擾。只是個很小的忙而已。」

范衍重看清了吳辛屏的長相，清秀的五官，眼神清澈明亮。

可以信任吧。

要得到范頌律的依賴並不容易，曾有風評很好的老師莫名其妙地被頌律排拒在外，問起理由，也只能得到「不喜歡不需要理由」這種孩子氣的答案。范衍重牽著女兒離開補習班，發動車子，透過後視鏡打量著女兒。頌律天生纖細多思，雖有祖母無微不至的疼愛，還是遠不及於母親的地位吧，若有一位歲數跟顏艾瑟差不多的女子負責接送頌律回家，也許能暫時緩解頌律的焦慮。就讓那位吳老師幫忙吧，范衍重有些朋友，也是聘雇附近的大學生接送小孩放學。心念一定，范衍重不再緊繃。他緩緩將車子駛出停車格，故作隨性地開啟話題。

「頌律，妳覺得吳老師說的怎麼樣，妳們一起搭捷運，我再請阿嬤下來？」

「不要叫阿嬤下來，我自己上去，反正有管理伯伯。」

「那妳喜歡這個安排嗎？不會之後對我生氣，說我都不照顧妳吧？」

沉默了幾秒鐘，「不會，因為我喜歡吳老師。」

◈

范衍重時常對自己的女兒感到歉疚。

他跟顏艾瑟吵得最激烈的那夜，范衍重失控地伸手緊抓顏艾瑟的肩膀，矇矓間，他感覺到有誰的視線，一轉身，范頌律抓著她的小棉被站在房門口，雙眼瞪大，嘴巴微張。

范衍重願意不計任何代價去移除掉那晚范頌律的記憶。

縱然那時范頌律可能有認知到自己的母親並不太樂意照顧自己、精神狀況又很糟糕，她跟多數小孩一樣，無條件地戀慕著母親，且一心一意相信母親遲早會「恢復慈愛」。親眼見到父親這樣對待母親，必然在她的內心留下陰影。兩人協調離婚協議的那幾個月，范衍重告訴范頌律，媽媽想到加拿大進修，帶著小孩並不方便，不得不放棄跟女兒住在一起、親自照顧她的機會。范頌律沒有追問，平靜地接受了自己未來要跟父親、祖母相依為命的事實。范衍重更加不敢去揣測范頌律還留存多少那晚的畫面，他對於和范頌律獨處有份難言的心結，想了解她，又怕觸發苦澀的回憶。因此，范衍重懷藏著另一個主意，讓吳辛屏來修復女兒的疤痕吧。吳老師看起來跟顏艾瑟是兩個極端，可以應付一群孩子的人，心中的空間想必比普通人還要遼闊。

吳辛屏送范頌律回家，既不接受酬勞，也推辭貴重禮品，范衍重也不想佔人便宜太多次，便想辦法勻出時間，盡量提升親自接送的比例，范衍重會邀請吳辛屏一同上車，吳辛屏婉拒了幾次，在范衍重堅持下，才盛情難卻地上了車。

吳辛屏有幾個小動作讓范衍重印象深刻，她必然是先確認了鞋面沒有挾帶沙子碎石，才提著褲管上車。吳辛屏正襟危坐，她下車時，車內幾乎沒有她待過的遺痕。

她的住家位於石牌捷運站一條小巷的最深處，她堅持要在幾個街區外的寬敞馬路下車，「巷子很窄，休旅車不好進去」，范衍重姑且信了。某程度上，范衍重願意承認，自己從前絕不會欣賞這樣的女人。活得那樣卑微，多怕打擾或驚動別人秩序的生活方式，在他眼中，就是缺乏自信的表徵。但吳辛屏卻奇異地把這種特質轉化成更近似於「體貼」的表現。

也有可能是經歷了顏艾瑟以後，才懂得這種曖曖含光的個性多麼令人舒心。

等到他發現自己默默期待著去接送范頌律的夜晚，才恍然大悟，這女人如細雨，潤物無聲地進入了他的考量。他會在空無一人的事務所裡，無緣無故地想到她。關心范頌律的日常瑣事時，也不免故作想到什麼似地問，吳老師最近怎麼樣呢？她幾歲呀，有男朋友嗎？幾個問題下來，范頌律看穿了范衍重的用意。

「爸爸，你如果喜歡吳老師的話，你為什麼不跟她說呢？」

「我沒有喜歡吳老師。我只是好奇而已。」

「你再這樣下去，只是會讓自己更像在狡辯，狡辯的人看起來很討厭，你自己說的。」

◈

交往，或是結婚，都是范衍重的邀請。

他回想著其中有沒有吳辛屏的催促或暗示。

不，哪怕是蛛絲馬跡，他都沒有概念，難道這正是吳辛屏的本事？懂得如何讓對象依循自己所願的方向，又讓對方堅信事情發展純粹出自范衍重的意志？

婚後，他按月給吳辛屏一筆錢，供她個人自由調度，他並不干預，也一再強調若吳辛屏想辭掉工作、專心地打理家務，他也絕無二話。范頌律升上中年級，決定跟隨朋友到另一間主打私校資優班的補習班上課，這個調動讓范衍重鬆了一口氣，范頌律上課的地點跟吳辛屏拆開是最理想的結果，他不想讓安親班的人說閒話，雖然兩人未曾就這件事要公開到什麼程度進行商量，無形中卻已達成了驚人的默契，就范衍重印象所及，吳辛屏不曾告知別人，她與學生家長發展了感情，像是她自己也很明白，一旦曝光，彼此間流動的曖昧就會在眨眼間枯竭。范衍重苦思不透的是，吳辛屏沒有辭職，也不過問他的資產狀況，她從不要求奢侈品，奧黛莉說的沒錯，范衍重只是心血來潮，買一些平價的首飾，或為她更換手機，便足以換到吳辛屏心滿意足的道謝。范衍重記憶中的吳辛屏，跟黃清蓮、吳啟源和張貞芳的描述，根本難以銜接，認真來說，他的見解跟奧黛莉更為相符。不過，這也有個可能，吳辛屏在離開家鄉之後，不曉得是經歷了什麼，總之，她的個性出現了極大的轉變。

范衍重想得頭疼，索性把注意力放在店員身上，是本地人吧。臉蛋還有些嬰兒肥，大概不超過二十歲？如此年輕。吳辛屏跟宋懷谷的事發生時，這店員大概還在讀國小吧，從他身上可以獲得什麼資訊呢？還是說，不妨把這個人視為練習的對象好了，范衍重在這個小鎮打交道的對象，無一不是陰陽怪氣，他也想藉此試探，是他跟這地方的磁場不合，還是他確實遇到了一堆怪傢伙。

范衍重放下杯子，左手不自覺地插入口袋，想營造鬆懈的氛圍。

「方便請教個問題嗎？」

店員趕緊放下手機，雙手交握，輕輕點頭。

「你是這裡人吧？」

店員瞇起的眼睛閃過一抹忌憚，他很小心地回答，「是。」

「請問你認識宋懷谷嗎？」

「你是說，清弘伯伯的兒子嗎？」

范衍重很快被考倒了，他怎麼會知道宋懷谷父親的名字？

他在腦中很快地撈捕著張貞芳的說詞。

「我，我不記得他爸名字叫什麼，只知道他爸是做生意的，有錢人？」

「對，在這讀書的人，誰小時候沒有拿過他爸捐的辭典呢。」

店員臉上浮現苦笑，神色也自在了些。

「你跟宋懷谷熟嗎？」

「你是……？」店員往後退了些，眼神似乎在估量范衍重的身分。

范衍重深諳他得編造一個身分，偏偏在對宋懷谷一無所知的情況下，這件事遠比他想像的還要複雜。謊稱是他的同學？不，他對這小鎮的街廓一竅不通，店員若隨性抽問幾個問題，他難以自圓其說。眼見店員的臉色沉了下去，范衍重趕緊開口。

「我是他朋友的朋友，老實說，我跟他借了錢，好不容易現在有錢可以還他，但我丟了他的電話，只記得他住這附近。」

朋友的朋友，范衍重佩服自己的急智，若店員的回應過於深入，他也能脫身；況且，營造出自己「有欠於人」的處境，也能讓對方認定自己是個負責任的好人。

果不其然，店員恢復了友善的應對。

「我能告訴你他家住哪，但是你現在過去，很有可能找不到人。」

「為什麼？」

「他很久沒回來了，我沒記錯的話，上一次有人看到他，是好幾年前。你說你跟他借過錢，那你怎麼不去親自聯絡他呢？」

「我這幾年為了躲避債主，換了手機號碼，很多人都聯絡不上了，包括宋懷谷，我是突然想到他跟我提過自己的老家才跑來這裡。雖然他可能不在這，還是得麻煩你給我他的地址，我可以把錢還給他的家人。」

店員口述了一次宋懷谷的地址，怕范衍重迷路，還信手抽出一張傳單，在背面畫上地圖。

「那……我可以再問一個問題嗎？」

「你都已經問那麼多問題了，再來一個，有差嗎？」

「宋懷谷以前是不是出過什麼事？」

「什麼意思？」

「我剛剛隨便問了一個這裡的人，他告訴我的。」

一位高瘦的男子走到結帳櫃檯，打斷兩人的對話。

他比了個一，店員很俐落地為男子從琳琅滿目的品項中摘下一盒菸，刷過條碼。

男子走了之後，店員直視著范衍重，搖了搖頭。

「我不知道，我跟他沒那麼熟，我上一次看到他，是宋伯伯的葬禮。」

「他爸過世了？」

「對，好久了。」店員微偏著頭，貌似沉思，「我想起來了，是我要考高中的時候，也就是說，嗯，大概八、九年前吧。」

范衍重默默運算著，這位店員二十三、四歲了，他方才看走眼了。

「你的記憶力很好。八、九年前的事，我一定忘了。」

范衍重笑得很誠摯，店員受到激勵似的，不由自主地透露更多資訊，「因為我爸爸跟宋伯伯是常常一起喝酒的朋友，宋伯伯突然走了，我爸那一陣子喝完酒就大吵大鬧，說什麼好人不長命之類的。把我吵到不能好好唸書。」

「是這樣啊……那我明白了。」

按照張貞芳給的時間序，事發時，這位店員應該是十歲。

況且，這種事，身邊的大人應該也不會想讓孩童知情吧。

「那，宋懷谷的妹妹還住在這裡嗎？」

「本來搬走了。宋伯伯過世，宋伯母就生病了，他們的女兒搬回來照顧她。」

「你很常看見他們的女兒嗎？」

「很少。我在這裡一年了，一個月大概只會看到她兩、三次。她好像不喜歡出門。她的先生之前有段時間很常出現，天天都會來這裡買菸跟可樂，然後他會坐在那個位置上，滑很久的手機，」店員指向超商內緊鄰著禮盒區的桌椅，「我有一次去整理看板，有聽到他在講電話，好像是在吵架吧，說什麼他很快就會回去了，他受夠了之類的。總之，那天之後，我再也沒看過那先生了。」

「那你最近有看到宋懷谷的妹妹嗎？」

店員歪著頭，「好像還住在這。上禮拜還有來這裡買東西。」

范衍重回到位子上，掏出隨身攜帶的小冊子，寫下他所能掌握的幾條線：

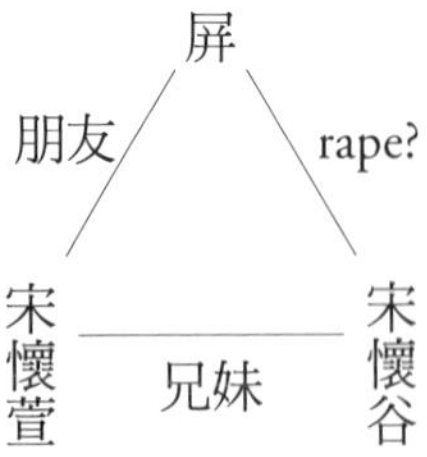

這是一段怎樣的關係？范衍重好想回到現場，目睹三人之間的情感糾葛。

吳辛屏的消失會跟宋懷谷有關嗎？范衍重不是沒處理過，性犯罪的受害者多年後被出獄的加害者糾纏上，進而被囚禁、虐待的案例。這方向不無可能，按照他目前所蒐集來的資訊，吳辛屏有很長一段時間，幾乎是想方設法地斷絕了與這裡的聯繫，她跟黃清蓮恢復聯絡，按照工讀生的說法，也是半年內。若真相是宋懷谷趁著吳辛屏回家的時候狹持了她？

范衍重又撥打了一次吳辛屏的號碼。他從來沒有這麼發瘋似地想聯絡上一個人。有太多的謎團，只有當事人才有辦法陳述。吳辛屏人間蒸發，宋懷谷的行蹤暫無突破。范衍重的視角移到三角形的左下，范衍重在這三個字打了個圈，他還是可以去宋家一探究竟，宋懷萱不是當事人，但也是距離極近的旁觀者。問題是，他要如何探聽？他的身分尷尬，很可能會受到比張貞芳更敵意的對待。另一個方法是，從他們就讀的高中切入，張貞芳說事情發生在高中時期，雖已有十幾年之久，有些老師或許退休了，他只能把希望寄託在有些人仍對此事有稀薄的記憶。

心意一定，鄒國聲的言語猝不及防地自耳邊響起。

「為什麼那個女生的家人都不管管她呢？把我們當提款機嗎？」

鄒國聲的形象竟漸漸地與面貌未知的宋清弘疊合在一起。

宋懷谷是另一個鄒振翔嗎？

范衍重猛力地搖頭，想甩掉這個念頭。吳辛屏跟娜娜是截然不同的兩種人。

另一道質問狠狠插入胸坎：你又如何確定？你了解你的妻子嗎？

◈

奧黛莉把車窗搖上，低聲說，「小心，他走出來了。」

她的身子稍稍下陷，確認在超商門口的范衍重沒注意到這台車，才上移了幾公分。讓自己可以繼續把范衍重的一動一靜都納入眼底。

張仲澤長吐一口氣，「欸，妳可不可以告訴我，我們為什麼要跟著這個人啊。」

幾個小時間，張仲澤被奧黛莉的電話吵醒。奧黛莉要求張仲澤趕緊開車跟她會合，不待張仲澤過問，奧黛莉急忙掛斷了電話。張仲澤沒見過奧黛莉這樣跋扈，他不得不起身，套上衣物，矮桌上的便當盒已有飛蟲盤旋，他捲起報紙，揮舞驅趕，旁邊報紙上圈起的就業資訊進入目光。今天似乎是約好了要跟業主見面的日子。

張仲澤陷入為難，又望了手機一眼，每個月他都繳上千元的通信費，但奧黛莉的電話，是這幾年來少數不是為了貸款、催繳或推銷茶葉而響起的鈴聲，還是去看奧黛莉吧，他想。經過父親的房間時，張仲澤不由自主地停下腳步。父親還可以活多久呢？這個問題一浮上心頭，周圍的空氣緩緩轉為膠狀似的，張仲澤眨眨眼，再不趕緊抽身，就要離不開這裡了。他拎起鑰匙，安靜地走出了家門。

五年前，張仲澤還是一家量販店家電部的銷售專員，業績稱不上理想，也不至於讓課長心生不滿。若不要想著談戀愛，薪水也算夠用。張仲澤最幸福的就是放假的時候，把高中時的朋友找出來，吃熱炒，灌幾瓶啤酒，讓冰涼的氣泡帶走生活中的烏煙瘴氣。張仲澤勾勒過自己四十歲的樣貌，八成還在同一間量販店，領著跟現在相去不遠的薪水，估計還是一個人。他沒有太擔心自己的晚年，他的父親只有一個兒子，前幾個月，隔壁鄰居賣掉了自己那戶，一千一百萬，張仲澤記得鄰居那間沒有車位，坪數也少了五、六坪，他做好了打算，等到父親過世，就賣掉這戶公寓，搬到小套房，以剩餘的錢安心養老。

張仲澤千算萬算，沒算到父親會失智、中風，他請了臨時的看護，半年不到，燒光了自己的存款，他想拿房子去貸款，發現自己不是房屋所有權人，得先向法院提出宣告禁治產聲請，由法院裁定父親的禁治產宣告，才能做後續的處分。自己得再花錢請人撰寫書狀與準備醫院診斷證明，戶籍謄本等等……。這時，主管婉轉地請他「狀態調整好再回來上班」，張仲澤起初還安慰自己，省下看護費也不錯，豈料半年不到，他就深深感受到，自己的生活品質只會永無止盡地惡化至父親死亡的那一天。

一年過去，張仲澤在長期潛水的論壇發了一篇文章，詢問是否有人願意「互相作伴」，兩個帳號回信，一個叫「曲終人散」，男性，一個是「錦瑟無端五十弦」，女性。計畫是張仲澤開車去接，一起購買材料，再下榻至汽車旅館，攜手走上黃泉路。張仲澤快要抵達指定的麥當勞時，「曲終人散」來信了，說他不想死了，他意外得到一位親戚的金援，解決了眼前的難關。

張仲澤摸摸鼻子，傳了一封訊息給「錦瑟無端五十弦」，報告「曲終人散」不去了，是否按照原定計畫進行，訊息回來得很快，女人說，是。他又上了道路，冷不防想起，這是他這輩子第一次開車去載一個女人。一到了定點，張仲澤看到一名穿著連帽外套的女子，確定了車號，低著頭拉開後座車門，轉過身，迎上女人抬起的目光，女子面無血色，嘴唇紫白，眼底滿是驚恐，女子瘦得像是重症的病人，張仲澤沒來由地感到心酸，他以為自己夠落魄了，但跟這女人相比，自己還稱得上是人模人樣。

張仲澤決定先緩和一下氣氛，我看我們先聊一下好了，畢竟跟完全陌生的人一起走，也怪可悲的。我姓張，以前在賣電器。為了照顧我生病的爸爸所以辭職，沒有工作，沒有錢，連掐死爸爸的勇氣都沒有，只好來這裡。女子依然沒有回應，張仲澤洩氣地乾笑，洩氣地道歉，不好意思我是第一次，不知道規矩，我繼續開車了。張仲澤的手放回方向盤，女子這才發出微弱的聲響，我叫奧黛莉。我不知道怎麼介紹自己，我跟誰的關係都不好，最近連唯一的朋友都得罪了。她不理我，我很痛苦。張仲澤一愣，怎麼有人尋死的理由如此地無趣？他的視線上下掃視著奧黛莉，嘆了一口氣，很清楚自己不可能跟這女人一起死，他把車子駛進麥當勞的停車場，讓奧黛莉決定去留。

豈知奧黛莉倒也沒有離開的意思，傻呼呼地看著張仲澤，似乎在等候發落。張仲澤在心中暗罵，搞什麼鬼，卻還是友善地詢問，妳想吃什麼。奧黛莉要了一支聖代，吃得很慢很笨拙。

張仲澤一看，心煩中生出一些心疼，他問，朋友不理你，就去交別的朋友就是了，有必要這麼執著嗎。沒想到奧黛莉反彈得激烈，她抽抽鼻子，啪地一聲眼淚掉在餐盤裡的紙上，她開口說話，嘴巴裡還有半融的冰淇淋，張仲澤花了一點時間才聽懂奧黛莉在說什麼，她說，這個朋友不是隨便的朋友，她可以說是我的一切。張仲澤要奧黛莉說慢一些，他最後竟坐在那跟奧黛莉消耗了整整三個小時，從奧黛莉破碎又時序不清的敘事中，勉強理出一個脈絡。

一理出來，張仲澤也失神了。這不是一個他想理解的故事。他又看了一眼奧黛莉，收回了起初的輕視，改換上同情。他想問一個問題，老師有「插入」過嗎，還在腦袋構思，又覺得太下流而沒有啟齒。見奧黛莉面容哀愁，似乎後悔了跟一位陌生大叔吐露這麼多，張仲澤認為自己有義務得發表感言。他先問，妳怎麼會想跟我說這些。奧黛莉答，我今天都要死了，有什麼好顧忌的呢。張仲澤心一沉，他不知怎麼跟奧黛莉交代，兩人似乎不會按照計畫去旅館了，於是他說：如果我是妳，我在網路上知道有人跟自己發生過一樣的事，我不會把她約出來，妳不覺得這樣很奇怪嗎？見奧黛莉眉宇憂愁、孩子挨罵似地沉默，張仲澤猜想這些話有點重，他軟了語氣，反問，妳為什麼想把人家給找出來呢？

奧黛莉眨眨眼，張仲澤以為她又要哭了，正要說不，奧黛莉自己把淚意收拾好，她的眼神有微光在閃動，奧黛莉說，因為我很寂寞啊。張仲澤可樂也忘了吸，怔怔地看著奧黛莉，有種自己正在往什麼地方掉的錯覺，他往下一瞧，自己堂堂正正地踩在地板上。很久以後張仲澤才意會到那一秒鐘自己發生了什麼事，他動心了。那一秒鐘奧黛莉的聲音穿過張仲澤的心，因為我很寂寞啊。張仲澤幾乎以為這是腹語術，這女人把他長久以來對於世界的困惑，都化作一句呢喃。

奧黛莉解釋起她的寂寞。沒人想聽我說。父母不讓她說。他們認為過去的事情不能改變，忘掉吧，假裝一切沒有發生過。聽到這，張仲澤忙不迭插嘴，他們還不是為妳好，說出來，又能夠怎樣，難道妳要回去找老師算帳嗎。都好幾年了。妳有證據嗎。奧黛莉搖頭，我沒有證據。張仲澤有點得意，又接著說，這就對了。妳看，妳不說，日子不是好好的嗎。奧黛莉瞪大眼，反駁，才沒有好好的，不然我怎麼會讀不完大學。我到後來，狀況越來越不好。連期末考那天，也只能躺在宿舍的床上，看著天花板，爬不起來。爸跟媽陪我辦了休學。我待在家，時常聽到有人對我說話，那聲音說他會陪我，說什麼，人不會因為一次的失敗，就什麼也不是。

我爸不讓我去看精神科，他說看精神科我的一輩子就完了，那些藥會害慘我。我在家裡上網，玩網路遊戲，偶爾去一個網站寫文章。辛屏看見了，寫信給我，好幾百字，我慢慢地讀，慢慢地回，有一天她跟我說，她懂我，她也遇過很像的事，她是在高中遇到的，不像我，只有十歲。辛屏說她懂一切有多不好受。我拜託她跟我見面。見了面我也不斷地糾纏她，她那時在找租房，我拜託爸媽把他們其中一間小公寓的房客趕走，我發誓只要他們幫我這個忙，我就回去上學。我爸媽答應了。跟辛屏住在一起，是我最快樂的日子。我還是會做惡夢，夢到被壞人追，有人跳出來救我，我好開心，沒想到仔細一看，救我的人是老師，我又哭了。我走到辛屏的房間，她會把棉被拉開，讓我進去。她其實也睡不好，可是她會哄我睡。

張仲澤問，那妳們後來又是怎麼不好的呢。奧黛莉的眼神變暗，語氣也飽含扭曲。奧黛莉的文章也吸引了芝行。芝行七歲開始學體操的，一路學到十幾歲，那位得了許多獎的教練原先只是輕輕地碰觸芝行的腰與大腿，集訓時侵犯了她，芝行在一場關鍵賽事中，落地時摔傷，所有人都目睹她骨折變形的大腿，網路上還找得到影片。芝行的體操之路提早中斷，她自殺兩次，失敗，憂鬱症，無法工作。跟奧黛莉的差別在於芝行經濟條件很差，是家人眼中的麻煩。

張仲澤聽得腦袋腫脹，一時半刻，他起了幾個心思：第一，原來新聞說的是真的，世界上確實有人會被騷擾和強暴。從前看這類新聞，張仲澤以為那跟公司董事長搞內線交易沒兩樣，都是遙遠的人在做的事情。第二個則是，這些人簡直是瘋了。張仲澤打了個哆嗦，他自己的勾當有什麼兩樣，他不也在網路上尋覓同樣絕望的人嗎？差別在於他並不企圖從這些人身上得到慰藉，他本質上不認同，也不信任這種作為。

張仲澤當兵時被分發到海巡，那幾個月他撈了好多具浮屍，有一家人他記憶猶新，一名男子帶著兒子跟姪女到廢棄的海水浴場戲水，只有姪女倖存。她作證說，弟弟先被海水捲走，叔叔想要去牽兒子，也被拖進水裡。先撈起小孩的屍體，隔天才在岸邊石縫中找到父親。張仲澤比對著父親跟小孩的身材，一頭霧水地問有救生員執照的學長，父親如此魁梧，怎麼救不了瘦弱的七歲稚子？前輩聳肩，嘴裡含的菸移到指間，慵懶地解釋，本能啦，你不要小看快死掉的人的本能，他想往上啊，就會把你用力往下扯，有時還會勒住你的脖子，或者抓到你的臉，手戳到你的眼睛。有一年，我看外國的溺水報告，有個地區全年度的溺水事件，下去救援的人死得比待援者多。所以我們有個原則，岸上援救，人不要下去。張仲澤視線回到奧黛莉身上，眼前一片模糊，這三個人，誰是本來在岸上的人，誰還在水中載浮載沉？誰的脖子又被狠狠掐住，不能呼吸？

他問，那你們三個人到最後是怎麼了呢？奧黛莉身子一縮，說：辛屏交了一個男朋友，說要搬到對方居住的縣市，一起過生活。芝行不能接受，她不斷地鬧、發瘋、哭喊，用盡一切手段，不讓辛屏打包。張仲澤問，妳沒阻止芝行嗎？吳辛屏沒有犯錯啊。奧黛莉遲了幾秒，眼神閃爍，說，我有阻止，只是芝行脾氣火爆，我說一句，她罵我三句，我也不曉得還能說什麼，想說辛屏可以處理吧。

到了辛屏的男友開車來載行李的那天，芝行說她也來送辛屏，我以為大家都接受了，之後還能見面。誰知道芝行拿起刀子劃自己手腕，血灑出來，滿地都是。辛屏的男友看到，也嚇傻了，這是我們第一次見面，我們就這樣毀了辛屏的幸福。奧黛莉又流下眼淚，她嘴巴動了動，卻沒有任何聲音，張仲澤勸她別說了，奧黛莉伸手捏緊鼻子，閉眼，又掉了許多淚，奧黛莉的手往下一滑，她用力抓了抓喉嚨，聲音出來了：還沒完，我還沒說完。這還不是最可怕的。最可怕的是……。張仲澤聽到某種詭異的抽氣聲，奧黛莉的聲音分岔了，他吃力地從奧黛莉乾枯的聲音辨識出那句話來。

「芝行問那男生，喂，你知道你的女友高中時被朋友的哥哥強暴嗎？」

張仲澤安靜了好半晌，他徹底被這故事的張力給漩了進去，理智告訴他別再理睬奧黛莉了，勸她快點收拾情緒，他們要解散，回去過自己的生活，情感卻迫使他問，然後呢。

男友落荒而逃。吳辛屏蹲下來，哭了，她縮成一顆蛋似的，背拱著，不停顫抖，奧黛莉不敢去打擾，她先打電話報警，扶著芝行上了救護車。等芝行包紮好，讓奧黛莉扶著回到家中時，吳辛屏消失了。芝行瘋狂地搜索著吳辛屏下落，也成功了幾次，直到奧黛莉在芝行面前跪下，拜託芝行還給吳辛屏清靜，芝行哭著問，那我們算什麼，接著芝行也消失了，留下奧黛莉獨自思索著前因後果。奧黛莉認為錯是她闖出來的，她想幫芝行，沒算到芝行要的那麼多。張仲澤支吾半晌，只能含糊地問奧黛莉，妳走了，吳辛屏不是更痛苦嗎。你們三個人，一個想死，一個想害她。她會不會覺得自己被詛咒。

張仲澤無心的一句話，奇異地讓奧黛莉有了活下去的動力。她不能死。張仲澤說得沒有錯，她若尋死，吳辛屏那樣善良的一個人，怎能負荷這沉痛的訊息。張仲澤鼓勵奧黛莉，給妳的朋友一點時間，也給妳自己一點時間。奧黛莉果真等到了吳辛屏又和她聯繫的那一日。吳辛屏說她如今在一個小班制的補習班當安親老師，滿兩年了。前男友跟守候多時的學妹結了婚。

奧黛莉問，應付小孩不累嗎？現在的小孩那麼調皮，又那麼喜歡惡作劇，妳怎麼辦。吳辛屏想了想，沒有當下回答，直到她要跟奧黛莉分別時，輕輕地握著奧黛莉的手臂，語氣輕柔地說：小孩的惡作劇是有底限的。妳懂我的意思嗎，他們再怎麼過分，能夠做的事情還是很有限。他們看到一點小問題就急著跟我告狀。很好玩。奧黛莉，妳想他們到幾歲就不會做這種事，而是學會睜一隻眼、閉一隻眼呢？

奧黛莉啞口無言，她辨認不出這段話背後是否有弦外之音，奧黛莉絕非無辜，她也曾為了讓自己好過，坐視芝行對辛屏的反覆勒索，未置一詞。她以為吳辛屏不會再跟自己見面，吳辛屏又說了自己會再打給奧黛莉，從此每隔半年，奧黛莉會接到吳辛屏從匿名號碼打來的電話，交談中，吳辛屏透露的個人資訊很有限，奧黛莉有些失落，不敢過問吳辛屏是否停止將自己視為能夠託付心事的朋友。赴約之後，奧黛莉往往心情鬱結，她打給張仲澤，請張仲澤開著車帶她去哪裡閒晃，一個月大概兩、三次。張仲澤永遠是那句老話：給妳的朋友一點時間……。

張仲澤數了一下，他跟奧黛莉竟然認識這麼久了，也就是說，他又多活了好幾年，這數千個日子裡，張仲澤想開一件事，不要再擁抱希望，希望是絕望的摯友，兩者總是如影隨形，邀請前者進入心房，後者也不請自來。他放棄了希望，絕望也跟著消失了蹤跡，他取得了漫長的平靜，能夠讓他毫無怨尤地照顧父親。這個轉變，可以說是奧黛莉帶來的影響，他想看自己跟這個女人的交情可以走到哪裡。

今天倒是不太一樣，奧黛莉下了明確的指令，要張仲澤跟她一起守在某個社區的車道口。等到銀白色休旅車出現，奧黛莉鎖定車牌號碼，拍打張仲澤的手臂，囑咐他趕緊跟上。張仲澤沒經驗，一個紅綠燈就跟丟了，奧黛莉很喪氣，準備要停在路肩思考下一步，發現那台車停在超商門口，車上的駕駛提了一罐飲料回車上。這回張仲澤格外想把握，兩隻眼睛緊盯，握著方向盤的雙手汗水涔涔。

休旅車駛上交流道，奧黛莉悶哼一聲，我就知道，事情沒我想得那麼容易。張仲澤又追問，這個人到底是誰，奧黛莉鐵了心不說，要張仲澤把注意力放在跟車上。慶幸是平日時段，車流量不多，奧黛莉也跟著看，前進了一百多公里，還在視線範圍內。休旅車打了燈號，奧黛莉驚喊，他要下去了。張仲澤來不及打燈號，硬是變換車道，一長串刺耳的喇叭聲搞得兩人心慌意亂，下了交流道，他眼睜睜看著休旅車輕快地右轉，黃燈轉為紅燈，前車硬生生停了下來，奧黛莉尖叫出聲。

「我們是不是跟丟了。」

「先別這麼快下結論，再往前開看看，說不定會跟剛剛一樣，又在半路遇到。」

「這次會有那麼好運嗎？」

奧黛莉聽到手機鈴聲，她以為是張仲澤的電話，原來是自己的。她納悶地接起。

「你們跟丟了對吧?」是吳家慶。

「你怎麼知道?」

「我從剛剛一直跟在你們後面,現在,跟我走吧,我知道他的方向。」吳家慶的車身越過了張仲澤的,他補充,「我在他的車上裝了定位。」

「你去找過他了?什麼時候?」

「這不重要。先跟著他。」

「這個人又是誰?為什麼也在跟他。我們現在這樣沒有犯法嗎?」張仲澤感到不安。

「我們在面對的不是一般人。」奧黛莉的語氣倒是淡然。

在吳家慶的引導下,幾公里後,三人又看到那台銀白色休旅車,他們一路跟著,直到范衍重在一間國小旁停下,他下車對著車窗整理了一下頭髮,走到一座民宅前,按下門鈴。

張仲澤轉頭看奧黛莉,奧黛莉正在沉思。

「我沒記錯的話,這裡是辛屏以前住的地方。也就是說,那些人……」

男子在民宅門口沒有停留太久,他神色憂鬱,步行移動到對面的超商。

奧黛莉瞇起雙眼,整個人流露著不要打擾的氣場。

奧黛莉好像在追蹤這個男人的過程中,被注入了生氣。張仲澤想著。

張仲澤下了車,他是唯一不必擔心被認出的人。

「奧黛莉，我要去買點東西吃了。」

「去吧。」

「妳不餓嗎？要我買些什麼嗎？」

「不必了。你買你自己要吃的就好。」

電光石火之際，范衍重走出超商。

張仲澤愣在原地，不知如何進行下一步。奧黛莉率先回過神來。

「你先去買吧，有吳警官看著。你就假裝自己是個路人走過去吧。」

張仲澤頭皮發麻地前進，與范衍重錯身時，張仲澤情不自禁地打了個噴嚏，范衍重瞄了他一眼，又把眼神調回手上的菸。架上的選擇所剩無幾，張仲澤勉強抓了一個菠蘿麵包，來到結帳櫃檯，他望向門口，范衍重移動到車子附近。他小跑步回到車上。

「他回到車上了。我要請你幫忙一件事。我待會要去一個地方，你幫我跟著這個人。」

「這個人到底是誰？妳不說，我不可能再跟妳這樣耗。」張仲澤語帶威脅。

「你非知道不可？」

「我一早被你挖起來，莫名其妙地跟著這個人跑來這鳥地方，好歹給我個理由吧。」

「我不想害你。」奧黛莉的眉頭低垂，很沮喪似的。

「妳再不說他是誰，我要回去了，妳自己搭車回台北吧。」

「好吧，我說，我說就是了。你不要再給我壓力了。」

奧黛莉眼角餘光緊咬著范衍重，他把菸蒂扔在地上，踩熄了，去拉了車門，又往後退，點起第二支菸。

「他是吳辛屏的先生。」

「吳辛屏結婚了？」

「對。」

「沒想到她還能結婚，經歷了那麼多事情之後。」

奧黛莉閉上眼睛，她明白張仲澤沒有惡意，還是被刺了一下。

「為什麼我們要跟著她先生？」

「我不是跟你說了，我這幾天都沒辦法聯絡上辛屏嗎。我去她工作的地方，想問辛屏是不是怎麼了，沒想到辛屏的同事跟我說她已經曠職兩天了，更可怕的是……」

奧黛莉簡單說明她跟簡曼婷的對話，而張仲澤聽得嘴巴張開。

「這個人會打老婆？虧他開這麼好的車，住那麼貴的大樓。」

「不確定有沒有打辛屏，但他有打他的前妻，這有上新聞。」

奧黛莉在手機上搜尋到了那則新聞，她遞給張仲澤。

「我找了一個警察幫忙。他說他會用自己的方式幫我們。我們合作找出范衍重在幹什麼。」

奧黛莉的手指了指吳家慶的車子。

「他之前的岳父不是普通人，這樣也敢打？」

「所以我很擔心辛屏，也許他這次故意挑沒什麼背景的女人。」

「那他先生為什麼要來這裡？」

「我也不確定，辛屏跟我約定碰面的前幾天，好像有回家。電視上不都是這樣演的嗎，犯人會故布疑陣，想讓別人成為代罪羔羊。」

「那她先生會想陷害誰？」

「我也不知道，辛屏跟她家人的關係不好，可能是個選項？」

「如果他剛剛是去找吳辛屏的家人？有可能嗎？他連門都進不去。」

奧黛莉搖頭，「我也不曉得辛屏的家人長什麼樣子，得下去問問。」

「妳剛剛說，妳還要去一個地方。妳要去哪？」

「我是想去……，」奧黛莉及時打住，「你怎麼一直問呢。」

「我只是怕妳出事，這裡我們都不熟，妳有哪裡可以去？」

沉默半晌，張仲澤的眼睛緊盯著奧黛莉，奧黛莉別過頭去。

「妳該不會是想去……」

「我想去沒錯。你不要阻止我。我只是想去看一下而已。」

「妳去有什麼用。」

「如果是辛屏到了我讀書的國小，也不可能無動於衷的。我只是想看看而已。」

「妳想看什麼？」

「你不要干涉我。我自己知道我在做什麼。」

「我怎麼可能不管妳？我可是……」

「可是怎樣，我知道你拿了我父母的錢，既然如此，就按照我的意思辦吧。」

張仲澤當場語塞。

兩年多前，張仲澤載父親去做例行檢查，回家時，奧黛莉的父母雙手交握，在門口張望。不虧是出身良好的世家，他們沒有提及自己等待了多久，還對於自己沒有知會就臨時造訪而感到十分抱歉。他們表示，方便的話，想移到更適合說話的位置，張仲澤認為自己沒有說不的權利，只能回應說他得先安頓好父親。半小時後，他與奧黛莉的父母坐在連鎖咖啡廳內，奧黛莉的父親再也按捺不住似地，拋出一連串的問題，張仲澤覺得自己沒來由地被身家調查，幾乎要動氣，他沒理由接受這種評分，奧黛莉的母親好像看出了他的不悅，示意丈夫趕快「進入正題」。奧黛莉的父親點了點頭，質問的口吻倏地變得柔軟：文靜常常這樣打擾你，很不好意思，請讓我們補償你的油錢，一個月一萬五如何。

張仲澤掙扎幾秒，問：奧黛莉知道你們來找我嗎？奧黛莉的母親搖頭，她哀愁地看著張仲澤，問：奧黛莉有跟你說過我們嗎？張仲澤搖頭。他的表態顯然傷害了坐在對面的兩人，奧黛莉的父母面面相覷，神情更哀愁了。奧黛莉的母親打起精神，露出友善的微笑，說：你可能會覺得我們不是很成功的父母，文靜甚至沒有跟你說到我們，可是，我還是得說，文靜是我們唯一的小孩，我們用盡一切想得到的方法在照顧她，栽培她，也不曉得是哪裡出了差錯，這孩子變成現在這樣，我們都搞不懂，她要什麼，我們找得到的，都願意給她，但她要的……好像是我們找不到、或者根本沒有的，抱歉，我太激動了。

奧黛莉的母親身子退回椅背上，奧黛莉的父親接腔，你不要覺得有壓力，老實說，我們觀察你一陣子，不是說我們不相信文靜的眼光，只能說文靜之前跟她的兩個姊妹鬧成這樣，一個自殺，一個被退婚，那個房子還是我們提供的，我們怕一樣的事情會再度上演。總之，你不要對這些錢感到有壓力，就當成是謝謝你陪文靜這麼久，她很多地方還像個孩子。你跟她相處，想必也要承受她很多情緒，如果你偶爾可以打電話，跟我們說一下文靜的狀況，就更好了。張仲澤同意了這項交換，他沒其他的選擇，他需要錢，再說了，他總之得看著奧黛莉，只是多了定時打電話跟這對夫妻報告的義務。每個月一號，那筆錢穩定匯入。奧黛莉需要他的時候，他出現，沒有聯絡他的時候，日子照舊，數著父親的呼吸聲過活。

現下奧黛莉赤裸地說出了一切，張仲澤難堪地按下門控鎖。

范衍重踩熄菸蒂，伸手去拉車門。車燈一閃，他發動了車子。

奧黛莉下了車，身子微蹲，隱藏著，「你去追著他，幫我看他去哪裡了。」

「如果他回台北呢？」

「那你就開回來。等我電話。我好了會打給你。」

◈

張仲澤的車子一駛離，奧黛莉走入超商。

她慌張地抓了一瓶飲料，結帳時，她忍著急遽跳動的心臟，望著店員。

「剛剛那位先生跟你說了什麼？」

她不認為這是個好的開場白，可惜她也想不到更好的。

「今天是怎麼了？我看起來像是很閒？」店員瞄了一眼奧黛莉，笑了。

「剛剛那個跟你說話的人，他不是個正常人。」

店員翻了個白眼，搓揉鼻尖，一副很後悔自己今日有來上班的神情。

「我只是上班領薪水的。」

奧黛莉心底一慌，為什麼大家永遠不會把她當一回事？

「你只要告訴我，他說了什麼而已。這麼簡單。」

「他只是跟我問路而已。」

「問哪裡的路？」

「我忘了，因為我也聽不懂他說的地址在哪。」

「是這樣子嗎？我看你們聊了很久？」

「我們真的沒說什麼，他問路，我不清楚，這樣而已。小姐，妳還需要什麼嗎，沒有的話，可以不要繼續站在這裡嗎？別的客人要結帳不方便。」

奧黛莉沒來由地胸腔泛起疼痛，無助又狼狽，她什麼也辦不到，即使是從一個店員口中套出話來。她瞪著店員，胸部上下起伏，奧黛莉的手嵌入包包內。

「你不要逼我。」

她察覺店員臉色的轉變，震懾，難堪，到怒意。

「我要的只是，你告訴我他跟你問了什麼而已。我沒有騙你，那個人來到這裡是有目的的，你再不說，也許會有人受到傷害。」她語氣壓得很委屈。

店員瞪著奧黛莉，「小姐，妳不必要這樣。我說就是了，妳不必這樣威脅我。」

◈

奧黛莉走了十幾分鐘，在宋懷谷的家門口停下。她走到窗前，踮起腳，想看得更仔細。門毫無預警地打開，一個女子探出身子，手上提著一包塑膠袋。視線對上了，奧黛莉只好編了一個說法，說她是宋懷谷的高中同學，今日正好回老家辦事，想碰碰運氣看宋懷谷在家嗎，兩人可以寒暄一下。女子自我介紹，她是宋懷谷的妹妹，宋懷谷不在，他長期在外地經商，很久才會返回老家一趟。妹妹問，站在外面風很大，妳想進來嗎？妹妹的神情舉止，帶著點從前年代的徐緩和敦厚，奧黛莉看著「妹妹」，心想，就是妳嗎？

妳就是吳辛屏曾經的朋友，最後卻目睹哥哥性侵了吳辛屏的那女人嗎？

對於自己的事，吳辛屏說得很少。三個人之中，吳辛屏是忘得最理想的人。她不回顧、不試圖拼湊、還原事情的全貌。她節制地敘說：十八歲，摯友的哥哥，那天是對方的生日派對。她還來不及吃些點心，就被勸哄著喝了好多杯混了可樂、雪碧的烈酒。事情發生時，她沒力氣掙扎，記憶大塊陷落。她恢復神智後，還請摯友陪自己走回家。這個邀請，讓她後續承擔了很多不利的臆測。等消息跨出了學校的牆，有人指證歷歷地說：我親眼見到隔天吳辛屏跟他妹妹走在一起，吳辛屏還有笑喔。如果有發生那種事，吳辛屏怎麼笑得出來。

說到這，吳辛屏就不願再往下了。

奧黛莉在心底應和：我懂，我懂為什麼那時候妳還笑得出來。奧黛莉也被問過同一個問題，她是十七歲那年跟父母坦承的。一個尋常的冬日午後，簡薇容握著馬克杯，壓下熱水瓶的解鎖鍵，她可能才讀了成績單，以隨性的語氣問奧黛莉，學習狀況還好嗎？不要緊張，妳現在讀的學校，每個人都是好不容易考進來的，妳名次掉那麼多是正常現象，沒關係，妳會慢慢找到妳的節奏。

奧黛莉聽著聽著，有股幻想，或錯覺，好像飄出了自己的身體，旁觀母親對自己說話。她說，林老師會摸我下面，還拍了很多照片。簡薇容放下攪拌到一半的麥芽飲，問，哪個林老師。奧黛莉回：以前會帶我去參加比賽的林老師，我上了國中，還有跟林老師見過幾次面。簡薇容重重放下杯子，眼睛直視著奧黛莉，語氣終於出現了慌張：妳在說什麼妳知道嗎？妳要不要想一下林老師對妳有多用心，妳每一次比賽，他都有幫妳錄影，還做成光碟。妳不想讀書，妳跟我說一聲就是了，沒必要說這種話。奧黛莉雙眼緊閉，話語從她緊咬的牙關之間逃逸：我說的是真的，林老師會叫我坐在桌子上，把內褲拉開⋯⋯。

簡薇容高聲追問：如果是真的，為什麼妳還會吵著要找林老師？

十七歲的奧黛莉被問得難以招架，她心知肚明，母親的話很有道理。十歲的我為什麼會吵著找林老師？要是我恨他，或者不喜歡他對我做的事，我怎麼會答應與他碰面，並在約定的地點準時出現？我怎麼會讓林老師招待我吃甜點跟下午茶？任由他關心我在國中過得好不好。奧黛莉一畢業，林老師再也沒叫她配合那些事，至於那些照片，林老師絕口不提，奧黛莉沒問。每一次與林老師分開，奧黛莉總是悵然若失，彷彿即使林老師什麼也沒做，奧黛莉還是會失去什麼。二十七歲那一年，奧黛莉才勉強釐清了，她執著林老師、希望林老師不要放棄她、拋下她，是因為十歲的她突然被放到一張太高的椅子上，又相信只有把她抱上去的人，才可以讓她下來。

奧黛莉問過吳辛屏，控訴是怎麼一回事，這問題好像勾起了吳辛屏心中不快的回憶，她交待得很潦草，頻頻強調很辛苦、孤獨，要跟這麼多人交代發生了什麼事，反覆的回憶跟陳述的過程中，也會產生一個疑問，是不是在追求公道的同時，心底那一塊本來完好無傷的區域，也會無可避免地跟著崩解。奧黛莉問，過程中有人支持妳吧。

吳辛屏點了點頭，她說對方是一位老師，姓連，連老師從頭到尾都堅持一個立場：無論最後妳選擇了什麼，過程中妳又聽到了什麼，妳都要記得，並永遠地刻在心上，妳沒有錯，妳真的真的沒有錯。奧黛莉很羨慕吳辛屏遇到了好人，吳辛屏自己也沒有發現吧，只要敘述往事，她的身體會以一種十分細微的方式，繃緊，彷彿她說出口的每一句話，都在虎視眈眈，等她露出破綻的瞬間，吞噬她。唯獨在說到連老師時，這個繃緊的程度會平緩，而進入一種真誠、放鬆的狀態。至於加害者與加害者的妹妹，吳辛屏不願意介紹得太詳細。她常說，都忘了。

奧黛莉聽得出來吳辛屏沒有忘掉，出於某種理由，她不肯說。

杯中的液體滑入奧黛莉的喉嚨，方才，妹妹問奧黛莉要喝些什麼，奧黛莉說隨便，沒想到妹妹只裝了水。奧黛莉在心內嘀咕，好歹也拿些紅茶吧。

妹妹也捧著一杯水，在奧黛莉面前坐下。奧黛莉的思緒複雜，妹妹的肌膚乾黃，缺乏光澤跟彈性，還零星散落著曬斑。她的頭皮依稀可見，眉毛稀疏，眼睫毛也很少。整個人看起來有些憔悴。奧黛莉嚥入一口水，想壓下輕輕騰起的同情。

她問過自己，若林老師已成了一位萎靡不振，齒牙動搖的老人，還能恨嗎？怎麼恨。

歲月把回憶中的強人風化成弱者，這樣的復仇，品嚐起來會是甜的嗎？

「妳跟哥哥是什麼時候的同學呢？」

妹妹的問句把奧黛莉捉回現實，她看著妹妹，琢磨著用詞。

「我是他高一的同學。」奧黛莉選擇了一個相對安全的年級，她換算過，那件事發生在吳辛屏升大學那一年。說是高一同學，才有進退的餘地。

「我沒有印象，哥哥說過妳。」妹妹的眉頭攏起，好像在回憶。

「妳哥哥的朋友太多了，我只是其中一個……說是朋友，也許是我的一廂情願。」

這也是個很安全的藉口，帶些自卑跟自嘲，奧黛莉感受到妹妹的目光溫和了許多。

「我高一時搬走了，這裡變很多，好多人都不住在這裡了。」

「我哥很偶爾才會回來，妳可以留下妳的聯絡方式，我轉交給他。」

「好啊，那就麻煩妳了。」

妹妹從桌上的傳單撕下一半遞給奧黛莉，奧黛莉在背面寫下臨時想出的號碼。

寫完之後，奧黛莉抬頭，妹妹眨眨眼，明顯在等待著奧黛莉的下一步。奧黛莉想過幾次妹妹的外貌和氣質，她得承認，本人比她所想像得還要普通，是在人群中見到，不到三秒就會被大腦移除的平庸外貌。奧黛莉承認自己這樣想並不得體，只是說，這也是人性不是嗎，人類很難不去妄想，被牽涉進一場事件的人物，展現出某種與眾不同的特質，特別好，特別壞，特別漂亮，特別醜陋……。

奧黛莉捏了捏大腿，她為自己爭取了跟妹妹相處的三分鐘，之後呢？就這樣離開？

不，這樣子日後她會後悔的，她怎麼半途而廢了呢。

「對了，有件事，我想要先跟妳提醒一下……」奧黛莉看了妹妹一眼，妹妹蹙緊了眉，情緒被奧黛莉挑起了，「妳還記得一個叫吳辛屏的女生嗎？」

妹妹嘴巴微啟，同時坐直，為了聽得更仔細似的，她的臉直直轉向奧黛莉，「妳說什麼？」

「我偶爾會跟這裡的朋友聯絡。他們告訴我，妳哥跟這女生好像，發生了一些事情？」

「哦……妳問這個是要做什麼？」妹妹盯著奧黛莉，原本自在的模樣徹底消失了。

「我沒有別的意思，我只是……」

奧黛莉又喝了一口水，她不擅長說謊與編故事，這個局面讓她很難受。下一秒，耳朵旁響起幻聽。奧黛莉踏進來時的堅定和信心，瞬間煙消雲散，她怎麼會以為自己可以唐突地跑進人家的家裡，追問他們是否曾經後悔過？這些人對吳辛屏有沒有悔意，是妳可以僭越的？

奧黛莉搖頭，想甩掉那些雜音。

她只有這次機會，她再也不會走進這裡。這樣說也許有些對不起辛屏，可是奧黛莉不認為自己會有跟林老師面對面說話的一天。她暗罵自己，許文靜，妳多麼可恥，深挖別人的傷口，乍看是在為朋友尋一個正義，實際上是在療自己的傷。可是這種行為又多麼普遍，終究當事人欠缺為自己討伐的勇氣，只能仰賴外人的義憤填膺，到後來沒人分得清這樣做是對還是錯，感情糾葛成團，最終只能狼狽地找一個位置坐下，並祈禱沒人把自己趕走。

「我只是想關心一下，妳哥哥現在好嗎？日子恢復正常了嗎？」

「妳不是我哥的朋友吧。」妹妹安靜了一段時間，才說話。

「妳怎麼這樣說呢？」

「妳看起來不像。不然我考妳一件事，高一的班導叫什麼名字？教哪一科？」

「那麼久的事情，我沒印象了，數學或英文之類的吧？」

「再問妳一個問題，我哥長什麼樣子呢？」

奧黛莉整個人被抬起扔進四周都是流冰的海水。體內的熱能正在大量地被環境給狠狠吞噬。

她太得意忘形了。那個問題需要經過更多的包裝，也或許是她根本不應該問。

「妳是誰，來這裡做什麼？」宋懷萱平靜地問。

「我是吳辛屏的朋友。我來到這裡，是因為她跟我說過你們的事情。」奧黛莉揭開底牌。

「妳是來替她贖罪的？還是來為她打抱不平？」

「我為什麼要替她贖罪，她什麼錯都沒有。」

宋懷萱漾起友善的微笑，「妳跑來這裡，就是為了說這些？她要妳來的？」

「她沒有要我做這些，是我自己心甘情願的。」

「妳跟吳辛屏是很好的朋友嗎？有多好？」

宋懷萱的問題成功地打擊了奧黛莉，她是嗎？吳辛屏後來又主動聯繫了她，應該是不氣她了吧。奧黛莉失去了節奏，她臉上交錯閃逝的迷惘跟篤定，都被對面的女人收進眼底。

「妳會不會有時候覺得跟吳辛屏當朋友很累？妳永遠不知道她在想什麼，好像跟妳好，等妳掏心掏肺了，她又不把妳當作一回事。跟妳劃清界線。」

宋懷萱見奧黛莉雙眼瞠大，注視著自己，繼續說，「辛屏說過，很喜歡我哥哥，想多了解他，我才請我哥哥邀請她來我家，不是每一個人都會受邀的。妳看過我哥哥的照片嗎？沒有吧。我去找找，妳等一下。」

宋懷萱說完，竟就逕自上了樓。

奧黛莉拿出手機，撥給張仲澤，電話很快地接通。

「你在哪裡？」

「學校外面。」張仲澤試著唸出學校的名字，「吳辛屏的先生把車停好之後，進去了那所學校。」

「你為什麼不跟著一起進去？」

「我進去不是太明顯了嗎？再說，我要用什麼理由進去，這是要登記的。」

「那他為什麼可以進去？」

「誰知道，他看起來就一臉不好惹，搞不好警衛也不敢多問。」

「你去想想辦法，我想要知道他去找誰。」

「有必要做到這種程度？」張仲澤發出哀鳴。

「就當作是為了我。目前為止，她老公的行為最可疑。我希望辛屏還活著，我們還來得及。如果來不及，至少我們不要讓她先生得逞⋯⋯。」

「奧黛莉，吳辛屏身邊也有一些朋友吧，有誰也這樣想嗎⋯⋯我目前看下來，覺得這個人不太像會對老婆做出什麼事情的人啊。」

「你們男生為什麼總是會理所當然地替彼此說話呢？還有，你現在是在暗示我的判斷有問題嗎？」奧黛莉氣餒地解釋，「是吳辛屏的同事提醒我要注意她先生的，否則我怎麼無緣無故針對一個人？再說了，如果我的判斷有問題，那位先生為什麼會加入我們？人家可是一位大警官。我先說到這，待會再講。」

奧黛莉捏捏鼻子，想找衛生紙，一轉身，嚇得險些摔掉手機，宋懷萱不知什麼時候回來了，她懷裡抱著一本簿子，站著。

「吳辛屏怎麼了嗎？我聽到妳在說她。」

「沒什麼。」

「怎麼可能沒什麼，我來猜看看，她是不是又對人下手了？這次是誰？」

「她沒有對誰下手。」

「那她是怎麼了，妳不如老實說？反正現在也沒什麼好隱瞞。」

奧黛莉咬唇，想推敲宋懷萱的言下之意。

「她什麼事都沒有做。」

「那她進步了，照理說，這時候不是應該要死纏爛打嗎？妳看。」

宋懷萱指著其中一張照片，遞給奧黛莉，確實是非常好看的少年。脣紅齒白，溫柔秀氣，特別在於雙眼皮的眼摺與挺拔的鼻梁，是在亞洲人之間並不常見的深邃五官。奧黛莉視線跳回宋懷萱身上，她不習於對別人的外貌做文章，這次破了例：宋懷谷長得比宋懷萱好看許多，那雙大眼跟立體的鼻梁，在宋懷萱臉上竟全然找不著，很可能宋懷谷幸運地遺傳了父母的優點。

「看到我哥的長相，妳是不是改觀了？喜歡我哥的人很多。」

奧黛莉放下照片，宋懷萱的話語傳入耳朵，她聽到的是另一句話：妳怎麼會這樣認為林老師？被他帶過比賽的學生都很感激他，寫卡片給林老師的學生很多。

「我還是相信吳辛屏。」奧黛莉低頭，看著自己的雙手。

「妳們是怎麼認識的，她主動找妳？」宋懷萱轉移話題。

「我可能得走了，我打擾太久了。」

「妳不要緊張，我可以回答妳的問題。我們對辛屏，確實有地方做錯了。」

毫無預警地得到了自己理想的答案，奧黛莉流露出期待的神情，她坐回椅子上。

「妳真的這樣認為？」

「人跟人之間有時候也只能這樣。」宋懷萱有些惋惜地說道，「錯誤發生了，有人受傷了，你不是故意的，它還是發生了。只能怪自己想得不夠清楚吧。我以為辛屏喜歡我哥就沒事了，我錯了不是嗎？這件事跟喜不喜歡沒那麼大的關係。」

奧黛莉不發一語地聽著，似乎在消化這席話的涵義。

奧黛莉認知到她越是跟宋懷萱相處，越能從宋懷萱身上辨識出某種氣質。

那種氣質的質地，她一下子說不上來，只能模糊地感覺到自己是喜歡跟宋懷萱說話的。

她想，某程度上，宋懷萱也是無辜的吧，也許她也對整件事感到遺憾？奧黛莉問自己，為什麼會升起這個想法，她這樣子不就和那些試圖息事寧人的大人沒兩樣？但，奧黛莉也懂了，原來這過程如此煎熬，難怪大家情願閉上雙眼，闔蓋住耳朵。要一個人認錯，好像跟抹滅他的人性是差不多的一回事。對受害的人來說，他們得經歷另一種，方向相反的殘忍。

「吳辛屏這幾年過得怎麼樣呢？」宋懷萱又問。

「過得……我也不知道怎樣算好，就一般人那樣吧。」

「妳們怎麼認識的？同事？」

「不是，我們是在網路認識的，不知不覺就變成朋友。」

「妳認為吳辛屏是一個值得的朋友嗎？」

「當然，她很照顧我。」

「我看得出來，妳很愛護她。偶爾我會想起辛屏，我們原本是很好的朋友。」

奧黛莉看著妹妹低著頭，扳手指，悵惘的姿態。胸口蕩起抽痛的漣漪。妹妹令她想到芝行，也想到自己。她們曾經都是吳辛屏無話不談的摯友。

「有件事，我也不是很確定妳適不適合知道……之後可能吳辛屏的丈夫會來這裡……」

「哦，她結婚了？」

「是的，對方是位律師，姓范。可以的話，盡量減少跟他的接觸吧。」

「為什麼這樣說，他也是來替吳辛屏討公道的嗎？」宋懷萱譏諷地說道。

「不是，我也很難解釋。妳認為……妳哥哥還恨著吳辛屏嗎？」

「我不這樣認為，」妹妹聳肩，「我猜他會想從這件事走出來。」

「好吧，那、我想，吳辛屏的消失，應該跟妳哥沒有關係。我坦白說吧，吳辛屏突然失聯了，連班都沒去上，我懷疑跟她的先生有關，她的先生有家暴的紀錄，他的前妻，是大公司老闆的女兒，因為他會打人，不得不跟他離婚。」

「那他為什麼要來這？」

「我也不知道。我跟著他一天了，還沒有看出什麼，他有停下來跟超商店員說話，就是國小對面的那間超商，我後來跑去問店員，他們聊了什麼，店員跟我說，吳辛屏的先生有在問你哥的事情。我自己覺得，最悲觀的狀況是，他已經對辛屏做了什麼事，現在在找一個代罪羔羊。他是個聰明人，高智商犯罪很難處理。」

「妳一個人跟著他，若是被發現了，不是很危險嗎？」

「妳放心，我找了一個朋友陪我，我朋友很可靠的……」

「妳朋友也有來？他現在人在哪裡？」

「我請他幫我盯著吳辛屏的先生。」奧黛莉掏出手機，「我看一下他傳的訊息，哦，那個人好像去了你們讀的高中，我朋友看到他找了好幾個老師問話。」

奧黛莉抬起頭，想詢問宋懷萱能否判斷范衍重的行為，為什麼要到學校去？

她的聲音含在喉間出不來——奧黛莉看到，樓梯往地下室的方向，一隻纖細白皙的手伸出，接著是手腕、手臂……那個身影很勉強地撐著階梯，企圖抬起自己的上半身，露出額頭至鼻梁的輪廓。定睛一看，那個身影，奧黛莉渾身震顫，不就是吳辛屏嗎？

奧黛莉撐大了眼，嘴唇、牙齒不受控地發抖。她起身，腳步慢慢地往後剷，一步接著一步。宋懷萱也往後一看，奧黛莉最終看見的影像是，宋懷萱回過頭來，以非常俐落的速度抄起了桌上的什麼，奧黛莉沒能看清楚，只知痛感如星火，墜落於她的太陽穴，炸開，她的意識爆破成片片，片片又倏忽組織成信號，迴旋至心。那是一則溫柔的提問，聲音跟林老師的一模一樣：

文靜，一個人不會因為搞砸了一件事，就什麼也不是。

Chapter 9

第九章

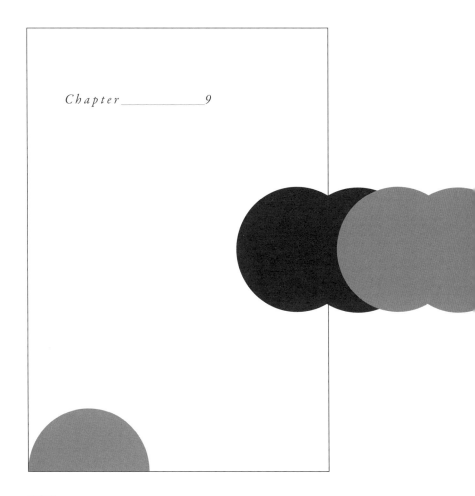

◈

范衍重的打扮和氣勢發揮了威懾的作用，警衛沒有過問，直接做出請進的手勢。

可能是把我誤認成其他人物了吧，范衍重一邊暗忖，一邊把握機會大步走入穿堂。他東張西望，想到二十年前，妻子每天得經過這裡，走到自己的教室。范衍重胸口如有細針穿來穿去，形成肉眼無從辨識又無比刺疼的細傷。吳辛屏那時是個怎樣的人呢？受歡迎嗎？老師對她的評價又是如何？在回憶面前，人的本質無所遁形。他即將要翻到那一頁了嗎？

范衍重沒花上太久的時間，即找到還記得吳辛屏的行政人員。

那婦人頭髮灰白，駝著背，扶著桌緣慢慢走出，臉上掛著金邊眼鏡。

婦人緊盯著范衍重，良久，幽幽吐出一句：「沒想到都那麼久了，還會有人好奇當初究竟發生什麼事情啊。你是記者嗎？」

范衍重搖頭，端出自己事先準備好的故事：「我算是吳辛屏的好朋友吧。我們認識很多年，她是我的客戶，聊得來所以變熟了，熟了以後才發現她的精神狀況很不穩定。」

見婦人聽得入神，范衍重信心一揚，故事也增加了厚度：「她最近變嚴重了，把自己鎖在房間裡，不吃不喝、不見任何人。辛屏跟我說，她讀高中時發生了一件事，她從那時起就患得患失，我問她怎麼了，她又不肯說。我想要幫她。」為了提升可信度，范衍重想辦法讓自己的語氣混入一絡癡情的苦悶，「我在想，如果我知道那年到底發生了什麼事，我或許會找到幫她的方法。我們雖然只是朋友，我還是想幫她。」

婦人的眼神在范衍重身上逗留了好一陣子，明白了什麼似地點頭，徐徐說道：「那件事發生的時候，我剛好生老三，是同事告訴我，我才知道。真是想不懂啊，那個男生很乖的，看到長輩也會打招呼，女生看起來也是乖乖的，到底兩個人是發生了什麼誤會呢？對了，吳辛屏的班導連老師還在我們這裡教書，她應該還記得些什麼。」

婦人頓了頓，傾著頭，看得出來她盡力在茫茫大海中打撈著往事的浮沫，「連老師那時還好年輕，來到這所學校，還在適應，學生就出了那種事。她也算是被牽扯進去的一員吧。」

「連老師人在學校嗎？」

「你來的不是時候，連老師上學期發現身體有一顆腫瘤，忍到暑假才去開刀。可能拖太久，手術不太順利，她又請了一個月的假，在家休養。」

范衍重急忙問，「她家離學校很遠嗎？」

婦人很快地回覆，「不遠，不然你在這等我一下，我先打個電話給連老師，看她是否願意見你，但你得告訴我你的身分。」

「這裡是我的名片。」

婦人拉下臉上的眼鏡，看著名片，又揚起臉看了范衍重，「是位律師啊……」

婦人回到座位，掛上眼鏡，指頭在許多資料夾之間檢索。

范衍重識趣地走出學務處，他在走廊上來回緩步移動，他由衷希望連老師不要拒絕跟他見上一面，他能夠從行政人員的語氣感受到，只要循著這方向，他能得到另一種說法。

「校園全面禁菸喔。」婦人的警告自耳後響起。

范衍重錯愕地瞪著手上的菸，他何時點起了菸，又是如何以菸就嘴，毫無記憶可言。看來校園的氛圍讓他暫時自連日累積的壓迫中遁離，神智一弛，習慣動作跑出來了。

「連老師願意見你一面，但她想約在外面，這裡是咖啡廳的地址。」

◈

范衍重遠遠地就看到一位女子朝自己揮手，他默默統計，整個過程中他所尋訪的對象，除了吳啟源以外，都是女性。從吳辛屏的眼中望出去的世界，與自己的實在截然不同。

連文繡十分體貼，她擔心范衍重人生地不熟，乾脆站在門口等待。就座以後，范衍重端詳起連文繡，她的五官讓范衍重想到一位女演員，清雅與英氣揉合得恰到好處。許是病情的關係，連文繡蒼白的皮膚沒什麼光澤，倒也不見皺紋。米白色高領洋裝不僅展示了修長的身材，也把一頭粗黑的髮絲襯托得十分亮眼。連文繡與范衍重早先相會的人，儼然是光譜的兩端，她太精緻了。氣質與鎮上的率性、粗放氛圍格格不入。活像是硬嵌進去的人物。

「連老師您好，很感謝您願意見我一面。敝姓范。」

「沒事的。我在家裡養病，沒什麼事可以做。希望能幫上你的忙。」

連文繡的聲音有些乾燥，范衍重不禁揣測著她的病況。

「辛屏還好嗎？我前一陣子才想到她，沒想到你就來了。好像註定似的。」

「怎麼會想到她呢？」

「辛屏她有提過我嗎？」

「沒有。」

「是這樣啊。聽說辛屏原本是你的客戶，她之前有發生什麼事嗎？」

看來行政人員很滿意范衍重編出來的故事，還親自轉述給連文繡。

「小事而已，就跟同事的一些小糾紛。」

「不是什麼大事就好了。」連文繡落寞地嘆息，攪拌著杯中的奶茶，延續了前一個問題，

「幾天前，我去領一個獎，有記者來採訪我，問了我最討厭的問題，教書這麼多年，有沒有改變過一位學生。我一直覺得這種問題拿來問學生更有意義吧。問老師究竟是想得到什麼呢。可

是，說沒有答案也是騙人的。我有想到幾個名字，其中一個就是吳辛屏。」
「辛屏是做什麼工作呢？」連文繡話鋒一轉，眉宇流露出自然的關愛之情。
「她在安親班當老師，教國小中年級。」
「成為老師了啊，依照她的個性，我猜小孩子都很喜歡她吧。不過，你說她的狀況不太好，這樣子還有辦法帶學生嗎？現在的小孩跟家長可是很難纏的啊。」
「她在工作上算是得心應手。只是幾個月前，被這裡的家人找到了，她不知道受到了什麼刺激，變得很憂鬱，漸漸惡化到沒辦法上班，最近連朋友都拒絕見面了。這也是為什麼我急著找連老師出來討論的原因，我也不確定這樣子做有沒有用，不過多一些線索也好。」
范衍重一邊評估著連文繡的神色，一邊讚嘆自己倉促間成就的謊。成功的謊言必然要半真半假，如此一來，敘事者只要把注意力放在真實的部分，就不會全然受制於虛偽的部分，而心虛、緊張地露出破綻。
「辛屏是我初任導師的學生。那時我二十七、八歲。在美國讀書，讀到一半混不下去，聽爸媽的話，回來考老師。教書沒多久就遇到難關。吳辛屏的班導流產了，她請了很長的假。沒人想碰後母班，責任自然掉到我這個年輕的菜鳥頭上。」
連文繡把落在鏡框內的頭髮給撥開，呼吸急促了起來，「我說這麼多，是想讓你了解一些背景，大家都在看我這個新人怎麼帶班。事情一出來，一個是受害者，一個是加害者的妹妹，兩個都在我的班上，我怎麼辦？沒人告訴我怎麼處理。這裡的人觀念又很舊。」

「連老師，妳可以多說點細節嗎？」

見連文繡困惑地眨眼，范衍重使勁把不斷湧上的口水嚥回，解釋，「辛屏不會主動說這件事。我只知道她在高中時被認識的人欺負。至於那個人是誰，跟她是什麼關係，我一概不知。跟妳當年的處境一模一樣，我不曉得怎麼反應，也沒人告訴我怎麼處理。我沒問，她也沒說。直到現在，問題越來越嚴重。」

「吳辛屏沒有跟你說過宋懷萱？」連文繡眉頭蹙起，以自言自語的口吻訴說，「我好像稍微可以明白吳辛屏在想什麼了。看來她是要徹底放下在這裡的一切了。」

范衍重點了點頭，連文繡的結論切合他目前為止的心得。

吳辛屏想要徹底放棄她人生某個階段的往事，全部。

連文繡深吸一口氣，「我得先跟你說，畢竟是十幾年的事，有些地方我也不是很確定自己有沒有記錯。再來，我所說的，都只是我個人、我自己的想法。我不能跟你保證我是對的。至少那時候很多人覺得我錯了。我是在為虎作倀。」

范衍重也跟著屏氣，他自己也不曉得，胸中的期待與興奮是為了什麼。

或許，在他內心深處更情願連文繡的版本：他娶的女人，是個好人。

「整件事，就三個人。」連文繡比了一個三的手勢，「吳辛屏，宋懷谷，跟宋懷萱。後面兩個你從名字也猜得出來他們是兄妹。吳辛屏跟宋懷萱兩個人是好朋友。我說的好，不是普通的好，是連上廁所都要一起去的那種好。」

范衍重點了點頭，內心有些感動，他終於遇上一個正常人。其他人都太怪誕了。

「吳辛屏跟宋懷萱都是我班上的學生。考完大考沒多久，宋懷谷生日，邀請了一些朋友來家裡，宋懷萱把吳辛屏帶去湊熱鬧。那天，大人不在家，宋懷谷跟他朋友都在讀大學了，自然而然地買了一些酒，吳辛屏也有喝。但她很快就醉了。宋懷萱借她的房間給吳辛屏休息，其他人在一樓繼續玩，那天是星期六，宋懷谷的父親又是我們這裡的大人物，其他家長也滿放心，想說不至於出事。很多人撐到凌晨兩、三點才回家。吳辛屏的媽媽有打電話過去問吳辛屏怎麼還沒回家，宋懷萱說吳辛屏睡著了。宋懷萱之前滿常在吳辛屏家過夜，所以吳辛屏媽媽算是認識，也信任宋懷萱，就說乾脆讓吳辛屏繼續睡，隔天再回家。到這裡，包括這通電話，是大家都一致承認有印象的部分。其他人說，從頭到尾，到他們離開之前，宋懷谷都待在一樓，宋懷萱有時候在三樓陪吳辛屏，有時候會下來跟大家聊天。大概是這樣。」

連文繡停了下來，輕壓胸口。

不曉得是一下子說了那麼多話，還是話語的內容，她看起來異常虛弱。

「我剛剛說這個派對是在禮拜六，到了禮拜三，吳辛屏來找我，說有一件事要跟我談，她找不到其他適合的人選。我正準備要騎車回家，看她這樣，以為她要找我討論大學志願的事，就把她帶回教師休息室。那時整個休息室只剩下我們兩個人，其他老師都不在，吳辛屏跟我說，她好像被宋懷萱的哥哥**怎麼了**。」

「那時是暑假嗎？」

「是的，但為了提升升學率，學校要求老師暑假要來輔導高二的前段班。」

「事情是發生在禮拜六的晚上？不，應該說，禮拜天的凌晨？」

「對。也就是說，她過了將近三天才來跟我說。她說她不知道怎麼開口。」

「這很正常，通常這種事的受害者，都會猶豫一段時間。」

范衍重經手過不少妨害性自主的案子，不自覺地說出自己的經驗。

「你有做過研究對吧？」連文繡語氣驚喜，「你真的很關心辛屏。我拿辛屏的事去問了一位教授朋友，他也是這樣跟我說，他說報案的時間，跟事情發生的時間，有時候會相差好幾個月，外國也有長達二十幾年的例子。」

連文繡彎下身，從一旁的皮包內取出一個滿布使用痕跡的筆記本。

「我那時第一次當導師，有寫日記的習慣，想說可以讓未來的自己參考，那幾個月都在寫這件事。剛剛聽到你要來，我花了一些時間找出這本。想說可以作為提醒。」

連文繡攤開其中一頁，上頭寫著：

酒（加汽水）。宋懷萱房間。感覺有人摸
自己，第一次（身體），第二次（大腿，臉）。
七點醒來，下面很痛。宋懷萱：沒人進
來房間。↓待確認。

「妳介意讓我看一下其他部分嗎？」

連文繡搖頭，「抱歉，裡面也有一些我的私事。而且我的筆記只有自己看得懂。」

「好吧，那麻煩老師繼續說下去。」

「我們說到哪裡？我有些忘了。」

「說到她來告訴妳她好像被侵犯的事情。」

「啊……對。我要她慢慢交代那晚的來龍去脈。吳辛屏告訴我，她去宋懷萱的家，跟宋懷谷的朋友聊天，喝了一點酒，沒多久，她醉到頭很痛，宋懷萱問她要不要躺一下。她說好。兩人一起上三樓，她在宋懷萱的房間睡覺，不知道過了多久，有人在摸她。吳辛屏以為是宋懷萱，就繼續睡，沒多久，那個人又來摸她，她想說宋懷萱怎麼一直惡作劇，就有點生氣地睜開眼，發現有一個身影在她面前，那個人把她的手抓過去揉自己的下體。吳辛屏想叫宋懷萱，可是聲音出不來，頭又很脹。她再次醒來，天已經亮了，宋懷萱睡在她旁邊，她把宋懷萱叫醒，問昨天有沒有人進來，宋懷萱說沒有。吳辛屏想說自己可能是做了惡夢，但她又覺得自己的下面有點痛。她要宋懷萱陪她走回家。在回家路上吳辛屏又問了第二次，宋懷萱這次改口說宋懷谷的朋友全部離開了以後，她有去二樓洗澡，大概半小時。」

「也就是說，有半小時的時間，吳辛屏一個人在宋懷萱的房間裡？」

「是的。」

「假設事情是在宋懷萱去洗澡的半小時內發生的，那麼，現場應該只有兩個人吧。」

「這就是最麻煩的部分，我們這裡只有吳辛屏的說法，她那時喝醉酒，神智不清。但是，她有說到一個很重要的部分。她看到對方的下面有個特徵。」

連文繡瞇起眼，似乎在確認自己的字跡，「生殖器靠近大腿那裡，有一塊斑。吳辛屏說，那塊斑是紫黑色，半個巴掌大，很像蝴蝶，她以為自己在作夢，因為夢裡她不斷地看到有蝴蝶在眼前飛。吳辛屏回到家，裙子有兩、三滴血漬。我問她，這個血漬有沒有可能是妳之前月經來，她說她不知道，只知道她下面好痛，好像有人拿刀子刺進去。」

刺骨的寒意直直鑽入范衍重的後腦勺。

好像有人拿刀子刺進去，范衍重曾擔任一位性侵案被害者的告訴代理人，他記得，那個十五歲的女孩，也是這麼說的。

「連老師聽了應該很震撼吧。」

「辛屏不在這，我可以說實話吧。不只是震撼，根本是心煩意亂。我理智上知道這很嚴重，感性上還是期盼可以大事化小、小事化無。我那時還很年輕、缺乏經驗，只想一路平安、把學生給帶到畢業。我記得吳辛屏說完，我說不出話來，我不確定自己該說什麼。我想安慰她，又怕說太多她會誤以為我要幫她。」

連文繡的眼神一下子顯得悲傷，彷彿回憶自身後追上，將她給湧入曾經的黑暗之中，「吳辛屏哭了，我永遠不會忘記她哭的樣子，那畫面太不可思議了。沒有聲音，很安靜，只是眼淚一直掉下來，她的身體、肩膀、嘴巴，都在發抖。整個人看起來好痛苦、好痛苦，又拚命想克制。她看著我說，老師妳一定得相信我。那一秒鐘，我就知道，不管怎樣，得有一個人站在她這邊。」

范衍重喉頭一緊，不諱言，連文繡的告白打動了他。自己剛當上律師的頭幾年，見到某些特別無助的個案，也會升起這種心情。不管怎樣，得有一個人站出來，站到他身邊。

「宋懷萱是什麼時候知道的？」

「吳辛屏第一個告知的對象就是宋懷萱。她不是問了宋懷萱兩次，那個晚上的事情嗎。吳辛屏是禮拜三的時候告訴我的。」連文繡低頭看向紀錄，「她在之前，不是禮拜一，就是禮拜二，有把宋懷萱約出來談。她問了第三次，那個晚上，有沒有其他人進到房間內。宋懷萱發脾氣，說吳辛屏怎麼可以懷疑她哥哥。兩人大吵一架。聽到這，我心情更加沉重。」

見范衍重眉頭迷惘地堆起，連文繡小聲地補充。

「你不是這裡人。我簡單說明一下。宋懷谷跟宋懷萱的父親宋清弘是這裡的大人物，鎮上的人沒有一個沒聽過他的名字。宋清弘早年跟一些親友合資，開了一家製鞋廠，靠著外國大廠的單賺了不少錢。他很熱衷公益活動，只要不是太誇張的數字，去問他，他都會幫忙。我接下這個班級，前任班導有特別交代，班上有宋清弘的女兒，多多關心她，千萬不能讓她回去說學校的壞話。」

「我來的路上，有跟超商店員聊天，他說他小時候拿過宋清弘捐的辭典。」

「超商店員？幾歲呢？」

「好像二十四、五歲吧。」

「那你可以明白，我說的是對的，宋清弘很會做人，即使小孩子從學校畢業了，他多多少少還是會捐一些東西給小孩的母校。我之所以這麼苦惱，也是看在對方是宋清弘的兒子。我不想得罪宋家，又不想讓吳辛屏覺得我在害怕、袖手旁觀。我想到可以請吳辛屏的家人出面，他們比我還有立場，我也可以回到中立、客觀的位置。」

范衍重想起自己跟黃清蓮打交道的經驗，已能推敲連文繡在吳家必然是踢到了鐵板。

他不認為吳辛屏的家人會理智地接受這件事。

連文繡語氣一沉，「我記得，吳辛屏一聽到我的提議，不斷地搖頭，說，她沒有先找家人商量，是因為太了解自己的家人，跟他們說絕對不會有好下場。我還很樂觀地說，不然老師陪妳回去。有老師在場，爸媽會好好聽妳說話的。」

連文繡喝了一大口茶，眼神透露出感傷。

「吳辛屏是對的。那天，吳辛屏的爸媽、哥哥，全家人都在。我要吳辛屏慢慢地，把跟我說的話，再重新說一遍。起初還好好的，他們的態度很正常，沒說什麼。吳辛屏說完以後，我鬆了一口氣，想說之後交給她的父母處理，我的任務即將告一段落。沒想到他爸突然站起來甩了吳辛屏一巴掌，要她不要亂說話。吳辛屏被打到趴在地上，我要去拉她。吳辛屏的媽媽衝過來阻止我，還把我拖到門口，要我假裝整件事沒有發生。我很納悶，他們怎麼這樣對自己的小孩。吳辛屏的媽媽跟我說了另一件事，她偷看過吳辛屏寫給宋懷萱的信。吳辛屏暗戀宋懷谷。我聽了，嚇得說不出話來。」

「吳辛屏怎麼說？」

「吳辛屏的媽媽要我立刻離開他們家。她說我一個老師，怎麼也跟著學生的胡言亂語在起舞。我問，如果是真的怎麼辦？你猜她怎麼說？」

「我猜不到。」

范衍重刻意放棄，他在心底草擬了一個答案，想聽連文繡親口說出來。

「你怎麼樣也猜不到的。她說，一個人跟自己喜歡的人上床，怎麼會是侵犯，那是兩情相悅。就算宋懷谷硬來，吳辛屏自己沒有錯嗎。她穿著短裙，還在別人的家裡把自己搞得醉醺醺的。傳出去別人怎麼想吳辛屏？又會怎麼想他們這對父母？」連文繡呼吸亂了調，她閉眼，彷彿想壓下什麼情緒，「她拜託我不要害她的女兒，吳辛屏沒想清楚就傻傻地告訴我，她不清楚這件事若讓別人知道會有多可怕。我試著想說服辛屏的媽媽，但我才講沒幾句，她抓著我的手說，連老師，妳知不知道妳在害她。一個女孩子最重要的是清白，沒有清白她就什麼都沒有了。我們也會跟著被嘲笑。她又說希望我可以裝作什麼事都沒有發生，辛屏畢業了，也不是我的學生，我沒資格管她的事。」

「妳有按照她的意思做嗎？」

連文繡嘆了一口氣，她靠在椅背上，含胸坐著，「沒有。雖然我當時的確嚇傻了，還被吳辛屏的父母趕出家門。一回到家，倒是有點恢復清醒，又想起吳辛屏哭的樣子。我很矛盾，照理說，辛屏的父母不讓我管，我不是應該要鬆一口氣嗎？可是見到他們這樣對辛屏，我又覺得，如果我就這樣什麼也不做，之後一定會後悔。你不嫌棄的話，可以看一下這段。」

連文繡再度把筆記遞給范衍重，這次是完整的段落，感覺是坐在桌子前，一邊思考一邊寫下。

晚上什麼也沒吃，媽媽催促，才喝了一些湯。是年紀太大了嗎？又煮得太鹹了。

吳辛屏父母的反應，我很困惑。現在想想，勉強懂了些什麼。要成為一位理想的老師，果然沒有想像中簡單，一個衝動，就會顧此失彼。以後，得站在父母的立場想想。（要改進！）

他們說不要再干預了，這樣做能夠明哲保身，轉念一想，是不是未免鄉愿？對自己的猶豫很失望。想就此結束這個階段，吳辛屏有喜歡余懷谷嗎，她的母親說得斬釘截鐵——（我是不是被利用了——不，不應該就這樣懷疑學生）、之後視情況再問看看吳辛屏吧、

「喜歡」跟「強暴」之間的關係又是什麼？、

如果有喜歡的意思，不能說是強暴，只能說是遺憾、誤會——說開來就沒事了吧。希望事情能夠在傷害最小的前提落幕。

范衍重客氣地把筆記遞回，閱讀的幾分鐘他再次被連文繡打動。看得出來二十七、八歲時，連文繡很努力地想當一位「好老師」。他也間接懂了為什麼連文繡聽到吳辛屏不曾說到她時，臉上難以掩飾的失望神情。她對吳辛屏的付出不在話下。

「我要五十歲了，看這些字也不免有些訝異，我以前竟然是這樣想事情的。你早一點來的話，我不可能給你看這些的，現在無所謂了，有人想看，就來看吧。我也快認為這好像是別人寫的，不是我。大家常說，江山易改，本性難移，是這樣嗎？我也不知道。」

「後來呢？」范衍重急著想知道後續發展。

連文繡捧著筆記，眼神快速地搜索，翻過了一頁。

「這裡的對話，即使沒有百分之百一樣，也有八、九十分像了。我是一邊聽她說話，一邊記錄的。我那位教授朋友也說，時間點越近，說的話越有價值。我想，既然他都這樣說了，還是慎重其事一點，很認真地做起筆記。總之，隔天吳辛屏又來找我。看得出來，我走了以後，她被修理得更慘。臉頰有一邊是腫的。她問我，直接報警的話有用嗎？聽到報警兩個字，我也慌了，若鬧到警察來，要和平落幕，不是更困難？我問吳辛屏，沒有辦法雙方父母坐下來好好談嗎。她說很難。我又問，如果有『侵犯』這件事，妳想要宋懷谷得到什麼懲罰。她說，她希望宋懷谷去坐牢。」

連文繡跟范衍重對視著，沉默填充了空氣間的縫隙。

范衍重明白了為什麼張貞芳，甚至是黃清蓮對於吳辛屏的不以為然。

吳辛屏在各個意義上，都是難以引發同情的被害人。事發之前，她的穿著，她因酒醉而意識不清，都是性侵案件中容易招致惡感的因素；事發之後，她即使在初期曾經痛苦地哭泣，但，問題在於，范衍重不安地想著，她恢復正常的速度太快了……。

「這樣說有些不好，不過，遇到這種事，一般的女生會這樣子想嗎？」

連文繡的話把范衍重拉回現實，他原來還沒有做出回應。

「對方是好朋友的哥哥。她的反應有些不留情面。」

「是的。」連文繡很珍惜這份認同似地用力點頭，「我想勸她再考慮一下，她不肯，她說，再拖下去就要來不及了，我不願意陪她的話，她自己去。她這樣說，我很為難，心底多少覺得她好像在威脅我，最後我還是沒有讓她一個人去。太殘忍了。我辦不到。我再問她，妳確定妳可以承受報警的後果嗎。她說，老師，今天我被陌生人揍了，想報警，妳會一直勸我不要這麼做嗎。我沒想到她會這樣說，我完全被說服了，她沒有說錯，我一再勸她放棄鬧大這件事，不一定是正確的作法。我陪她到了警察局，他們說，若吳辛屏那晚醉得神智不清，已經什麼都不曉得，那縱然她沒有抗拒，宋懷谷還是有可能犯下強暴罪。」

范衍重了然於心，假設吳辛屏那晚喝得爛醉如泥，失去意識，在這種情況下，宋懷谷和吳辛屏發生性行為，很可能構成乘機性交罪，刑度最高可達十年。

「陪吳辛屏去報案沒多久，宋清弘出面了，說要以五十萬和解。當然，他們沒有正面承認宋懷谷做了什麼，至少我了解的範圍是這樣。宋清弘的意思是，宋懷谷會錯意了，以為那個晚上他跟吳辛屏是兩情相悅，造成吳辛屏的困擾，他們很抱歉，也希望雙方可以和好。也是在這時，我跟吳辛屏起了爭執，她不再信任我，決定要一個人處理，也不找我商量了。」

「你們為什麼起了不愉快？」

「我勸她收下那筆錢，不要再執著了。吳辛屏的家裡狀況不好，她爸開卡車送貨，有一次趕路，出了嚴重車禍，撞傷別人，不僅要賠償對方大量的醫藥費，吳辛屏的父親也受了傷，左腳的神經不知出了什麼毛病，總之，他再也不能開車。吳辛屏的媽媽平常接些幫人縫學號、改衣服的零工，賺不了多少錢。我見宋清弘這麼有誠意，加上鎮上已經出現把辛屏說得很難聽的傳言。我想說到此為止，對兩人都好。他們還很年輕，有大好前途，不應該被這個意外耽誤。吳辛屏非常不諒解我的想法，她覺得宋懷谷明明犯下了很嚴重的錯誤。大家為什麼要拚命地為他說話，給他解套。她問我是不是收了宋家的什麼好處。我被這樣指責，也很氣憤。一時衝動，講了一些難聽話。說了什麼，也想不起來了，倒是記得吳辛屏的反應，她一下子氣哭了。還問我，憑什麼在課堂上義正嚴詞地講課，我不也是個鄉愿嗎。」

連文繡閉了閉眼，「我的前輩說過一句話，一個好老師，被他的學生改變的時刻，絕對遠多於他改變學生的時刻。我帶的學生越來越多，我也逐漸懂了這句話。我那時被吳辛屏的話傷透了心，十幾年後再回去想，吳辛屏有一部分是對的，發生在她身上的事，不是小事。她想去保護自己的權利，也沒錯。我沒有收宋家半毛錢，但，也很難說我沒有顧忌宋家的名聲跟地位。」

「我只剩下一個疑問。我來找連老師的路上，有先找到另一個人，叫張貞芳。她對於這件事的看法，跟連老師不太一樣，她很篤定吳辛屏設計了宋懷谷。」

「張貞芳？我沒什麼印象，不過，這樣子想的人也不是少數。吳辛屏雖然不再找我討論，我還是知道後續的狀況。五十萬不是最終的數字，即使吳辛屏的家人跳出來說，他們不想追究，女兒也原諒宋懷谷了，檢察官還是執意要起訴。檢察官是個女的，三十幾歲，很固執。我不懂，她為什麼不按照辛屏家人的意思？把這件事鬧得這麼大，對誰都沒有好處。」

范衍重看著連文繡，思忖著自己要繼續佯裝無知地聽下去嗎？

為什麼吳辛屏的家人沒有資格決定？有時候，人與人之間私底下的暴行，在特定情形下，會被納入國家關注的範疇。即使個人有容忍的意願，立法者仍試圖劃下一條「不容私了」的界線，以謀求社會多數成員的福祉與安寧。

特別是性暴力，兩人之間的性暴力，不會只是兩人之間的事。范衍重經手越多案子，見過越多加害者，越明白一件事，一個人會不會成為加害者，或被害者，都不是他們自己說了算。他見過許多「毫無悔意」的強暴犯，這些人認為，自己在那個時間地點，侵犯眼前的對象，這件事十分合乎他們內在的秩序跟邏輯。問他們後不後悔，他們反而一臉懵懂，像是聽到什麼新奇的法則，這樣的態度自然不能出現在法庭上，范衍重對於自己竟得灌輸他們「你要覺得後悔」，覺得匪夷所思，又滿懷不安，他很想撬開這些人的腦袋，探尋其中的構造跟自己的是否相同。

范衍重最想撬開的一顆腦袋，他甚至沒見過主人，也無從知悉對方的長相。那是一個雨夜，婦人稍微遲到了，她沒帶傘，進到事務所時髮梢還在滴水。婦人來找范衍重做法律諮詢，數天前，她被姪女的導師告知，她那與妻子離異多年、獨自扶養女兒的弟弟似乎性侵了女兒，頻率一週至少一次，且長達三年。學校已按照程序通報。婦人扭著雙手，支支吾吾地講述，她原先以為少女不滿弟弟嚴苛的管教模式，構陷父親，直到姪女把一張被揉得皺巴巴的紙交給她。她來回讀了好幾次，很是絕望，那是弟弟的字跡沒錯。婦人慢吞吞地從袋子裡摸出一個夾鏈袋，她把那張紙給帶來了。范衍重一讀，心底升起惡寒。那是一紙合約，寫明了少女應一個禮拜至少與父親發生一次性關係，否則爸爸要告知少女的朋友兩人性交的事實。上頭少女的簽名字跡搖晃。婦人自己替弟弟的作為感到無比羞恥，又不能抗拒雙親的哭訴，前來徵詢是否有拯救弟弟的方法。婦人臨走前，放下三千元，又淋著毛毛雨消失在深黑的夜色。她一走，范衍重才想起，自己忘了問，是誰介紹婦人來找她的。

婦人沒有再出現，范衍重試圖透過網路搜索，找到三、四個情節類似的案件，他放棄了。

他找不到意義，這不是單一事件。是個現象。過去，現在，未來。

在此之前，范衍重以為自己熟稔「性侵」，無非是違反意願的性交，少女顫抖的簽名讓范衍重感受到，不只是這樣的，這個未曾見過面的少女，必然有什麼他姑且無法形容的，情感或者什麼，因為父親的行為而徹底地消失了。這個少女從今以後看出去的世界，會有顏色嗎？

他無從得知，只是懵懂地意識到，若所有在門以內的暴力都長得很像，那麼，社會的其他成員，是否有聲討這種暴力的責任，人們是不是至少得為了這些暴力之間的相似性，做點什麼。

范衍重看著連文繡，喉結上下滾動，說不出話來。他可以從制度背後的理念切入，也可以從那張皺巴巴的紙說起。此際，一道痛苦的質疑劈進范衍重腦門，難道沒有任何方法可以制裁那個女生嗎？是鄒國聲的聲音。娜娜呢？娜娜的例子有什麼不同？她的內心是否也有些什麼，因著男人在她身上的來來去去而煙消雲散？這是他得去顧慮的嗎？

吳辛屏在哪，她為什麼要讓自己捲入如此為難的局面。范衍重恨起吳辛屏，恨她得讓自己坐在這裡經歷著傷腦筋的對話。沉默一陣，他只能應和。

「案子後來進到法院了吧？」

「是的，這件事在我們這鬧得天翻地覆，宋家的兒子被告上法院了，大家難免有些，怎麼說，想圍觀吧。你也看得出來，我們這裡的生活很單純，有人上法院，還是鎮上風雲人物的兒子，實在是千載難逢的大事。吳辛屏本人倒是很鎮定。我最後一次跟她聯絡，是我打電話給她，問她還好嗎，她說，有兩件事她要跟我報告，第一是，她放棄了，她要跟法官說，一切都是她編出來的故事，第二是要專心地在大學開始新的生活。她能夠放下了。」

「她為什麼改變了她的說法？」

連文繡搖頭，「我不知道，我也不敢問。有人說，宋家不斷地去騷擾吳辛屏；也有人說，這本來就是一場感情糾紛，吳辛屏以為她跟宋懷谷發生了關係就能變成情侶，沒想到宋懷谷對她根本沒有意思，吳辛屏無法接受自己失去了貞操，才喪心病狂。」

「宋家的人都還住在這裡嗎？」

這問題難倒了連文繡，她傾著頭，沉思了幾秒，「宋懷萱好像搬回來了，之前有聽人在說。宋懷谷的話……那件事過後，宋家把他送到美國，跟他的姑姑還是姑婆住。我最後一次看到他，差不多是在兩、三年前，在這裡，他牽著一個女生，提著行李箱走在馬路上。我當時在騎車，一認出宋懷谷，趕快低下頭，我不曉得他是否還會因多年前的事情而記恨。」

連文繡頓了一下：「宋懷谷去美國，好像第三年還第四年，他爸就過世了。車禍，撞到電線桿，發現宋清弘的人正好是我的父親，我爸說車內都是酒的味道。這不讓人意外，宋清弘後來變得很低調，不太喜歡出席活動。我爸說，一定是兒子的事情打擊太大，宋清弘累積了那麼久的聲望，卻晚節不保，他一定過不去心裡那關。我自己是覺得我爸有點過度揣測，畢竟，更多人站在宋家這邊，宋清弘某程度上也算壓下來了，但，沒人清楚他是怎麼想的。」

范衍重低頭注視著自己潦草的註記，跟連老師對話這麼久，最原始的問題依舊存在。

「連老師，再耽誤妳一些時間，就妳看來，這件事有讓吳辛屏跟宋家結怨嗎？」

「這什麼傻話，」連文繡露齒一笑，沖淡了緊繃、懸疑的氣息，「當然有啊。我不是說了嗎，宋清弘是有錢人，他幫助公益，不就是想為自己掙些名聲嗎。他的獨子被人冠上強暴犯的罪名，你是宋清弘的話，不恨嗎？不要說吳辛屏，說我自己，很長一段時間多數老師在學校都跟我保持距離，為什麼？宋清弘本來要支持學校的翻新工程，變卦了，有人說是為了處罰我陪吳辛屏去報案，我應該去宋家謝罪。」

「那吳辛屏跟家裡的關係呢？」

「這點我沒有很清楚，辛屏後來跟我有些矛盾，她的事我也不敢介入太多，怕對我們兩個人都不好。有時想想，會覺得做了一個很長的夢。」

「謝謝連老師，我只剩下一個問題了。吳辛屏跟宋懷萱，兩人之間是怎麼樣呢？我是說，這很奇怪吧。她們原本的關係那麼好，經過這一切，很難不反目成仇？」

這問題不只關乎尋人，也有范衍重私人的好奇。

他被這三個人之間的糾纏給迷惑了。他們三個人都好年輕，最大的不過二十歲。

「我不知道。我對她們兩個的印象是，做什麼都要一起，上廁所也要手拉著手。她們從國中就是朋友，高中又分到同一班。個性上有點互補。吳辛屏是標準的乖學生，成績中間，沒什麼問題，算活潑，在班上人緣很好。宋懷萱成績不錯，只是滿內向，很依賴吳辛屏。啊，對了，宋懷萱有點寫作天分，我對她的週記印象很深刻，她會寫一些很特殊，其他學生不會想到的主題。」連文繡將手上的筆記往前翻，又來回調整了幾次，倏地眼睛一亮，「找到了。有些句子我自己也很喜歡，偷偷寫進日誌裡。你看這句。成長必然伴隨著疼痛，可怕的是我們變得麻木，不再關心自己是否還有明亮的未來。這句是不是很美。」

連文繡嘴角勾起，露出淺淺的微笑。

「宋懷萱好安靜。我同事帶過宋懷谷，兄妹倆差很多，宋懷谷算是有意識到他爸的地位，平常不會主動惹事，對同學也親切大方，見到老師也會打招呼，只是偶爾做錯事，被老師糾正，也會提醒老師不要忘了他爸是誰。宋懷萱完全不是這樣，我想過，是不是她小時候身體不好，影響了個性。我沒見過她要大小姐脾氣。整個人很畏縮。」

連文繡搭配了一個縮小的手勢，「她不會主動說她的想法，就算有，可能也只對吳辛屏說。她的週記，也是我讚美了幾次她的文筆，鼓勵她多寫，她才稍微敢寫一些些。」

「宋懷萱後來去哪裡了？也去讀大學了嗎？」

「好像是。可惜她大考失常，考得比吳辛屏還差。我第一年教宋懷萱，她還在班上的前幾名，考前幾個月，她不知道怎麼了，一直退步，越退越多，從前面變成中間，有時還跑到後面。週記也越來越負面。她那時很常寫一句話，我有記起來。」連文繡低頭去看她的紀錄，「我對於自己的長大沒有信心。有一次週記，她連續寫這句話寫了十幾次。我把她叫來，問她怎麼了。她說沒事，我又問需不需要輔導，我可以留一些時間給她。她也說不用。」

連文繡見范衍重沒有回應，又連忙補充，「宋家沒有很在意小孩成績的，我想說，既然他們沒主動提，我也不要做太多，以免被說是在告狀。學生很敏感的。」

◈

范衍重結清了兩人的費用。

告別時，連文繡往前走了幾步，又回過頭呼喚，「范律師，很謝謝你。」

「我才要跟妳說聲謝謝。不好意思，明知妳還在休養卻把妳找出來。」

「我是真的很謝謝你，我感覺得到，你是真心誠意想要知道發生了什麼事……。我剛當老師的第一年，很有熱情，一天到晚跟學生說，要保持對知識的好奇。這件事過後，我很少講這句話，我學到一件事，無知也是一種保衛機制吧。很多事情，得知真相，在另一方面也會失去很多，至於失去的是什麼，我也還在想。」

像是一鼓作氣說完自己想說的話，連文繡點頭致意，又轉身往前走去。

范衍重坐回車內，整頓思緒。吳辛屏回來老家之後才消失。她有沒有回到台北？無人知曉，唯一能夠確認的，只有她跟黃清蓮見了面。

黃清蓮是一條線。見過連文繡以後，范衍重想把重心放在宋家上面。到了跟警察報案的時刻了嗎？沒有經過這程序，無法調閱監視器，他得快點決定，監視器保存的畫面天數不長。范衍重四顧張望，這兒的監視器沒有預料中的密集，多少也是拍到了什麼吧。但，到了這個時刻才報案，是否會招致更大的質疑，你為什麼延遲到這個時刻，你錯過了黃金的四十八小時，莫非你在逃避著什麼嗎？他跟顏艾瑟的恩怨是否又將浮上檯面。范衍重閉上眼睛，想起自己曾聽過的傳言，有些孩子失蹤的母親可以感應到孩子還在人世的氣息。范衍重眉頭緊蹙，想捕捉到什麼訊息，腦海一片空虛，沒有絲毫信號，范衍重內心又湧現出悔意與怨氣。他詛咒，吳辛屏也有錯，她不應該隱藏自己的過往，不應該拒絕交代她的交往狀況，害他如今坐困愁城。

范衍重放倒椅背，連日來的緊繃在此時反撲，意識發散、模糊了起來，他設了三十分鐘的鬧鐘，如此一來，他還能趕得及去拜訪宋家。再做最後一擊。在這個消息靈通的小鎮，宋家或許也掌握到了吳辛屏的下落。若宋家那邊依舊沒有頭緒，范衍重想，他再怎麼不情願，仍得忍受報案的衝擊。

墜入黑暗前，范衍重想，該不會妻子不在這世上了吧？不，這想法太可怕了。

◈

張仲澤坐在咖啡廳監視范衍重整整兩個小時。

他發了訊息、拍了幾張照片給奧黛莉，卻沒有得到回應。張仲澤有些不是滋味，奧黛莉怎麼忽略他的訊息，是不是發生了什麼有趣的事，或是尋獲了寶貴的訊息？張仲澤望向玻璃櫃裡的牛肉三明治，他很滿意方才點的奶茶，鹹食不會差到哪裡去吧。

才拿定主意，要走向櫃檯，眼角卻掃到范衍重跟連文繡前後站起。

張仲澤給店員一個不好意思的眼神，放下菜單，盯著范衍重結帳，和連文繡走向門口。

手機震動聲傳來，張仲澤低頭，奧黛莉回覆了。

他露出微笑。好險奧黛莉識相，他快要生氣了。

「你人在哪？」

「我還在咖啡廳，妳那邊還順利嗎？」

「很順利，有進展了。」

「我現在過去接妳嗎？」

「我給你地址，你用走的，把車子放在咖啡廳那裡。」

「為什麼？」張仲澤理所當然地詢問。

「你待會就知道原因了。」

幾秒後，張仲澤收到一串地址，他把那行字扔入搜尋網頁，一．二公里的路程。

「要走二十分鐘欸。」

「你不要管，走就是了，我待會跟你說我發現了什麼。」

「我打給妳，用講的好嗎？」

「先不要，我這裡還有事，你來了就知道了。」

張仲澤注視著那行訊息，揣摩著奧黛莉的語氣，可以的話，他真不想回去。

他想跟奧黛莉繼續這場無厘頭的探險。在過去的數小時，數百分鐘之內，張仲澤沒有一秒鐘想起父親，而在這一秒鐘，他想起來了，父親的呻吟迴盪在幽暗的房間，他提著臉盆毛巾進房，褪下父親的褲子，清洗父親的下體。陰毛糾纏著皮屑，他試著分開，卻怎麼樣都弄不好，他打了父親一巴掌，醒過神來，趕緊跪在地上，向父親磕頭認錯。

能夠跟奧黛莉這樣子下去該有多好。

張仲澤看見范衍重步入車內，連文繡過了紅綠燈，拐入一條小巷。

范衍重一消失，吳家慶就出現了。

「我先去跟那個女人，范衍重交給你？」

「沒辦法，我得先去跟奧黛莉會合。」

「奧黛莉去哪裡了？」
「她好像去找一個人。」
「這個時候怎麼會想要脫隊呢，搞不清楚狀況嗎……」吳家慶怨道。
「這個人應該跟吳辛屏也有關，我是這樣想的。」
吳家慶抄下了地址，「我待會去跟你們會合？」
「好。」張仲澤開啟了導航模式，他心想，多荒謬，我竟走在鄉間小路上。
他的腳程比想像中的還要快，比程式估算還要少了五分。
張仲澤大致查看了一下屋子的外觀。若他認識屋主，應該會建議對方重新整理外牆，掉落的瓷磚砸到經過的行人就不好了。想到這，他往前移動了兩步，以免印證了自己的猜想。
張仲澤打給奧黛莉，沒人接聽。他再次確認地址跟門牌。
他又收到奧黛莉的訊息。
「你先確認一下，旁邊有沒有人，不能讓人看到你走進屋子內。」
「我沒有看到半個人。妳在玩什麼把戲？」張仲澤左右張望，回傳訊息。
「妳再不來開門的話，我就不能保證會不會有人路過了。」
門打開了，一個陌生的女子探出頭來，聲音非常輕細，「請問是張先生嗎？」
張仲澤大步向前，「是的，請問奧黛莉在這裡嗎？是她要我來這裡的。」

「沒錯。」女子環視了一下四周，「進來吧。」

「我的鞋子是要放在這裡嗎？」張仲澤指著屋外的鞋櫃。

「不，你直接穿進來好了。」見張仲澤還在猶豫，女子笑了，「這附近鄰居養的狗很頑皮，很喜歡咬走陌生人的鞋子，我之前請朋友來，她一隻涼鞋不知道被咬到哪裡去。」

「原來是這樣，那我就不好意思了。」張仲澤穿著鞋子走進了屋內。

「請問是把鞋子脫在……」

張仲澤的話只說到一半，他的後腦勺被什麼物體擊中，他明明是睜開眼，眼前竟是一白，那白色不是純潔的白色，而是虛無的白色。張仲澤想轉身，想看清楚，他能夠解釋，想必是有什麼誤會，他不應該遭致這種待遇，這幾年他被自己的父親綁死了，沒有機會得罪人，他的肩膀旋轉，如同游泳的人要換氣，第二下攻擊落在頭顱的側面，彷彿大浪撞上石壁，緊接著是第三下、第四下。張仲澤跌在地上，他綣起，雙手護著頭，顫抖地吐出哀號，拜託、拜託、不要再打了，你認錯人了。他感受到對方停止舉動，張仲澤鬆了一口氣，從心底升起感激對方的衝動，他明白了，全都明白了。他不想死，他一點也不想死，他想呼吸，想活著，他還想看些什麼，聽些什麼，說些什麼，他的頭皮涼涼的，下腹熱熱的，一邊是血，一邊是尿吧，他無所謂，他還活著。張仲澤不敢輕舉妄動，他在等對方說話，什麼都好，至少解釋為什麼要突襲他，終止這可怕的沉默凌遲。

「奧黛莉，奧黛莉……」張仲澤聽到有人在呼喚，他花了幾秒，才意識到來源是自己。

他在呼喚著奧黛莉，在他還為了劇痛而抽搐時，他身體有一小部分率先恢復神智。是奧黛莉叫他到這裡來的，奧黛莉在哪？她還好嗎？張仲澤掙扎地想睜開眼，眼前依然是霧濛濛的，他只認得出來前面有個搖晃的身影，是攻擊他的女人嗎？還是奧黛莉？張仲澤眨了眨眼，想讓眼中的霧氣盡快散去。他等到了女子的聲音，偏低沉，語速也略慢。

「小魚好棒啊，永遠都找得到人為她做事。現在又來一個。」

張仲澤激動起來，果然認錯人了，他是為了奧黛莉做事，才不認識什麼小魚。

他脖子粗硬，使勁擠出聲音，「妳認錯人了，我是來找奧黛莉的。」

他試著再說出第二句，「妳真的認錯人了。」

張仲澤聽到膠布被撕開的聲音，他的嘴部被黏住了，他張開嘴巴，嘴唇一陣扯痛。

張仲澤的意識越來越微弱。

他好害怕，沒有人照顧父親跟奧黛莉。

Chapter 10

第十章

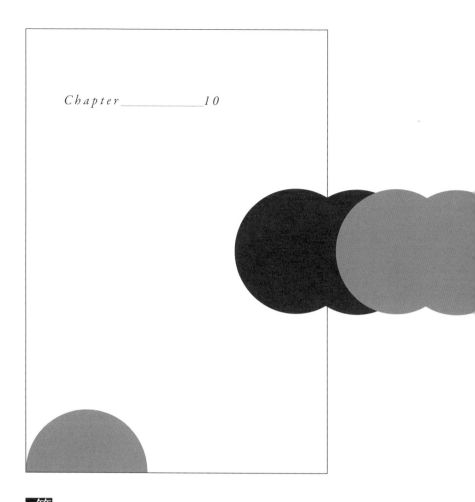

◈

很久沒有跟這麼多人接觸了，我氣喘吁吁，筋疲力盡。

結束忙碌的清洗，我坐在地上，與牆保持幾公分的距離，縮起來，抱著膝蓋前後搖晃，想讓自己放鬆。一股久違的情感充滿了我的心臟，快樂。我記不得上一次我這麼快樂是什麼時候，我快要看見終點了。我好累。事情一件緊接著一件，我很驚喜我可以做這麼多，還做得這麼好，我猜是哥哥給予我力量，帶領我完成了復仇的任務。一想到哥哥，胸腔又倏地緊縮，空氣被推擠出去。好不容易找到的快樂，如雪花墜地，一眨眼融掉了。

哥哥，事情會走到今天這局面，都是我一手造成的。

要不是我當年掉以輕心，我們家不會只剩下我一個人孤獨地活著。我們會好好的，跟多數的家庭一樣，過著平凡又互相依持的日子。

我看著眼前的女人，她的臉滿是血跡，眼睛注視著我，久久沒有轉移。傷口本身不大，是我試著用布要抹掉她不斷滴血的傷口，太粗魯了，血被我暈染開來，弄髒了她的臉。她眨眨眼，打了幾個哆嗦。我停止手上的動作，往事的回憶一點一滴蒸吐上來。我相信過小魚的好，讓她直直走入我內心最深處，那幾年我們形影不離，度過繁盛如花的青春年華。人可以不要長大，隨心所欲地駐留在他們喜歡的年紀跟時代，該有多好，我寧願被過往關著，也不要在未來的時日裡是自由的。我對於自己的長大沒有信心。

我是真心誠意以為小魚跟哥哥，我們三個人能夠好好相處的話，就太完美了。

小魚的本質與我的截然不同。她的從容、率真彷彿是註定的，即使是介紹她的家人，她也不會因為這些人的平凡，甚至無能而感到羞恥。我不自覺地一天比一天更想找小魚說話，上學日見面還不夠，假日我也想看看她，我時常拜託她邀請我去她家玩。我重演著我跟瑤貞的相處模式，滿懷希望她會做得比瑤貞更好，而我，也期待自己做得比上一次更好。小魚的母親表面上是裁縫師，但她只有開學前會接到大量縫學號的訂單，平常的日子，我很少見到小魚母親坐在縫紉機前；她的父親是貨車司機，時常不見人影，小魚說她父親喜歡在深夜至清晨送貨，那時車流量少，他可以在公路上飆車。再來是小魚的哥哥，他習慣待在自己的房間裡聽廣播、看漫畫。小魚說她的哥哥外貌雖不怎麼起眼，心地無比善良，很溫柔，很常看連戲劇看到哭，也時常被爸媽嫌棄，一個男人怎麼這般懦弱。

小魚與瑤貞不同，她的姓名並不好，一位算命師說過小魚的名字會讓這孩子的付出都累積不了，轉眼成空，但這名字是小魚過世的爺爺取的，小魚的爸媽不敢違背爺爺的意志。我安慰小魚，妳看我給妳取了一個適宜的綽號。小魚，小餘，祝妳對人生的努力都能收獲甜蜜的果實。

哥哥說過，住在這裡的人大多數都有些不得不，移動到繁榮的城市代價很高，而我們不同，我們住在這裡是為了我們的父親，這裡的人都認得他，喊得出他的名字。名聲，就是別人喊你名字的聲音。大家呼喊父親的聲音，黏稠，一聲接著一聲，裡頭挾帶著喜愛、擁戴、和渴望。他們有數不完的心願，必須經過父親的協助才能實現。我是從那些人喊喚父親的方式，判斷出父親在家庭以外的輪廓，他在情感上有他的軟弱，然而只要不談到私人的感情，父親擁有近乎神聖的公共形象。哥哥說，只要一離開這，遷徙到一個沒有人叫得出父親名字的地方，父親會像離開池子的魚急速地枯萎，只剩下魚骨頭。我們的父親真心情願待在這裡，他在不同的城市間穿梭、拜訪，唯獨回到小鎮上，他連走路都會不由自主地哼著歌。哥哥跟我講述這些體會時，我有聽沒有懂，在我眼中，這些不斷找上門來，把母親搞得心煩意亂的人，就像蚊子一樣吸著父親的養分跟精神，父親也很想甩掉這些蚊子吧，怎麼會反過來依賴這些蚊子的索求呢。

直到前往小魚家，我才後知後覺，哥哥是對的。小魚的母親常建議我在客廳上坐一會，跟她聊一下天。她會問一些看似普通的問題，並透過某種自嘲，鼓勵我說得更加仔細。妳們放假的時候會去哪裡。台北？多常去一次呢？什麼，很常去？還會在那裡過夜？住朋友家還是飯店？飯店裡面長什麼樣子，妳形容一下，阿姨想聽。說到這，我們之前也去過台北，阿姨有個表妹住基隆，她生小孩，我們開車去看她跟小朋友，回來的時候，有去夜市逛一下，想說住在台北也不錯，叔叔開那麼久的車，也滿累的，小魚跟她哥哥聽到要住台北，好開心，一直拍手，興奮得不得了。誰知道櫃檯報的價錢一間比一間恐怖，好不容易，找到一間便宜的，一進去房間，地毯都是霉味，牆壁也髒髒的，叔叔也不給我面子，當場說他寧願回家。小魚哥哥一聽到這句話就哭了。叔叔一看到他哭，更生氣，就打他，叫他不要在外面哭，很丟臉。妳看，妳們家是不是很好，想住台北就住，不用考慮價錢。對了，謝謝妳跟我們家小魚做朋友，阿姨很高興，可以的話，妳以後有什麼東西，盡量跟小魚分享，給她見見世面也好。

小魚一家就是哥哥所謂窮得離不開的人。小魚跟瑤貞不同，她沒有別的地方可以去。一想到這，我如釋重負，把視線挪到小魚的臉上，這是個讓人難過的故事，一個女人想讓她身邊的人都開心，她做不到，她的丈夫還打了她的孩子。我有個悲觀的結論，她起初不要提議住在台北就好了。我很想看小魚的表情，她是怎麼解釋這一切？她會覺得難堪嗎？她的母親如此赤裸地指出，我在上面，小魚在下面，我要把小魚往上拉。一如往常，小魚的神情自然，完全沒被母親的話語給打擾，她確認母親說完了，才向我伸手說，我們上樓玩吧。

我曾為了讓小魚情緒好一些，說出一些我不會對瑤貞說的話，像是，我爸沒有妳媽媽想得那麼好，他對外人很大方沒有錯，對家裡的人倒沒這麼慷慨，他說，不可以讓我們被寵壞，從小就把錢視為理所當然。我媽會抱怨我爸好像更愛外面那些纏著他不放的人。小魚會哦一聲，反過來安慰我，沒有關係，等我們長大，有能力自己賺錢，我們決定自己要的生活。到了那個時候，開心不開心都是自己的事。妳要對我們的未來有信心。

想到這些話，十幾年後的我還是會感動地近乎疼痛。小魚似乎天生有股能力，讓別人想聽她說話，想從她身上獲得溫暖。我那時只要一天見不到她，就像是感冒似的，失去力氣。我喜歡躺在她的床上，並要她也躺在我身邊，兩人看著天花板而不是對方。我認為這樣子說話，不必顧忌對方的表情，沒有壓力，也更為自在。我喜歡問小魚很多問題，天南地北、沒完沒了。我在家裡跟學校很沉默寡言，一整天下來說不到幾句話，在小魚的房間裡，我成了另一個人似地，抓著她不斷地說話。我常常想，她那小小的，放了床、書桌跟衣櫃，就只剩下一條窄窄走道的房間，才是我的祕密基地，在那裡，我很安全。

我時常要她作出排名，妳最要好的朋友，從第一個說到第五個。小魚說完以後，我也會說出我的名單。她的第一名是我，我的第一名也是她，確認了這件事，細弱電流奔竄過我的四肢，為了讓這奇妙的感受一再重演，我頻頻地拿這個問題煩她，煩到她受不了，說，不要再問了，妳就是我最好的朋友。我好像被誰給抱起來，撐得很高，很高。

高一班級名單出來的那天，小魚興高采烈地跑到我家樓下找我，說我們被分到同一班，命運真是奇妙。我沒有告訴她，這是我苦苦哀求父親的成果。父親向來很自傲自己不輕易動用關係，他問我，為什麼非得和這個女生同班呢。我毫不設防地說出了實話，她是我唯一的朋友。父親哀傷地看著我，一下子被我打動了，他心疼我這個女兒，又不能在母親面前對我太好。

跟小魚同班的喜悅很快地被母親的病情中斷，母親被診斷出腹部有顆腫瘤，人人聞之色變的癌症。父親把母親送到台中的大醫院接受手術跟化療，一口氣縮減了在外的應酬。母親的治療進程比院長估計得還要樂觀，我們心口的重擔才卸除大半，母親似乎又生了另一種病，我那時常幻想，她的大腦是不是也有一顆腫瘤，醫生尚未檢驗出？母親怎麼會不假思索地說出那些不堪入耳的詛咒？她詛咒的對象當然是父親。多數是晚餐，全家到齊的場合。母親屢屢吃到一半，扔下筷子，把臉埋進掌心，哭了起來，聲音從她的指縫間跑出來：為什麼得癌症的人不是你，我沒有做壞事，你才是做了壞事的人，為什麼是我。說完，母親哭得不可自拔，父親還得起身安慰母親，說這樣對治療效果要打折了。院長說，病人心情悲觀很正常，家屬要有心理準備。幾次下來，我們也疲乏了，剩下父親，他大概懷抱著贖罪的心情，苦撐著，沒顯露出不耐，也沒有人看得出他的情緒。

我把整顆心都放在小魚身上，星期六日，我提著課本和講義往她的家裡報到，被小魚的母親在一樓攔截，待個幾分鐘，給她問過幾個問題，喝光她送來的果汁或紅茶，優雅從容地上了二樓。我喜歡躺在小魚的床上，抱著她的枕頭，更動她在床上娃娃擺的位置，時間過得很快，也很慢，我們一起寫作業，比較班上每一個同學的特徵、性格，還有他們在班上的表現，誰讓人喜歡，誰又讓人連說話都感到噁心。誰的家裡好像很窮，收班費時連老師跳過了他。我們過著不能再更一致的生活，沒辦法見面的時刻，我也寫信給她。偶爾，哥哥進來我的房間，想找我說話，我請求哥哥等我把信寫完，哥哥拉過椅子坐下，在一旁看我寫信，我寫不下半個字，哥哥鼓勵我，妳繼續寫下去，這個女生是妳很喜歡的人吧。聽到哥哥這樣說，我的身體拉緊，說不出話來。哥哥見我這樣，笑了，他問還需要什麼嗎？我搖頭，說我一切都很好。哥哥不相信，逼我說出自己最想要的禮物，我說，我最想要一個人好好地把信寫完。哥哥發起脾氣，堅持那才不是我最想要的禮物，他要我說出一個「東西」。

我越來越焦慮，我什麼也不需要，這個答案很可能會激怒哥哥，我命令自己得想個方法，讓哥哥別再繞著這個問題打轉。過了不曉得多久，我問哥哥，在學校的生活怎麼樣。這方法似乎有效，哥哥轉怒為笑，問我怎麼會好奇這件事。我看到一條鋼索，在眼前緩緩浮現，直覺提醒我，得很認真地走，摔下來就完了。我又問，你有沒有想過，我們的爸爸很厲害？他捐錢給學校，學校的老師就會很照顧我們。哥哥嗯了一聲，問是哪一位老師對我特別照顧。我回答，一位很年輕的女老師，原本的導師生病了。哥哥又問，妳從哪裡知道她很照顧妳？我說，老師說我的文筆很好，她要我多寫。哥哥點頭，沉默半晌，以沉沉的語調警告，不要太常跟哥哥以外的人說妳的心情，尤其是老師。就像妳說的，老師對我們好，讚美妳的文筆，都不是真心的。他們要的是我們父親的捐款。

聞言，我也不知如何反駁，實情真是如此嗎？連老師在我的週記簿上，用紅色墨水筆畫了好幾個圈，寫上長長的評語，只是為了拿到我父親的資源？哥哥看我心事重重，又露出微笑說，我跟妳鬧著玩的，妳不要那麼難過嘛。我只是希望妳記得一件事，不要太相信別人。我看著哥哥，很想問，那我可以相信誰。除了我之外，每個人都是別人不是嗎？哥哥伸手來揉我的肩膀，說，妳看起來好累，妳不要再寫信了，對身體不好，去睡覺吧。他起身，走到門邊，手指壓著燈的開關，臉上的表情讓我明白，我再不躺下，他要生氣了。

我把信紙跟筆收進書包裡，謹慎地爬上床，十根指頭緊緊抓著棉被。哥哥說，晚安。快睡吧，不要再偷偷起來寫了，答應我。房間一下子全暗，我胸口的心臟越跳越快，我數著自己的呼吸聲，一下、兩下。哥哥很有耐心，他會等上一段，我也無從判別他在隔壁房間的動作。有時我還清醒著，哥哥又進來了，我會小聲問，怎麼了嗎？哥哥的聲音在黑暗中響起，沒什麼，看妳睡了沒。那一次哥哥就不會再回來了。有時哥哥在我身邊躺下，手伸進來，我睜開眼，明白哥哥來了。

父親把一樓的儲藏室清空，布置成一個房間，方便母親在一樓生活，父親改睡在沙發以就近照顧。在父親的安排下，我接管了他的工作，負責清洗、晾曬全家的衣物。流程是先去一樓收拾爸媽換下的舊衣，再到三樓撿我跟哥哥的，拿到四樓的洗衣機。家裡的二樓以上只剩下我跟哥哥，他們很少上來，父親偶爾會進去主臥室拿一些簿子跟印鑑，但多數時候他們只在一樓活動。

我越來越辛苦，哥哥是個擅長等待的人，他比我有耐心，也很懂得如何跟我打商量。我若說想睡覺，他會說，拜託。我忍不住同情哥哥，他哀求的模樣，像是掉進陷阱的小動物，十分楚楚可憐。我告訴自己，我得幫他。哥哥的確給了我很多安慰跟保護，他想拿回其中一些，也沒有不對。只要我夠專心，讓自己跟當下的場景分開，並沒有想像中可怕。我看著花朵造型的燈，六朵花瓣，從一數到六，數完再從頭。我們很安靜，在黑暗中進行，沒有半句對談，只是流了非常多汗。哥哥在回自己的房間前，會低聲說一句，晚安。那聲音有些嘶啞，好像他在經歷什麼精神上的痛苦，哥哥一走，我會繼續數著燈上的花瓣，我告訴自己，什麼事也沒有發生，我本來就在數花瓣，準備入睡。

我始終深信哥哥是一個很好的人。他只是太徬徨了，想找到一個方式，確認家裡有個人會待在他身邊。我們承受著一樣的不安：小小年紀，家庭卻處處是祕密，把我們四個人的命運弄得支離破碎。我們誰也不能說。我們得維護父親的名字，我們傾吐的對象只剩下彼此。一旦讓同學、老師知道，我們家發生了什麼事，我得以想像，人們如何背著我們，評論我們是亂倫的家庭。即使有人願意了解我們的百般無奈，也很難不把自己想得比我們更高尚、幸運，單單想到此點，我願意背著這沉重的祕密活過一生。

◈

身旁同學在聊天，交換人生規劃，說想談戀愛，二十歲要結婚，二十三歲要生小孩。我只煩惱著自己能夠活到多老，聽說人老了會失去記憶，到了那一刻，祕密就消失了。我是這祕密的守護者，若我忘了，跟沒有發生過，幾乎是相同的。我會成為一個新的人，故事重新起算，我會跟童話故事的女主角一樣完美無瑕，並在結局抵達人生最幸福的一刻。我把自己保護得很好，沒有人使我動搖，直到瑤貞在我面前，以拖泥帶水的語氣說，她要當鬼，坦承的慾望才初次在我心底有了聲音，一個女孩的聲音，我在洗澡時，注視著牆上的鏡子，那聲音傳入耳朵。

每一天，我經過便利商店，買一包三十元的巧克力給瑤貞、寫信給瑤貞、躺在瑤貞的床上，我跟瑤貞越好，那聲音好像吸收了什麼，有了頑強的意志，一天比一天清晰，她說，妳不喜歡那樣子。我反擊那聲音，誰說我不喜歡的，才沒有。那聲音又說，妳敢不敢跟瑤貞說，讓她來決定妳喜不喜歡？我猶豫了好久，才接受了這試驗，我想跟瑤貞說，我在心底規劃，跟瑤貞說這是我堂妹的經驗，一邊說一邊仔細記錄瑤貞的反應，她可以同情女主角，但不可以太同情，也不可以讓我逮到她有一絲絲為自己慶幸、安慰的神情。若瑤貞沒有，我會如履薄冰地對她說，堂妹只是個謊言，我才是真實的人物。瑤貞可能會哭，她如此善良，落淚是預料中的事，假設她掉了眼淚，我才可以哭。這麼做才能讓我感覺起來不像要崩潰了。我排練、修改著這些對白，想運算出最好的版本，我不能承受意外，若瑤貞不值得信賴，很快地找到誰，傳了出去，我就輸了，我徹底毀了所有人。

有好幾次，躺在瑤貞的床上，我想，也許是時候了，瑤貞的家人有個極大的優點，他們從來不關心我跟瑤貞躲在房間裡，是不是在從事什麼壞勾當。我才做了個開頭，喊她的名字，瑤貞卻轉過來，面紅耳赤地問，妳認為鍾昶宇是個怎樣的人。我整個人又縮了回去。怎麼會這樣？鍾昶宇什麼也沒做，瑤貞的目光就從我身上，移到了他身上。我彷彿被人吸乾了全身的血液、一滴不剩，好久好久，才恢復感知。我聽到那聲音在我耳邊呢喃，若瑤貞跟鍾昶宇談戀愛，妳什麼也沒有了。

誰能為我預料，等我處心積慮，設局陷害了鍾昶宇，讓瑤貞的眼中再度只有我，瑤貞也被帶走了。我在內心召喚，請那聲音給我一些指示，瑤貞走了，我該怎麼辦。我什麼也聽不到，徒有我自己的回音在體內來回擺盪。直到小魚出現，走進我心底，那道聲音再度被喚醒，朝我發出引誘，把妳的事情告訴小魚，讓她看看妳是快樂還是不快樂。童話故事裡，隱忍著祕密的理髮師忍不住告訴了蘆葦，最終鬧得眾人皆知。我會遇到相同的阻礙嗎？

◈

我以為哥哥離開小鎮，去外地讀書是好事，我的願望再一次落空，哥哥在外面過得並不順遂。他時常怨懟教授自以為是、上課亂教、室友衛生習慣又很差，哥哥想搬出來，自己租一間套房，父親不同意，堅稱不是經濟的問題，而是哥哥不能輕易放棄學習共同生活的機會。哥哥與父親起了爭執，他垂頭喪氣地走上三樓，見到我站在樓梯口，他咧嘴一笑，問，妳都聽到了？我沒有否認，哥哥又問，我會不會擔心他過得不好。此際，鋼索又出現了，我要走過去，平安無恙地走過去。我點了點頭，我沒有說謊，我擔心哥哥，也想要哥哥過得好。我太年輕了，不能跟哥哥相互扶持太久，我還要讀書，也得交朋友。我有很多事情要做，我不是個照顧哥哥的適宜人選。我祝福哥哥盡快在新世界新生活之間找到新的人。

隔壁班有個女生在班上炫耀她的初夜，男朋友去讀大學，兩、三個禮拜才見一次面。她怕男朋友喜歡上大學同學，就把身體給他了。大家在議論這位女生的時候，也產生了不同的意見。女同學起底了她的背景，說這女生的爸媽都在外面工作，她是隔代教養，祖父母管不動她、縱容她，養出了她的偏差行為。有些男同學則不屑地譏諷，說會這樣想的女生，清一色是班上的醜女，醜女們在嫉妒，嫉妒有些女生在一樣的年紀，就得煩惱要不要做愛。多數同學沒有發表感想，包括小魚，大家你看我，我看你。我坐在座位上，又是焦慮又是徬徨，像是體內有一把大鎖，而鑰匙不在我手上。我覺得自己幾秒鐘後就會發出尖叫，趕緊逃進廁所，蹲下，抱著膝蓋，用力喘氣。上課鐘響，我跪在濕冷的地板上，抽了好幾張衛生紙擦拭臉頰。回到教室，小魚遞來一張紙條，寫著，妳去哪了？我匆匆寫下，沒事，只是身體有些不舒服。我畫了個笑臉傳給小魚。

我逐漸會跟鏡子說話說到流眼淚。那聲音說，說謊的人會下地獄。我說，我不會，我沒有。那聲音又重複，妳完了。沒有人會相信妳。我聽到敲門聲，急促且凶猛，以為是哥哥聽到了我在對自己說話，奇怪，不是還沒到週末嗎，哥哥怎麼回來了，我忙著擦乾自己的臉，穿好衣服，把門拉開，門外沒有站人，我轉身，滿地都是玻璃的碎片，我把鏡子打破了。我煩惱要怎麼告訴父母，一眨眼，玻璃碎片又消失了，鏡子完好如初。我嚇得跑下樓，懷疑是不是我太常練習把自己從世界抽離，所以我的身體漸漸留不住我的靈魂。

我躺在沙發上，蓋著外套，想停緩瘋狂顫抖的雙手，昏昏欲睡時，有人拍我的手臂，我睜開眼睛，嘴巴溢出尖叫，不要。母親陰沉的五官映入眼中，她不耐地說，不要什麼。妳怎麼在這睡，會感冒，快上去。看到母親的臉，我慢慢拼湊出理智。母親推著我的手臂，催促我快點回到房間。我搖頭，低聲下氣地請求母親，大學考試以前，讓我偶爾睡沙發吧，夜讀很累，不想爬那麼多樓梯。母親寒著聲，你明明知道沙發是你爸在睡的。我連忙換了個提議，我睡地板好了，家裡幫我買個床墊，我醒來時會自己折好，收到一旁，不妨礙妳跟爸爸的空間。

母親瞇起眼，盯著我，眼神透出遺憾，她問，妳是不是又故態復萌，想裝病，不想上學？我搖頭，說我只是懶得上上下下地爬樓梯。不能睡地板的話，也能睡二樓主臥。話一出去，母親神情驟變，我才意識到自己說錯了話。母親抄起遙控器，雙眼瞪得好大，目光閃爍著怨懟，作勢要打我，我哽咽出聲，說我沒有別的意思，只是想說二樓房間是空的，我睡在二樓，比三樓方便。母親不信，說我是在暗示她的病不會好。我落荒而逃，哭著回到三樓，回到床上，注視著天花板，清醒地感受到胸口的希望黯淡了幾分。

我停止經營我跟連老師的週記對話。哥哥的話在我心底投射出陰影，連老師不是真誠地期許我，或者如她所說的，我的文筆打動了她，她對我好，是想間接討父親開心，父親開心，她身為一位年輕女老師的處境也會改善。我更常造訪小魚的家，小魚的母親時常問我要不要週末留下來過夜，她希望我跟小魚感情更好。

我漸漸認為這提議說不定沒有想像中的難以執行，沒想到父親不但沒有反對，還樂見其成。他拘謹地問，家裡的氣氛不好，影響到妳了對吧，我看了一下妳的成績單，妳退步好多？我搖頭。父親嘆了口氣，揮揮手，要我不必逞強。父親從西裝褲的口袋撈出一小疊鈔票，數了幾張給我，叮嚀我不能空手到，事前得買一些小魚父母喜歡的伴手禮。我一到小魚的家，直接把那筆錢交給她的母親，說這是我父親的一些心意。小魚的母親笑了。

住在小魚家的喜悅遠超出我的估算。小魚的哥哥跟租書店老闆的交情很好，老闆允許我們打烊前抱回整套漫畫，隔天開店時歸還，不收半毛錢。我們的任務是在時限內讀完。小魚的母親從不過問我們在房間內做什麼，也不理睬我們要熬夜到多晚。我們時常枕在漫畫上，燈也沒關，說話說到一半，就掉入昏睡。醒來時心底一片安寧，恐懼被驅散了。我很想長住下來，又唯恐這想法會觸怒父母，只能格外珍惜著週末的到來。我說服自己，我可以為了在小魚家的一天，好好過完其他的日子。

從國中進入高中，我的身體興起了許多改變，前胸鼓起，身體一些部位長出粗硬的毛，褪下來的內褲時常沾著一些分泌物，有些味道，我想了好久，才憶起是瑤貞的身體時常飄出的氣味。小魚的身體倒是長得很慢，她的胸前如兩小片扁身的魚，手腳到腋下的毛也很稀疏。瑤貞才十二、三歲，身體成了女人的身體。小魚的身體是兒童的身體，她的月經兩、三個月才來一次，有時候第三天就不再滴血，像是血液在身體裡面枯涸了。小魚從床上起身時，我會滾到她躺的那一邊，拚命地嗅，床單上僅殘餘著沐浴乳的奶香，沒有人體的氣味。小魚的這些特質，讓我很是心慌，這樣的小魚，是託付祕密的對象嗎？小魚似乎感應到了我的憂愁，做出了神奇的回應。

一日晚上，小魚的父母帶上哥哥去南部吃喜酒。我先請小魚吃牛排，兩人又移動到租書店，挑選著要帶回她家的漫畫。小魚那日特別心浮氣躁，一下抓臉，一下又撓著頭頂的髮漩，她拒絕了我提出的幾個系列，我也被她弄得有些悶，只得問，妳是不是覺得我每個週末都來住妳家，有點煩？小魚連忙搖頭，說才沒有。她這樣說，我更往心裡去了，執意逼問，那到底是怎麼了。我想起瑤貞沉默的側臉，一團情緒卡在我的心坎，不上不下，眼眶莫名地一紅。小魚被我嚇壞了，她伸手揉我的肩膀，支支吾吾，哎了一聲，一臉無計可施、被我打敗的樣子。

她把我拉到租書店後側通往地下室的樓梯口，小魚神情肅穆，要我發誓，回去不能跟爸媽說當晚的見聞。我點頭。小魚要我再保證一次，她碎念著，被宋清弘知道了，一定說我帶壞妳，我也許被轉班，更慘就是退學。為了讓小魚安心，我四根手指撐得直直地，掌心向她，正經八百地立誓，小魚，妳放心，不管妳要跟我說什麼，我都不可能跟我爸告狀的。小魚見我如此莊嚴，忍俊不住，笑得彎腰，她隨即以行動取代解釋，逕自走下樓梯，我跟上小魚的腳步。

到了地下室，小魚把我帶到一個書櫃前，她很快地找到她的目標，從第一集抽到完結篇，總共九本，她叫我把塑膠袋拉開，整疊塞進去，動作一氣呵成。我唸出書背的書名，小魚的動作讓我以為我們在執行一件祕密任務。小魚把食指放在嘴前，示意我先不要說話。我們上樓，經過老闆時，小魚跟平常一樣客氣地點頭，說謝謝老闆。老闆朝我們沉甸甸的袋子望了一眼，視線又回到電視螢幕上。

我們小跑步，書冊的重量壓在肩膀上，小魚氣喘吁吁，我提議用走的，她執意用跑的，總算到了她家，我再也受不了小魚的神祕兮兮，拿出其中一本，才翻了幾頁，我又把書闔上，不敢置信這是小魚的主張。小魚見我反應如此，難得俏皮地搖著手指，重申，說好了，不可以告訴妳家人的。明明家人都不在，小魚還是煞有其事地將門上鎖。她把漫畫一本本拿出來，排在床上，發出滿足的嘆息，抽出第一本心無旁騖地讀了起來。小魚看漫畫的速度很快，我們的默契是她先看，看完了再輪到我。我回味著我看到的那一頁：一對男女倒在床上，男子俯身輕吻女子的頸項，一手抓著她的乳房。

過了十幾分鐘，小魚把第一冊遞給我，我踟躕一會，不想讓小魚以為我太大驚小怪，趕緊打開。我們不動聲色地讀著，空氣中只有紙頁的摩挲聲響，氛圍微妙，我們像是刻意地維持著某種靜謐，內心有什麼正在鼓譟，逼得我們得不停地把口水嚥下。我感覺到我的腹部有顆氣球，有液體點點滴滴地輸進去，撐大的氣球在我體內搖晃，我聽見水聲噴濺。我頻頻更換坐姿，夾緊雙腿。

小魚倏地站起，說，他們回來了。小魚辨識出她父親汽車的引擎聲，她飛快地跳起，把漫畫全數扔入袋子，塞入衣櫃，她三步併兩步地關了燈，要我躺好。我也摸上了床，在她的身邊倒下。等我的眼睛適應了黑暗，小魚轉過身，呼吸拂在我的臉上，她問，妳以前不會看這種書嗎？我說，沒看過。小魚笑出聲來，她說，自己小六時無意間發現租書店地下室的書很有趣，有幾個下午，趁著老闆分神的時候溜下去，日子久了，老闆再怎麼遲鈍，也察覺了，他對小魚的行為睜一隻眼，閉一隻眼，小魚自己心虛，從此很少再回到一樓。小魚吐出長氣，語氣激動地說，難得今晚沒有拘束，看個過癮，真想要我爸媽再出去喝喜酒。可惜他們外地的朋友太少了。

我遲遲沒有搭話，腦袋一口氣刷進太多資訊，呈現一片黑暗。我不能自拔地想著，即使身體像小孩，小魚有些部分已經成熟了。我的呼吸紊亂，小魚又接了下去，問，妳會摸妳的下面嗎。我被問倒了，我說，不會，並趕緊反問，妳會嗎。小魚嗯了一聲，自顧自說了下去，我差不多在七、八歲的時候，有一天，我想睡又睡不著，乾脆趴在床上，抱著枕頭滾來滾去，想說這樣做會不會變得愛睏一點，我壓到一個地方，一個奇怪的感覺跑上來，有點舒服，我不繼續壓，那感覺又沒有了。我拿下面去擠枕頭，好像在爬山，越來越上去，接著好像玩雲霄飛車，再上爬一點點，然後就掉下去，掉下去的感覺又好像飛起來，好舒服。我後來也會脫掉內褲，這樣子更快，有時候沒幾分鐘我就爬上去又掉下來了。

我想了想，說，妳覺得妳哥哥也會這樣做嗎？小魚回答，我不知道，不過我在他的房間看過色情光碟，也許他會。我趁我哥出門，把光碟放進電腦。我問小魚，妳看見了什麼，小魚回想了起來：有個穿泳衣的女生，在房間裡走來走去，打開電視，看到一半，她睡著了，接著有一個阿伯走進房間，發現那女生在睡覺，阿伯去找一把剪刀，把那個女生的泳衣剪兩個洞，那女生的奶頭露出來，阿伯用手指慢慢地捏那個女生的奶頭。看到這，就聽到我爸車子的聲音，我趕快把光碟退出，放回去，趕快爬回自己的房間裝沒事。我不想被我爸媽打死。

黑暗令我們的對話越來越大膽，我問小魚，妳看漫畫，會不會也想跟人做？小魚沉吟良久，才吐出答案，會啊。看漫畫會想像自己是女主角，跟男主角談戀愛。小魚只說了一半，漫畫中的女主角不單單跟男主角談戀愛。有一幅圖震撼了我全身上下，女主角跪著，男主角的大手扶著女主角的腰，從後面來。我沒想過有這麼多姿勢，我以為女人就是躺著。小魚的答案讓我腦中跳出另一幅圖：小魚跪著。我打了個噴嚏，閉緊眼，想讓這景象散去。我心中經歷了數次的爆炸，飄滿了繽紛的紙屑與撩亂的灰塵。小魚轉過身，看進我的眼睛，吐出氣音，偷偷跟妳說，我有點羨慕隔壁班那女的。我也想做看看。

我的憂愁被小魚消解了，小魚沒有我想像得那樣無知。小魚有些部分跟我是一樣的，不，她比我走得更深，比我沉得更下面。喜悅如夏天浪潮一波波捲上，溫暖了我的腳趾頭、我的腳踝，還要把我整個人吞沒。小魚想要。小魚需要性。

小魚經過了最終測試。她回信很快，內容很長，信裡沒有保留，我知情她生活中的大小事。小魚把她的內心翻開，讓我一路望盡最深處。小魚完成了她的部分，輪到我了。小魚是我的朋友。我也能夠把我的內心翻開。擁有不能說的祕密是莫大的懲罰，我的懲罰有了盡頭。我簡直不能再更感激。

◈

哥哥讀出了我的心事。

一次，我吹整頭髮，預備前往小魚家，哥哥走進房間，坐在我的床上，他雙手撐著身體，咂了咂嘴，說了幾句話，哥哥的聲音被吹風機的轟轟聲響掩蓋，我關掉吹風機，哥哥扯開喉嚨問，妳又要去同學家過夜了嗎？我聽得出這句話底下的不滿，我的心跳在咬著我的胸，只能僵直地站著，拖到哥哥嘆氣，端出一副我再不說話他要掉眼淚了的神情，我才鼓起勇氣點了點頭。哥哥又問，是妳寫信的那個好朋友吧，妳們兩個人有這麼多話要說，在學校講不夠，放假了還要黏在一起？

我佇在那，早有預感我週末就往小魚家跑，還時常過夜，哥哥必然會擔憂、緊張，認定我伺機離他遠去。我以溫和的語氣安慰哥哥，要考試了，我們沒有在聊天，在讀書。我們兩個想要上好一點的大學。考完了我就不再去她家過夜了。說完，我拎起袋子，盡可能以最輕巧的姿勢走向門口，哥哥也起身，亦步亦趨跟在我身後，他低聲問，今晚不要在朋友家過夜好嗎？晚上陪我聊天，像以前那樣，我保證，只是聊一下天而已，我跟妳說過，大學根本沒有爸說得那麼輕鬆，我想要轉系，他們倆不懂轉系是什麼只有妳懂，我希望妳跟我討論。我每個禮拜回來，妳都不在。這樣下去的話，我要去跟爸媽說，乾脆以後我都不回來了。

我不斷吞嚥口水，喉嚨像是變細了，發不出聲音。哥哥不回家了？我的心揪成小小一球。哥哥是母親歡樂的來源，而父親，在母親生病後就想盡所有辦法要討好、彌補她。我不能夠破壞這一切。

我看往哥哥那憂鬱又隱含怒意的臉，問，你保證只是聊天的話，我會待在家裡，可是我有時候也想去朋友家讀書。輪流行嗎？哥哥做出承諾，好，就聊天。哥哥撫摸著我的頭髮，示好地說了下去，每一次妳需要幫助，我哪一次沒有站在妳這邊。我對妳這麼好，不要再跟我鬧脾氣，朋友重要，還是哥哥重要？下個月我生日，我問過爸了，那幾天媽媽會待在台中的醫院，我打算找幾個朋友來家裡慶祝，妳也考完試了，好好放鬆。

我追著哥哥的承諾不放，你發誓就只是聊天？哥哥嘆了一口氣，憂心忡忡地注視著我，妳不要用這種方式對我說話。我們是一起的。妳不要弄得好像只有我一個人。哥哥的話如鞭子狠狠甩在我臉上。我急促地表示，我沒有這樣想，我只是想說，我們長大了，我們不能……我們不能什麼，我說不下去，哥哥停止了一切動作，不斷地眨眼睛，臉上的鬱氣成了鮮明的哀傷，他問，妳是不是討厭我了？

我深深吸進一口氣，彷彿有人惡作劇抽光了四周的空氣，我怎麼用力呼吸也徒勞無功。我聽到自己顫抖的聲音，我沒有討厭你。我發誓，我沒有這樣想過。可是，哥你知不知道我有多麼……。我噤聲，說不下去了，眼淚鼻涕爬滿了我的臉，哥哥也哭了，他要我別再說下去，他懂了，完全明白。他要我相信他也不是很開心，他也討厭我們這樣子。

哥哥眼中的神采跟自信消失得無影無蹤，只剩下赤熱的痛苦，灼出我滿心滿眼的罪惡感。我抹去眼淚，小心地伸手擁抱哥哥，哥哥緊緊地回抱，他的眼淚掉在我的身上，既冰又燙。我問，我們感情沒有變對吧？哥哥用力點了點頭。我又問，那我可不可以去找小魚，我遲到好久了。你放心，我不會做出讓你難過的事情。哥哥撐起身子，要我許諾，我又說了一次，我不會傷害你。哥哥說，那好，妳可以去找小魚了。

一到小魚家，我不顧小魚母親的殷勤，逕自爬上樓梯，一進入小魚的房間，我在她的床上躺平，餘悸猶存，什麼也做不了，只是流眼淚。哥哥悔恨的神情在我的腦中縈繞。小魚湊過來，見我淚流滿面，她問，妳怎麼了，不要這樣子不說話，很可怕。十五分鐘，或者更長，我維持著木然的姿態，小魚寸步不離，她一會捏著衛生紙沾拭我臉上的淚，一會伸手撫摸我的前額。我的身體恢復知覺，模糊視線變得清晰，也聽到小魚的聲聲呼喚。小魚又問，妳到底怎麼了，不要嚇我。我坐起身，遞上邀請，考完試，我哥哥會在家裡辦生日派對，妳也來吧，妳不是想來我家很久了？小魚蹙眉，好像很意外我要找她商量這件事。她的眼神在我的臉上來回巡視，疑似想找出線索。

一會兒，她悄悄問，妳跟哥哥吵架了？生日派對的事？我吸吸鼻子，搖頭，又點了點頭。小魚問我想談談爭執的緣由嗎？我抹掉眼淚，說，沒事，吵的事情太無聊，拿出來說很丟臉。小魚哦了一聲，問，那你哥哥的派對會怎麼辦啊？我聽出小魚情不自禁想把話題繞回派對，這也難怪，哥哥是校園風雲人物，又有多少人渴望進來我們宋家一探究竟？

父親睡了晨雅阿姨之後，母親徹底崩潰了，她變得極少出門，她不再有跟人寒暄的熱忱，也對於打扮失去興致，父親不再把親友帶回家裡，藉口母親生了病，需要靜養，實情是他不能讓大家看到如此落魄的妻子。而在母親罹癌後，他更沒有不這麼做的理由，他也禁止我跟哥哥帶朋友回來，以免同學們多事，洩漏了母親的狀態。長期下來，我聽過許多人闡述我們家內部的想像，那些臆測各式各樣，從地毯到壁上的時鐘，從客廳到主臥，有人說我們家裡是不是有小型噴水池，也有人相信我們家的客廳天花板嵌著只出現在外國電影裡的巨大玻璃吊燈。

這個生日派對是哥哥撒嬌了很久才換來的，他點明他會打掃、倒垃圾、把母親的床跟用具、藥品搬回原位，等到父母從醫院回來，這個家會跟他們出門前沒有兩樣。父親本來還有些不樂意，哥哥把話題帶到他在考慮休學，他無法適應新的環境，母親才勉為其難地點頭，並要哥哥面對一件事：二十歲有成年的意義，成熟的大人不會動輒放棄應盡的責任。

我跟小魚補充，那天我爸媽不在，會有我哥、他的朋友，還有我們。我哥決定叫披薩跟炸雞來吃。小魚眼神發亮，問可不可以再叫一些薯條跟濃湯。我故作輕鬆地說，這有什麼難。我又問小魚，妳在學校也見過我哥吧，覺得他怎麼樣？我思緒矛盾，既希冀小魚給予哥哥正面的評價，又怕小魚過分迷戀哥哥。

小魚臉上的紅潮從腮邊擴散，她咕噥，我沒有跟妳哥說過半句話，這個問題是要怎麼回答？但——妳哥那麼帥，說話又有趣，那麼多人喜歡他，認真說我也是有點被影響，覺得妳哥還不錯。怎麼問這個問題？我閉上眼睛，搖頭，說沒什麼，只是好奇。我沒有再說話。小魚也被哥哥的外貌氣質給迷住了。我陷入兩難，是不是把記憶慢慢往下壓，壓到我不能再輕易撈起為止？我得像是樹汁一點點吞沒昆蟲，讓這個祕密在我的心底完全窒息。小魚是好人，哥哥不是壞人。只要我不說，就不會有報應。

很快地來到生日派對，小魚一見到哥哥，臉一路紅到脖子跟前胸，她雙手伸直，遞出紙袋，裡頭是一盒奶油餅乾，小魚輕聲細語地說出生日快樂，她的羞赧把哥哥逗得很樂，他親切地招待小魚，要小魚儘管吃。哥哥的朋友人數比我預期的多，他們把家中幾條走道堵得水泄不通。他們提回好幾袋的啤酒跟汽水，隨心所欲地混著喝。小魚視線四處溜轉，興致盎然，她像是想竭力紀錄她所見識到的所有畫面，也像是懷著無數個問題，她很克制，一個也沒有說出口。

一位面容清秀，臉上長滿青春痘的男孩端來馬克杯，問我們要不要來一些，我還在考慮，小魚已接過並灌了一大口。我要小魚別勉強，我看得出來，跟一群年紀比我們大兩歲的男孩擠在一塊，小魚有些心浮氣躁。她安撫地把手放在我的手背上，說她很謝謝我找她來。很多女生一定很羨慕她。聽到這句話，我心安了不少，也不再干涉小魚要怎麼跟這些大男孩應對。

電視上放映著其中一人租來的喜劇，有些乏味，我聽哥哥的朋友們聊天，聽他們敘說沒有大人拘束的大學生活。我有些魂不守舍，小魚倒是很專注，她一邊傾聽，一邊故作俐落舉起杯子喝得一滴也沒剩。我忘了時間走得多快，只記得過了一會，小魚的臉紅得像是發燒，她抱著我的手腕，問她能否到我的房間躺一下。濃濃的酒氣自她嘴裡竄出，我很快地答應，小魚若是以這個狀態回去，她的母親再喜歡我，也很難像從前一樣歡迎我的造訪。

青春痘男孩陪我攙著小魚上三樓，我們合力把小魚放倒在我的床上。男孩建議我去倒一杯水，小魚多跑幾次廁所，酒氣退掉，臉也不會那麼紅。我下去一樓裝水，哥哥問我小魚怎麼了，我解釋小魚醉得不像話，哥哥命令我聯絡小魚的父母把小魚接回家。我婉拒，提議先照顧小魚一會，等她有辦法走路，我再帶她回家。哥哥盯著我，冷冷地說，好吧，隨便妳，便轉頭回去跟他的朋友們聊天，我緊抓著杯子把手，踩著鎮定的腳步回到三樓。我的心思只放在小魚父母對我的觀感，而沒有預料到那一秒鐘的決定，我把小魚拉進了我跟哥哥之間的祕密，報應即將降臨，把哥哥跟我燒得面目全非。

我不曾傷害過人。

◈

我只是隨著我的想像與猜測去做，這一女一男就在我面前，像被砍倒的樹一樣紛紛倒下。我把他們拖移到房間，賣命刷洗過程中所產生的痕跡。抹布擰了又擰，換了好幾桶水，女的睜開眼，眼中盈滿對我的恐懼與困惑。小魚沒有跟她完整地介紹過我，看來小魚是想徹底地把我給拋在過往。我不可能讓小魚如意。這並不公平。數千個日子以來，我沒有一天忘掉小魚。算命師沒有錯，吳辛屏不是個好名字，她的苦心都會白白荒廢，但算命師只說了一半，她身邊的人對她的犧牲也是同樣的下場。都是我的錯，我為什麼在那個晚上不聽哥哥的話，把吳辛屏送回她家？想到哥哥，我又傷心了。若有機會與哥哥再次相見，哥哥願意擁抱我嗎？還是會別過頭去，將我視為他最親近的仇人。

從我的眼睛望出去有三個人。那個男生好像死了。他的嘴巴不斷發出不明所以的呻吟，我怕他失控，只得拿膠布來想逼他安靜，我一時緊張，貼了太多層，忘了確認他的呼吸暢通。男人的雙眼瞪大，眼神全是恐懼。哥哥說過，人是不能夠決定自己的出身的，活到這年紀，我也很想問，人連自己可不可以決定什麼，都不能決定。你看，我無法決定自己要不要死，也無法決定別人要不要活。事情溢出軌道，只會越來越偏移、失控。我閉上眼睛，許多雙幽魂的眼睛瞅著我。我們這家人快要可以在黑暗中團圓了，再讓我告解一樁心事，我將心甘情願。

Chapter 11

第十一章

◈

奧黛莉好不容易睜開眼睛，想動動指頭，才察覺雙手雙腳被綑綁，她想要坐起，但無能為力。奧黛莉下意識地眨眼，彷彿這樣做能幫助她集中精神，她一看清眼前倒臥的人是吳辛屏，立刻驚呼。奧黛莉看到吳辛屏的嘴巴在動，沒多久，奧黛莉聽到三個字，對不起，為什麼吳辛屏說對不起？見到吳辛屏還活著，奧黛莉幾欲落淚。吳辛屏的後方有一張搖椅，上頭坐著一個覆著毛毯的人型物，線條僵硬地像個模型，不，不是模型，模型的質地更為光滑，該不會是死人吧。若是，距離死亡時間大致已有一段時間，腳部的皮膚如乾蠟貼在骨骼上。

奧黛莉的嗅覺也歸位，除了刺鼻的血味，她還聞到一股悶濕的腐臭味，但她不是很確定味道是不是來自那「東西」。劇痛在奧黛莉的頭頂凝聚成一個點，她挪了一下腳的位置，踢到了什麼，沉悶的聲響傳回，奧黛莉轉過身，也是一個人，她從身影與髮型辨識出是張仲澤，奧黛莉呼喊著張仲澤，張仲澤動也不動。奧黛莉蠕動身體，辛苦地移動到張仲澤面前，一看，奧黛莉了然於心，張仲澤死了。奧黛莉轉過去，看著吳辛屏，終於想起了自己眼前最後一幅畫面。

那個女人。宋懷谷的妹妹，她上哪裡去了？

才這樣想，宋懷萱出現了，她推開門，放下一個水桶，雙手擱在膝蓋上，像是在調整呼吸。見奧黛莉瞪著自己，宋懷萱擠出一個笑容，彷彿她們還在客廳捧著杯子聊天。

宋懷萱換過衣服了，她換下原先的穿著。

奧黛莉的心臟快要跳出喉嚨，她懷疑錯人了。不是范衍重，不是宋懷谷，是她。她不只是綁架犯，現在還成了殺人兇手。奧黛莉動了動嘴唇，喉嚨乾痛，聲音枯啞：「為什麼要這樣？」

宋懷萱的眼神平靜，「我沒辦法。」

「妳是想為妳哥哥討公道？」

「我哥？」宋懷萱笑了，「吳辛屏沒跟妳說，她做了什麼事嗎？」

「妳哥哥強暴了她。」奧黛莉牙一咬，不再顧慮代價。

奧黛莉認為她得保護吳辛屏，她也只剩吳辛屏可以保護了。

「妳都是這樣跟外面的人說的嗎？」宋懷萱走到吳辛屏的眼前，雙膝跪地，手指撫過吳辛屏額前的髮絲，語氣溫柔，「我都沒有想過，妳在外面這麼勇敢。」

宋懷萱起身，腳掌放在吳辛屏的手掌，臉上掛著笑意，把身體的重量都踩了上去，「為什麼妳不為我勇敢到最後一秒？有心說謊，就要把謊言走到最後，這道理妳應該懂吧。」

宋懷萱鬆開吳辛屏嘴巴的布條，吳辛屏深吸一口氣，面帶驚愕。

這麼多天以來她第一次被允許說話，喉嚨乾得像是灌滿了沙子。吳辛屏嘗試了幾次，才找回自己的聲音，「放過她吧，這是我們之間的事，放過無辜的人吧。」

宋懷萱又快步移動到奧黛莉面前，居高臨下地看著奧黛莉，張開一抹森冷的笑容。

「妳看起來好迷惘，是不是很想知道妳的好朋友幹了什麼好事。」宋懷萱轉過去，「吳辛屏，妳要不要試著親口說出真相呢？妳真的有被我哥哥強暴嗎？」

吳辛屏的臉部抽搐，像是被什麼無形的力道給拉扯著。

「奧黛莉，不管怎樣，請妳諒解。我只是想幫妳跟芝行。我沒有惡意。」

「辛屏，妳在說什麼，我不懂？」

奧黛莉等了幾秒鐘，那幾秒宛若一年般漫長。

「事情很複雜，妳先聽我說……」

「她說的是真的嗎？妳跟我說的那些都是假的？」奧黛莉激動地問。

「當然是這樣。」宋懷萱答。

「我不要聽妳說，我要聽她說。」奧黛莉豁出去似地對著宋懷萱咆哮。

宋懷萱不怒反笑，「吳辛屏妳說，妳說出真相。」

「奧黛莉妳要聽我解釋，情況很複雜……」

「妳為什麼要拿這種事來騙我？」

吳辛屏的回應似是嚴重打擊了奧黛莉，她大吼，轉身望了一眼還瞪著雙眼的張仲澤，若吳辛屏騙了她？她竟還愚蠢地對吳辛屏道出眾多迂迴百轉，層層疊疊的心事。

「我不是故意要騙你們，我只是，」吳辛屏急於辯解，神情益發痛苦不堪，「我只是想說，想說我也許可以彌補我心底的遺憾……」

「是怎樣的遺憾，讓妳願意講出這麼荒唐的謊言。」奧黛莉再次大喊。

「妳們究竟在說些什麼？」

吳辛屏閉了閉眼，唇色白得近乎透明：「懷萱，請妳不要傷害這個女生，她也跟妳一樣，遇見了那種事……都是我的錯，我把事情想得太容易了。懷萱，妳就針對我吧，請不要把我的朋友拉進來。」

宋懷萱錯愕地說不出話來，過一陣子，她肩膀一抖一抖，歡樂地笑了起來。

「吳辛屏，妳到底以為妳是誰？妳還想當聖母瑪莉亞？我拜託妳，妳先救妳自己好不好。這樣的把戲妳想要玩幾次，我以為只有我這麼天真，沒想到除了我，還有人信了妳。我該敬佩妳吧？我這輩子從來沒見過，有誰那麼努力地想要證明自己是個好人。這麼多年來，我想過好幾百次，妳去了哪裡，我家給妳的一百多萬妳分到多少？妳有沒有想過要回來看看妳做的好事，妳有沒有想過，妳在台北好吃好睡，我過得怎麼樣？」

「我有想過要來看妳，可是……」

「可是怎樣？」

吳辛屏掙扎地搖了搖頭，「我不找妳是有理由的。」

「妳有什麼理由，說穿了見錢眼開不是嗎？計畫是誰提的？是妳！是妳跟我保證，妳會帶我解決所有難題。妳有做到嗎？沒有，妳拋棄了我，放我獨自面對。妳在台北過著幸福日子的時候，有一秒鐘想到我嗎？想到我還在這裡承受著妳逃跑以後的代價？」

吳辛屏抬頭看著宋懷萱，嘴唇張了又闔，像是想說什麼，又不知如何分說。

宋懷萱又發出一聲冷笑。

「全部的恩怨都會在這裡了斷。我警告妳，別再想著掙脫。妳看，要不是妳，妳朋友差點就逃過一劫，我又何必做這麼多？這個人也不會被牽扯進來。」宋懷萱朝著張仲澤努了努下巴，「看看妳造的孽。妳現在最好乖乖待著，不要再輕舉妄動。這麼多天來，我們和平相處，不是很好嗎？妳看，妳一動就出事了。」

「懷萱，拜託妳放過她吧。不要傷到無辜。」

「她跑去報警，我怎麼辦？」宋懷萱看著自己的十指，搖了搖頭，「這些人並不無辜，他們信了妳的話，這就是他們做錯的部分，像我一樣。每個人都得為自己看錯了人而付出代價。我付出代價，沒道理其他人可以倖免。」

宋懷萱走向門口，經過搖椅上的人體時，她低聲說，「不要怕，快要結束了。」

宋懷萱停下腳步，交代，「吳辛屏，把握時間跟妳的好朋友交代遺言吧。」
說到好朋友三個字時，宋懷萱刻意拉長了語調。
緊接著，吳辛屏跟奧黛莉聽到了鑰匙插入鎖孔的聲響。宋懷萱走了，還鎖上了門。

◈

「妳是怎麼找到這裡的。」不知是太久沒說話還是體力耗盡，吳辛屏的聲音失去了抑揚頓挫，平整得宛如機械發出的聲音。
「妳的先生帶我們來的。」
「我先生？」吳辛屏抽了一口涼氣，「他跟妳一起嗎？」
「沒有，我跟蹤他。但你的先生沒來這裡，是我自己想來。」
吳辛屏還想再追問，但她沒有這樣做，時機不對。
「你們不應該來的。」吳辛屏的臉上堆疊著焦慮與悔恨。
「我怎麼能不來，妳的同事說妳的丈夫有可能傷害妳，我只好來確認。」
「哪一個同事？」
「簡老師。」
「她為什麼要這樣說？」

「妳一開始靠近我是為了什麼？」奧黛莉想釐清真相。

「我沒有要傷害妳的意思，我只是想讓妳可以走出來。」

「要讓我走出來，沒必要編出這種謊言，妳可以單純只當我的朋友。我收到妳的信時，哭得好慘，認為世界上沒有人比妳更了解我。全都是假的。我的朋友還被妳害死了。」

奧黛莉氣得渾身顫抖，悔恨的眼淚也沿著臉頰的輪廓滴落。

她記不得自己上一次這樣生氣是哪一年。

「我寫給妳的信是真心誠意，每個字都是。奧黛莉，不要這樣子跟我說話。」吳辛屏的聲音也浸滿了鼻涕眼淚，「我對妳跟芝行放了感情，妳不能說這都是假的。」

「我對妳掏心掏肺，能夠說的我都說了，沒有半點隱瞞，妳是不是暗自在笑我，怎麼有人這麼好笑又好騙。」奧黛莉沮喪地控訴，「我好傻，我這麼擔心妳，把自己弄到現在這處境，不值得，一點也不值得。那個女人很可惡沒有錯，妳也一樣可惡。不只如此，妳還很噁心。」

「奧黛莉，不要這樣子對我說話好嗎？我已經夠痛苦了。」吳辛屏試著一個字一個字解釋，「自從被帶來這裡，一直被綁著，只能喝一些果汁跟牛奶。妳有聞到臭味嗎？她要我直接尿在褲子上，不放我去洗澡，我不曉得她會怎麼處置我，我很害怕，也害怕她傷害妳。」

絕望如飢餓的獸緊咬著奧黛莉不放。幾分鐘以前，要她為了吳辛屏而犧牲性命，奧黛莉會遲疑，但她相信自己最終會答應。若不是吳辛屏的慰藉、扶持與友誼，她或許狀況一再惡化，躺在深淵裡，看著時間流逝，卻連爬下床刷牙洗臉都力不從心。哪怕父母死後，留下龐大財產也於事無補。或者更慘，她坐擁大筆財富，精神卻一蹶不振，而加倍厭恨自己的人生。吳辛屏是她的救贖，救贖垮了，她怎麼走下去？

奧黛莉想起林老師笑容可掬地伸手捏了捏她的臉頰，要她別那麼患得患失。

奧黛莉閉上眼，低聲說道：「算我求妳，給我一個真相吧。」

「我不知從何說起，奧黛莉，這很長，也很複雜。妳不知道前因後果，可能會誤解，或不明白事情怎麼會變成這樣。」

「那個派對是真實發生過的嗎？」

「什麼派對？」

「妳說過，是在一個派對上……」

「哦不，那個派對是真的，那天確實是我朋友哥哥的生日。」

「妳有去那個派對嗎？」

「我有去。」

「那個派對上宋懷谷對妳做了什麼？跟妳對我說的不一樣吧。」

「是的，可是……，」

吳辛屏再次止住，她可以說嗎？她怎麼能說？她憑什麼？

她憑什麼說願意陪伴一個人走出黑暗，又在她只差一步時，把交纏的手指頭給放掉。又憑什麼在此時此刻說出她步入黑暗的經過？

宋懷萱在地下室待的時間並不久。第二天，吳辛屏幽幽醒來，宋懷萱放下一碗果汁，移除吳辛屏嘴巴的布條，塞了一根吸管到吳辛屏嘴裡，吳辛屏渴得慌，沒多久吸乾了碗中的液體，喉嚨經過潤澤，她試圖跟宋懷萱說話，宋懷萱臉色一沉，說，妳要講話，我就不再下來了。吳辛屏不放棄，喊宋懷萱的名字，宋懷萱二話不說，又將布條填回，又隔天，吳辛屏醒醒睡睡，她異常地睏倦，那些果汁不對勁，意識稍微清醒時，她得強迫自己不要放注意力到那具乾屍身上，她猜測這屍體的主人是宋家的女主人，也就是宋懷萱跟宋懷谷的母親，但她不肯進一步去想為什麼婦人的屍體會在這。

吳辛屏無從得知時間的流動，她醒醒睡睡，惡夢連連，其中一個夢是她睜開眼時發現屍體躺在自己旁邊。相較飢餓，這種想像力帶來的折磨，更讓吳辛屏理解了人的精神被逼到絕境是什麼感受，以至於她看到宋懷萱再次出現，竟有些懷念。她說她會安靜，但她不想要再被關在這裡。宋懷萱盯著她喝牛奶，吃了一些麵包，沒多久吳辛屏又感到濃厚的睡意襲來，但這一次她察覺到宋懷萱沒有離開，而是拉了一張椅子坐下，待了好幾個小時，隔著一段距離看著自己。

吳辛屏完全清醒時，宋懷萱已離開，吳辛屏不想再坐以待斃，她試了幾個方式，其中一個她掌握到了竅門：她手握成拳，擰轉著自己的手腕，腕上的肌肉緊繃隆起，撐出微乎其微的空間，她弄了好幾個小時，繩索滑脫出來，她解開腳上的繩索，太多天沒活動，起初她連站都站不直，走路顯得艱辛，她很訝異門沒有上鎖，她匍匐著身子一階階往上爬，她聽到交談聲，她直覺地想要退縮，但她認出其中一個聲音是奧黛莉的，她克制不住繼續往上爬的念頭，想看一眼，確認自己的判斷沒有失靈，也懷抱著微渺的希望，奧黛莉說不定可以救她。

她錯了。錯誤如同骨牌效應，她拉下奧黛莉，也間接害死了張仲澤。吳辛屏想，自己為什麼老是重蹈覆轍，她沒有惡意，靠近她的人卻都會以各種方式遭遇不幸。

那天，吳辛屏走出黃清蓮的家，按照行程要回車站。路上沒什麼人，吳辛屏一邊走，一邊回想著母親的要求，這幾個月來，每次回到這小鎮，她都不免升起一絲朦朧的近鄉情怯之情，小鎮變化劇烈，倒是有些事跟從前一模一樣，她注意到有一道身影悄悄地接近，她往旁邊避讓，那人卻越走越近，吳辛屏才想著，該不會有人要找她問路吧，她得說明自己不是當地人。轉身一看，內心震顫，電流在軀體內慌亂逃竄，是宋懷萱。她以為自己會想逃，沒想到心情竟然十分平靜，彷彿這一刻她也等了很久。

這幾年來她不是沒想過要找宋懷萱說清楚當年她們到底面臨著什麼，幾番掙扎她還是選擇了逃避，她的腦中有一個問題，以及一個想忘也忘不掉的畫面，她想質問宋懷萱，又怕為了解除了心中的迷惘，她終將面臨更大的、更恐怖的人情義理。她想起連文繡曾對自己說過「有時候真相會帶來很多不方便」，吳辛屏起先很憤怒，人怎麼可以逃避真相？區區幾個不方便就能阻退人追求真相到最後一刻嗎？但，若放到她跟宋懷萱之間，她又一口氣全明白了，有些真相豈止是不方便，簡直是凶殘，會把你原本的生活撕扯得面目全非。

她茫茫然地跟著宋懷萱走，有些納悶怎麼不是青少年熟悉的路徑，人人欣羨、擁有寬敞院子的別墅消失了。吳辛屏沒有問，也不敢問搬家的原由。她聽母親講過，宋清弘一死，他的公司被幾個親戚跟老臣聯手搬空了。吳辛屏跟著宋懷萱進入一戶陳舊的透天，她坐下，雙手放膝，有千言萬語想說，她還欠宋懷萱一個遲來的道歉與擱置了很多年的疑難。才起心動念，吳辛屏又不免為自己找藉口，十七、八歲的兩個女孩子，說不定當下連自己在做什麼，想什麼，都沒有把握。

宋懷萱問想不想喝些什麼，吳辛屏點頭，心想，宋懷萱對自己的感受，也許不全然是壞的，兩人一度相濡以沫不是嗎？宋懷萱從冰箱取出一盒牛奶，走到廚房，兩人的距離拉長。吳辛屏查看了四周，窗簾緊掩，室內有些灰暗，桌面與地板上積著薄薄一層灰。桌子上，除了遙控器、兩個杯墊、一支筆，就沒了。電視櫃內放著一罈酒，零星一些水晶擺飾。整個住宅給人一股，好像屋主要搬走了，整理途中被什麼瑣事給耽擱，總之是半途而廢。吳辛屏看了一眼時間，最慢五點要離開，回程搭高鐵吧，才趕得及在范衍重接回范頌律之前準時到家。近日，不知道是不是衝刺班的進度太緊湊，范頌律胃痛的次數變頻繁了，范衍重幫范頌律請了兩個星期的假，要她放學後，自己搭公車去奶奶家報到。

想到李鳳庭，吳辛屏臉色一暗，她心知肚明李鳳庭沒認同過自己。范衍重跟自己結婚後，又要求范頌律搬回去先前跟顏艾瑟居住的地方。李鳳庭氣急敗壞，一口咬定是吳辛屏讓自己淪落成獨居老人。吳辛屏沒有辯駁，她靜默地讓李鳳庭說，讓范衍重去應對。這麼多年，吳辛屏領悟到一個道理，自己好像童話故事中那位點石成金的國王，但給她碰到的人，不是成了金子，而是從此腐朽、衰敗。也像黃清蓮不知從哪位師父那搬來的理論，人跟人之間相互折磨都是來自他們有累世的因緣，人此生最重要的修行就是不要輕易地開啟關係，關係就是因緣，你分不清楚對方是來報恩還是來報仇的。吳啟源也說，黃清蓮變得如此迷信，都是為了消化吳辛屏當年鬧出的爭端。吳辛屏深吐出一口氣，問吳啟源，你覺得爸媽當年那樣對我沒有錯嗎？吳啟源面有難色地說，妳只在意著自己的感受，妳有沒有想過我們三個人的感受。

宋懷萱放下杯子的聲音把吳辛屏拉回現實，宋懷萱坐在吳辛屏對面，喝起了手上那杯。吳辛屏不敢打斷這沉默，也舉杯啜了一小口，奶味濃厚，茶香偏薄。吳辛屏的眼前有光影流動，是兩人還穿著制服，坐在校園一隅，陽光穿過頭頂樹蔭，落在地面成了斑斑光點，風陣陣襲來，光點也在她們的皮鞋上輕靈地跳躍。

◈

國二那年，導師把吳辛屏叫過去，說要託付她一個特別任務，十四、五歲的女生，誰不會對於老師的分派感到受寵若驚？吳辛屏果斷地答應。導師又換上神祕兮兮的口吻，宣布內容：跟宋懷萱當朋友。聞言，吳辛屏臉一沉，不想讓導師傷心，含糊地說，一定要嗎？

宋懷萱在班上是個詭異的存在，說不上被討厭或排擠，但也稱不上受歡迎。不管什麼時候看她，宋懷萱一臉鬱鬱寡歡，找她說話，她也回應得有氣無力，彷彿跟人說話是一項懲罰。宋懷萱每一段友情都很短命。問那些疏離她的同學為什麼，他們的答案很曖昧：宋懷萱是個怪人，一下子跟妳好，一下子又翻臉，不知道在囂張什麼。有同學信誓旦旦，宋懷萱是像到她媽，宋太太以前也是跟鄰居打招呼、串門子，年紀越大，個性越陰鬱，在街上見到人縱然也不忘點頭致意，但就跟宋懷萱一樣，無精打采、了無生趣。同學的媽媽一致認為，宋太太會這樣，是精神壓力太大——宋清弘的另一半這角色並不好當，前晚跟人較量酒力到凌晨一點，隔日八點一身俐落清爽地出現在頒獎典禮第一排。宋太太或許曾試著為丈夫分擔一點社交壓力，卻過度努力而身心崩潰，宋懷萱遺傳到母親精神衰弱的那一面。

也有人繪聲繪影，宋懷萱幼時體弱多病，被父母帶去南部神壇作法，回來時多跟了一個靈魂。那時期大家很著迷靈異現象，宋懷萱被大家視為一個素材，又不至於太過火，以防她去跟父親告狀，沒想到宋懷萱情緒麻木，哪怕大家都對她三分客氣，七分疏離，她也不曾流露過傷心的情緒，有些人大起膽子，將嘲諷的遊戲搬上檯面，這回，宋懷萱有了反應：她沒來學校了。有人謠傳宋懷萱寫了一張名單給宋清弘，上榜的人要被記大過；也有人說宋懷萱的父親要把她送到加拿大讀書。第四天，宋太太來了，同學們又是畏懼又是激昂，極想得知宋太太跟導師安排了什麼。

吳辛屏看著導師，想通了自己是導師選中的解決方案。她跟同學感情不惡，不怕有些人說她閒話，她最大的障礙是：互不理解的人是很難成為朋友的。宋懷萱在她眼中是個難解的謎。

導師見吳辛屏有些意興闌珊，更換成低柔的語調，導師信任妳，才把這麼難的任務交給妳。

導師氣餒的神情打動了吳辛屏，她想，試試看吧，當作是給導師解憂。被大人信賴的感受，嘗起來很是新奇。

這是吳辛屏跟宋懷萱相識的契機，起源於大人的刻意安排，吳辛屏獨自緩緩地摸索出樂趣。宋懷萱極其矛盾，她對外表現很冰冷，在文字裡是另外一個人，羞赧，內斂，偶爾卻有令人驚喜的風趣。兩人的交情一日日成熟，宋懷萱說話的時候越來越頻繁。吳辛屏很難不意識到，導師說的沒錯，宋懷萱本質很好，可惜慢熱，也有些小孩子氣，先前的同學放棄得太快。宋懷萱是個值得深交的朋友。

吳辛屏漸漸忘了跟宋懷萱當朋友是份工作，偶爾，她會這樣想：跟宋懷萱在一起沒什麼好委屈，她只有妳一個朋友。吳辛屏從前沒有所謂「最好的朋友」的概念，她跟誰都好，換句話說，她也沒有特別友愛誰，她以為自己也喜歡這樣，若只跟一個人格外親密，兩個人日後撕破臉豈不是很傷腦筋？宋懷萱淺移默化、點醒了她，每一個下午宋懷萱躺在她旁邊，沒完沒了地提問時，吳辛屏找不到適合的字句來形容她胸中的安逸，她可以傾聽，也可以愜意地睡去，再次醒來時，宋懷萱可能在看書，或者看她，兩人眼神一對上，宋懷萱又迫不急待延續她們未竟的話題。怎麼有人可以講個不停？吳辛屏沒有問出口，她感受得到，宋懷萱很孤獨，也很怕人嘲笑她的孤獨。

宋懷萱的轉變，班上同學有目共睹。導師謝了她，送了兩本書作為獎賞。吳辛屏認為哪怕導師無動於衷，她也無所謂，她從這段友誼取得前所未見的快樂，只是她的快樂模樣很特別，在這之前，吳辛屏沒想過自己也有匱乏，像是人若沒有品嚐過精緻的食物，便無從體察到自己的味蕾也是有層次的。

吳辛屏內心深處有個很幽微的什麼，被宋懷萱觸動了。她甚至自問自省，從前是如何忍受那種表面上人緣極佳，實際上沒有半個知心好友的日子。可惜上了高中，兩人被編入同一班。宋懷萱傳言中的異狀猝然「復發」，時而熱絡，時而冷淡，時而逼迫吳辛屏宣示兩人有無所不知的默契，時而在信紙上寫了她在考慮絕交，吳辛屏一度懷疑，她好像在跟宋懷萱談戀愛，她得示弱，更得去討好，說不上為什麼，她疲憊不堪，又不想放棄。她有個猜想，極度模糊，並不具體：宋懷萱有事情隱瞞著所有人，她不是一下子就跳到這個結論，而是很多對話的累積。宋懷萱很常問吳辛屏家庭的瑣事與每個成員的生命故事，想當然爾，吳辛屏也會問，尤其宋家並不是尋常人家，說自己不好奇，儼然自欺欺人。

這個話題顯然是個禁忌，一出口，宋懷萱整個人不對勁。一個下午，兩人倒在吳辛屏的床上，溽暑的濕氣薰得兩個人懶洋洋、有氣無力。吳辛屏使勁撐起身子，側身打量宋懷萱，宋懷萱半瞇著眼，脖子軟軟地向肩膀傾斜，看似昏昏欲睡。吳辛屏問，什麼時候換我去妳家啊。宋懷萱猛然睜大眼，瞅著吳辛屏，問，妳為什麼想去我家？吳辛屏被她語氣中的戒備以及繃緊的五官給逗笑了，她伸手推宋懷萱，語氣漫不經心，妳都來我家這麼多次了，我也會想去妳家啊，妳幹嘛這樣看著我？是怎樣？妳家也有養壞狗嗎？妳的眼神好好笑。宋懷萱眼中的驚惶加劇了，她沉聲問，妳為什麼會這樣說？哪來的壞狗？宋懷萱緊抓住吳辛屏的手腕，力道大得吳辛屏發出嘶的一聲。吳辛屏縮回手，無辜苦笑，徐徐解釋，班上有個男生，招待同學到家裡玩，孰料家中平素溫馴的土狗兇性大發，咬了那位同學。其他同學拿這件事當作笑話，說他家外面該貼張紅紙條：內有壞狗。宋懷萱揪緊的五官徐徐地鬆開。

吳辛屏感受到，過去幾分鐘內，她的朋友被看不見的網子給攫住了。宋懷萱轉過身去，背對著吳辛屏，細聲道歉，聲音潮濕，對不起，我也不知道我是怎麼了，妳先不要管我。給我一些時間，我躺一下就好了。那一瞬間，吳辛屏看著宋懷萱縮成一球的身子，沒來由地感傷。兩個女孩本來就在傷春悲秋的年紀，傾向把微小的刺痛，視為生命某種巨大苦厄的預言。吳辛屏躊躇半晌，輕輕把手放在宋懷萱發抖的身子上，她說，對不起，我發誓我再也不吵著說要去妳家玩了。吳辛屏也躺了下來，不發一語，充作陪伴，直到宋懷萱發出均勻的吐息聲。

吳辛屏才闔上眼，「宋清弘或許會打人」這組字浮掠眼前。她的臆測來自母親的言論。黃清蓮常在宋懷萱的背後搬弄宋懷萱母親的不是，鎮上的其他人偶爾邀約她搭車去採買、購物、喝杯下午茶，她往往是客氣又帶點距離地婉謝，說自己身體不好，不能走太長的路。久而久之，對宋太太的批判，於鎮上許多人的口耳之間流傳，宋清弘沒有架子，他的妻子憑什麼擺譜？狐假虎威？她應該向院長夫人學習。也有人說，曾聽過宋家半夜傳出宋太太的哭聲。對此，黃清蓮提出她的個人見解，一如她對鎮上的大小事都有擬定意見。她主張宋清弘會打妻子。吳辛屏不信，宋清弘在講台上致詞時那麼溫柔慈藹。黃清蓮搖著手，信誓旦旦，一副她親眼看過宋清弘毆妻的口吻：這裡哪個男人不打老婆，宋清弘事業那麼大，一定也打老婆。不然他的壓力要往哪裡去。

吳辛屏將信將疑，母親的推測略顯粗糙，卻不無道理。吳辛屏父親的消遣就是閒暇時跟朋友喝幾杯，酒意上頭，他不僅多話、愛嘮叨，還會對黃清蓮動手。吳辛屏國小時曾跟一些同學分享家中祕辛，同學們紛紛點頭，說他們也見過父親揍人的場景。孩子們不怎麼放在心上，一來是習以為常，二來是，反正媽媽隔天又會沒事地站在廚房蒸饅頭跟倒豆漿，吩咐他們快點喝完。

吳辛屏把兩件事組合在一起，像是拼圖，一個凹，一個凸，嫁接上。她越想越覺得這一次很可能被黃清蓮料中。宋清弘是壞狗，看似可親，卻會在你解除防備時張嘴咬人。他是不是還對小孩動手？但宋懷谷看起來瀟灑倜儻，不像是受虐兒，吳辛屏又想下去，這裡的人誰捨得對兒子生氣，黃清蓮再怎麼碎念吳啟源，還是會在他的便當裡放一隻雞腿跟一塊魚，吳辛屏只有其中一種。

吳辛屏又想起宋懷萱寫的信。吳辛屏很愛描寫對家庭角色的不滿與期待，宋懷萱從不，她喜歡談有些距離的事，像是她會問吳辛屏，怎麼想未來的自己，想找怎樣的人戀愛？有想過自己若不是在小鎮，會去哪裡？有想過長大以後，住在別的國家嗎？有時，她也會說很近的事。課業又退步了，坐前面的同學改考卷不夠仔細，連老師在她週記上回覆的評語等等。吳辛屏眼前有亂石崩落，砸得她視覺昏暗。她探出了手，指尖在宋懷萱的背上畫著圈圈，一種近似無瑕與無限的柔情自她的體內汩汩流出，她對自己說，我要保護宋懷萱。這個女孩她只有我了。

吳辛屏同時回望自己的家庭，心想，我不也是對我的家庭感到疲憊不堪嗎？升高二的暑假，父親駕駛貨車，擦撞一對母子，又失控撞上分隔島，車頭全毀，他本人身上多處骨折，從此不良於行。父親堅稱是機車上的母子因書包掉落而驟然停下，他踩緊煞車，偏偏車身過重才直直撞上。對方火速送來他們認為合理的賠償金額，黃清蓮忍不住在兩個孩子的面前責備丈夫闖下大禍，父親也久違地揚手，把妻子揍得跌坐在地上不夠，還過去補了兩腳。吳辛屏想制止父親，被哥哥攔阻，吳啟源以唇語跟手勢示意，不要管他們，妳小心掃到颱風尾。

脾氣和順的哥哥難得出聲警告，吳辛屏只能加入旁觀的行列。沒多久，黃清蓮站起身，撫平褲管，一臉沒事地說，你們在這裡做什麼？兄妹倆交換個眼神，默不吭聲地上樓回各自房間。對於吳家而言，賠償是一回事，最大的損失莫過於一家之主再也不能開車。他還以養病為由，流連賭桌，不幸中的大幸是父親的技術跟手氣不壞，贏的錢正好抵過他的個人開銷，這也暗示他再也不能如同過往那樣撐起一個家庭。

吳啟源五專一畢業，抱著履歷去速食店應徵門市人員，黃清蓮已暗示吳辛屏她得獨自負擔讀大學的一切費用。吳辛屏把自己跟宋懷萱想成童話中落難的公主，分別承接著金錢的匱乏和家庭成員的暴力，她們得互相扶持。吳辛屏在遠方設下一顆閃閃發亮的金色蘋果，輕聲細語地說服宋懷萱，我們要摘下那蘋果。一起讀好大學，住在一起，一起談戀愛，一起在校園裡騎著腳踏車，並且一起失戀。

吳辛屏讀書資質沒有宋懷萱好，她要求自己得跟上宋懷萱。這是吳辛屏衡量利弊後的選擇，跟宋清弘硬碰硬只會被他的權勢給擊潰，她們兩個小女生得繞避、遠走高飛。考前幾個禮拜，吳辛屏第一次喪失信心，她們很可能摘不到那顆蘋果。宋懷萱狀況暴起暴落。一日，宋懷萱什麼也不做，只是躺在吳辛屏的床上，無聲地落淚。吳辛屏在一旁遞衛生紙，手背壓在她發燙的臉上，過了一段時間，宋懷萱才坐起身，用力捏著自己的喉嚨，一下接著一下，好像裡頭有根刺似地，她以極快的速度眨著眼睛，想逼回淚水。

吳辛屏跪坐在一旁，心疼地注視著宋懷萱，宋懷萱的家中八成又發生了什麼事。宋懷萱轉過頭來，吳辛屏心有準備，仍暗自心驚，她從未見過一個人的眼中承載這麼多苦楚與絕望。宋懷萱卻轉移話題，說起宋懷谷的生日派對，吳辛屏沒有拆穿，誠意十足地配合。她堅信自己在跟看不見的怪物搏鬥，她得在宋懷萱被怪物徹底吞噬前，把她帶離這座小鎮。

吳辛屏想著想著，被自己感動，別的女孩十七歲都在思量著怎麼樣讓暗戀對象多看上自己一眼，她的願望很小，也很單純，宋懷萱要好好的。吳辛屏給宋懷萱打氣，要宋懷萱疼痛不堪時想一想她們的藍圖，想一想那顆金色蘋果，最後一次模擬考，宋懷萱回到從前名列前茅的水準，吳辛屏又被注入希望，她們會毫髮無傷地離去，宋懷萱會在新環境變好，也變正常。恢復成一般女孩，有些自信，也有愛情的苦惱。

踏出試場的那一刻，吳辛屏的心情飄飄然，作答的手感比預期來得理想，宋懷萱婉拒了，提議兩人快點回吳辛屏的家，她想睡個過癮。吳辛屏撫著宋懷萱的背，想像自己在哄睡一個不安的嬰孩，以輕柔的音量呢喃，沒事了，都沒事了，考完了，我們要遠走高飛。宋懷萱吸進一大口氣，問吳辛屏還記得宋懷谷的生日派對吧。吳辛屏不動聲色，暗自擬定了另一個作戰計畫，她得把握機會，把宋懷萱的異狀告知宋懷谷。若能找到同盟，宋懷萱也許不再那樣失落，吳辛屏感受到久違的安寧，直到細細想起宋懷谷，思緒又開始紛飛。

宋懷谷長他們兩屆，走到哪，人群的目光跟到哪。同學喜歡他，學妹迷戀他，男生對他又妒又羨。吳辛屏四年級，曾被朋友拖著去看宋懷谷，吳辛屏也看了幾眼，沒有朋友心跳加快，額頭發汗的誇張反應，倒也不由得讚嘆，宋懷谷長得真好，濃眉大眼，長長的睫毛，唇紅齒白，像個混血兒。升上國中，宋懷谷三個字仍舊在吳辛屏的耳邊縈繞，運動會，宋懷谷跑男生第一棒，一個眾望所歸的次序，女生的尖叫聲震耳欲聾。

吳辛屏很難不被宋懷谷頎長的身子給拉走目光，國小時宋懷谷的身高並不特別突出，到了國中，一口氣抽高近二十公分。宋懷谷代表五班，五班因宋懷谷拉開了距離，到中後段均維持第一名，倒數第二棒，五班隊員在交棒區與其他選手推擠，雙雙滾跌在地，第三名漁翁得利。五班同學發出嘈雜的抗議與噓聲，宋懷谷獨排眾議，走過去安慰那跌跤的女孩。吳辛屏聽到身旁的女孩們哭喊，學長好溫柔。吳辛屏想，所謂白馬王子，大概是在形容宋懷谷這樣的人物。

吳辛屏對於宋懷谷稱得上喜歡嗎？可能吧，誰不？有件事，吳辛屏擱在心底不敢提，國二那年答應老師請求，她腦海閃過一絲渴盼，若能因此親近宋懷谷該有多好。日後，吳辛屏跟宋懷萱的交情日益篤切，她想盡辦法要忘掉這個盤算。宋懷萱跟宋懷谷的手足情誼不若吳辛屏料想得深刻，宋懷萱不常、還有些避免去談及她的哥哥，吳辛屏觀察良久，歸納出一個結論，旁人說得沒錯，兩個孩子若一個過於耀眼，另一個就會被壓得喘不過氣來。宋懷萱的沉默、陰鬱，或許是無聲的抗議。

身為宋懷萱唯一也是全部的朋友，吳辛屏認為，她不能讓宋懷萱察覺自己曾被視為飛往宋懷谷的跳板。不過，這回情形特殊，認為找宋懷谷商量，才是體貼宋懷萱的證明。想到自己要跟宋懷谷搭話，吳辛屏的心跳先是停頓，然後，怦然加速。

生日派對前一天，吳辛屏內心怕極了宋懷谷與他的大學朋友們看不起她的品味。她看中一件三百多元的牛仔短裙，回家找黃清蓮哭鬧，黃清蓮冷著臉從錢包捏出一張大鈔。吳辛屏又從母親的梳妝台摸了一支口紅放進短裙口袋，只是在宋家門口，她連忙用手背抹掉了，她有預感，宋懷萱見到她塗了口紅，會跟自己賭氣。宋懷谷親自應門，吳辛屏低著頭，筆直遞出餅乾禮盒。她聽到宋懷谷的笑聲，親切，帶有善意。他說，妳真有禮貌，吳辛屏的臉刷上一片潮紅。

宋懷萱站在宋懷谷身後，吳辛屏前去抱住宋懷萱的手。宋懷萱的肢體動作比平常生硬，吳辛屏偏著頭打量自己的朋友，宋懷萱似乎也感應到什麼，別過頭，往客廳走，要吳辛屏跟上。她們經過幾個男孩，吳辛屏聽到口哨聲，裙子太短了，她的大腿內側擦過了某個男生的膝蓋，冒起雞皮疙瘩。他們找了個位置坐下，看影片，吳辛屏坐得挺直，雙眼緊盯著螢幕，想讓自己投入，才不會讓這些大男孩聽到她胸腔內隆隆的心跳。另一群男生提著超商提袋回來，放肆吆喝。

沒多久，男孩們遞上飲料，吳辛屏聞到濃烈的氣味，汽水都混了酒，她看到客廳的餐桌上錯落著幾支酒瓶。吳辛屏不想被嘲笑大驚小怪，一股腦地喝下，喉嚨灼熱，火焰往上竄到鼻腔。才喝完一杯，一眨眼杯子又滿了，吳辛屏這回學聰明了，小口小口啜，宋懷萱要吳辛屏別喝了，專心看電視，吳辛屏的視線飄到宋懷谷身上，她沒忘記她的任務，只是她錯估情勢，來的人太多，得更有耐心，等候宋懷谷落單，吳辛屏才這樣想，眼前人影的線條渙散模糊，頭皮底下一片腫脹，吳辛屏不得不抓著宋懷萱，說她不舒服。

之後的事她只有零星、片段的畫面。宋懷萱跟一個男孩把她扶到了宋懷萱的房間，兩人旋即消失。吳辛屏的喉頭如沙漠，腹部有火，從裡而外烤得她渾身肌膚都要裂開，宋懷萱回到她身邊，要她起來喝水，宋懷萱拿了另一只枕頭撐高她的上半身，以防她被嘔吐物噎著。吳辛屏彷彿被困在夢與真實的交界，身子從起先的發燙轉為發冷。

她要宋懷萱陪自己去上廁所，她沒有印象自己在馬桶上坐了多久，只記得身體的不適漸漸褪掉。她吃力睜開眼，請宋懷萱打電話給她父母，她爸媽鐵定氣瘋，宋懷萱要她放心，黃清蓮要她好好待在這裡休息。聽到這消息，睡意如大浪襲來，吳辛屏捲入，她含糊地表示歉意，她這樣很丟臉，也很掃興。宋懷萱沒有吭聲，只撫摸她的額頭跟臉。

吳辛屏再次醒來，是被那雙不斷在她小腿間流連的手給吵醒，她昏昏噩噩地想，我回到宋懷萱的房間了？那手指有些粗糙，所經之處帶來奇妙的癢感。不知不覺手來回的幅度加大，上至膝蓋，下至腳踝，像是在嬉弄，也像是在測量。她的上衣被掀起，那手拉下她的肩帶，不再動作，時空寂靜。吳辛屏翻身，低喃，宋懷萱別鬧了我好不舒服。手倏地退去，吳辛屏才想鬆懈，冥冥之中，一股尖銳的直覺刺進她的心，她睜開眼，只見面前一人影，褲子在腳邊綣成一團，蓊鬱毛髮中有一根豎直的什麼，見她醒來，那人拉上褲子，快步往門邊，那身材線條，她過去幾年仔細打量了數回，不會錯認。吳辛屏的神智渙散，是宋懷谷，思緒打結了好久好久，吳辛屏才弄懂自己在想些什麼。

理解並沒有讓她得到什麼，還把她搞得更迷惘。她想，我太醉了，心中的幻想化為寫實的夢。才這樣想，又聽到交談聲，其中一人是宋懷萱，另一個聲音她不很確定，下一秒，兩個聲音同時消失了。吳辛屏閉上眼，深吐出一口氣，聲音也是幻覺吧？酒精太過邪惡了，讓一個人不知道自己究竟在哪裡。尿意出來攪局，如美工刀刮著她的下腹，吳辛屏搖晃起身，扶著自己的額頭，按著記憶下到二樓，解完尿，吳辛屏坐在階梯上，納悶著，一樓的喧囂消失了，大家都走了嗎？宋懷萱呢？留在一樓清理殘局？那麼多的披薩盒、拆封的洋芋片、啤酒罐跟酒瓶。現在到底幾點？吳辛屏撐著膝蓋起身，決定上樓回宋懷萱的房間，痛楚佔據了她的感官，她得再躺一會。手指才貼在門板上，要往前推，吳辛屏聽到隔壁房間傳來微弱的悶哼，好像是在說話，又好像是在低泣。昏沉之際，好奇心反而膨脹得比平常都還要劇烈，她想，誰在哭。門半掩著，她輕輕推開。

黃色燈光下她看到交疊的身影，一個人趴在另一個人身上，看仔細了下面的人，吳辛屏如遭電擊，上面的人裸裎的臀部朝前推擠，一次、兩次。吳辛屏倒退一步、兩步。她回到宋懷萱房間，心臟大幅收縮，她把自己藏入被子內，閉上眼，抑制不住地瑟瑟發抖，她對自己說，觸摸是夢，聲音是幻覺，她目擊的一切是假象。酒精讓她成了另一個人，視覺聽覺接連故障，對她惡作劇。天怎麼還沒亮，這個夜晚出奇地漫長。

不知道又過了多久，身側的床鋪往下沉，吳辛屏張開眼，是宋懷萱，她面無表情地拉上被子，用手臂壓實。宋懷萱轉過頭，目光寧靜，柔聲說，妳還沒睡？這一連串如常的反應讓吳辛屏感到羞愧，她的思想太混濁了，才會產生這樣多骯髒的聯想，一個緊接著一個。吳辛屏心底揭起大片悔意，她下一次不要再逞強喝酒，也不要再看那麼多色情漫畫，不然會再度遭遇報應。吳辛屏起了無數個誓，骨頭關節才一部分銜著一部分放鬆，她命令自己快點睡著，下一次張眼，必然是天亮，陽光會蒸散酒精，她的知覺將恢復乾淨與清澈。墜入睡眠的前一刻，吳辛屏聽到宋懷萱的聲音。

我知道妳看見了。

吳辛屏猛然睜眼，看進宋懷萱臉上那兩潭空無一物的深淵。零碎的訊息自動地排序，站隊。宋懷萱個性上的陰沉和反覆，她在週記顯現出的鬱鬱寡歡，她對於家庭的疏離，她曾經捏著自己的喉嚨想說話。宋清弘不是壞狗，壞狗另有其人，看似馴順無害，卻會瘋咬人的是……。

◆

吳辛屏想，她逃了那麼多年，卻還是歷歷在目。記憶斧鑿的痕跡多麼深沉。

她告訴奧黛莉，「宋懷谷沒有侵犯我，他侵犯了另一個同學。」

「為什麼妳要說被侵犯的人是妳？」奧黛莉只介意這件事。

「因為我那時也太天真了。那同學不敢說，我以為我可以幫她。可是這種事情需要一個勇敢的被害者，我以為我做得到。」

吳辛屏回溯，那晚，兩人無語到天亮，陽光灑進，她渾身顫抖地要宋懷萱陪自己回家，宋懷萱沒有拒絕。快到家門口，吳辛屏打破沉默，問這是第一次嗎？宋懷萱搖頭。她又問，那是什麼時候開始。宋懷萱不想講。吳辛屏又氣餒又難過，她看得出來，宋懷萱談不了這個話題，曾幾何時，那個喋喋不休的女孩子成了童話故事中的美人魚，再也發不出聲音。

吳辛屏停下腳步，定定地瞅著宋懷萱，問，那妳怎麼辦？宋懷萱看著地面，說，我沒事，她的表情卻是扭曲著，以恐怖的角度變形。吳辛屏不信，她去抓宋懷萱的手，提議，我陪妳去跟妳爸媽講，我可以當證人。吳辛屏說得斬釘截鐵，彷彿她不這樣做，她千辛萬苦凝聚的勇氣就會在轉眼間消失得無影無蹤。宋懷萱動也不動，像是石化了，她聲如蚊蚋地說，不行的。不能這樣子的。辛屏妳不明白，他們不會站在我這裡的。要我說出去，就是在逼我去死妳懂嗎。

吳辛屏又問，宋懷谷是不是碰了我。宋懷萱點頭，結巴地說宋懷谷認錯了人，是吳辛屏的聲音把他趕跑了。宋懷萱撞見哥哥從自己房間走出，兩人吵了一架。一個計畫在吳辛屏腦海成形，她握著宋懷萱的手，說，我去跟連文繡老師說吧，用我的名字。宋懷萱一臉茫然地抬起頭，眼中滿是淚水，說，但明明不是妳。吳辛屏打了一個長長的寒顫，她的身子又冷又熱，她想，宋懷萱只剩下我了，全世界只有我知道她的痛苦。她更用力地握著宋懷萱，說，不要怕，就因為不是我，我說得出口。

聞言，宋懷萱眨眨眼，難以置信地說，妳是認真的嗎？妳知道這件事有多難嗎？吳辛屏心底也很是惶恐，被這樣一問，她反而增強信念，她可以，她辦得到。她改握著宋懷萱冰冷的肩膀，說，我會讓妳哥哥知道這樣做是不對的。宋懷萱急忙說，我不想傷害他，他會被抓去關嗎？吳辛屏心神搖晃，抓去關，這個敘事過於龐大，她思索幾秒，又一次堅定立場，她問，假設妳哥哥被抓去關妳可以接受嗎？宋懷萱手握成拳，陷入掙扎，吳辛屏等了一會，才等到宋懷萱的答案：哥哥暫時消失也好，否則他回到家太容易了。說完，宋懷萱宛如被什麼陰霾籠罩著，她閉上雙眼，眼淚撲簌簌留下。吳辛屏見狀，心如刀割。她再次承諾，我會幫妳。妳爸媽不會發現這件事跟妳有關係。等到警察帶走妳哥。我們上大學，事情慢慢過去。妳要對我們的未來有信心。

這時，宋懷萱擠出笑容，吳辛屏也吐出胸中那團沉沉的鬱氣，笑了。

吳辛屏簡述了事情經過，但沒讓奧黛莉知曉另一個角色是宋懷萱。

「妳們那時候在想什麼？妳有想過這樣做的代價嗎？」

吳辛屏閉了閉眼，「那年我們才幾歲？不到十八歲。我想得很簡單，我要幫那個同學，我不幫她，沒人會幫。只有我做得到。我知道這樣子做我會很危險，我不怕。就像我說的，只要我自己知道，事情不是發生在我身上，別人怎麼說我無所謂。」

吳辛屏想起十幾年前，連老師前腳一走，父親二話不說，拾起桌上一切物品，煙灰缸，茶杯，遙控器，喉糖罐子，砸在她身上，他撲過來毆打吳辛屏，嘴上教訓的卻是黃清蓮。妳怎麼教的。好好的一個女兒被妳教成這樣，被別人糟蹋就算了還敢吵著要報警。吳辛屏被甩了好幾個耳光，眼前天旋地轉，她試著站起，又被父親一巴掌甩回地上。她暗自想著，好險是我，若是宋懷萱，她怎麼辦。她豈不是要承受兩次痛苦，我給她分擔一次了，宋懷萱不孤獨了。

除此之外，警察也讓吳辛屏認識到，整個社會都寧願包庇加害者，警察一聽到宋懷谷的名字，還說吳辛屏要不要回家想清楚再來。要不是連文繡威脅要把警察說的話錄下來，警察才故作正經，按照流程進行詢問。吳辛屏從警察局回來，又被接獲消息的父親痛打一頓，吳辛屏被揪著頭推到牆上，父親要女兒去跟警察撤回，否則斷絕父女關係。吳辛屏不答應，暴雨似的拳腳再度落下。吳辛屏不得不反擊，大吼，再這樣下去她就告訴連老師，這是家暴。父親停下動作，要黃清蓮跟吳啟源在家不能跟吳辛屏說話，也不能給予吳辛屏食物。他要換個方式逼吳辛屏讓步。

吳辛屏身心俱疲，案件往前推進，她遇到了檢察官，她心亂如麻，不敢抬頭注視檢察官，怕被看出端倪，對方是一個女性，年紀比連文繡大一些，聲音低沉，她問得很慢，很仔細。吳辛屏的雙親不同意驗傷，採證進度膠著，她要吳辛屏盡可能說出還記得的事情。聽完之後，她說，辛苦了，妳一定很害怕吧，妳放心，我不會因為宋清弘在地方的關係就縱容這件事。

吳辛屏無緣無故地哭了，被父親卯起來打的時候，她沒哭；吳啟源在深夜煮泡麵給她吃，勸她放棄，她也沒哭，在她以為最駭人的檢察官面前，她反而哭了，她多麼希望宋懷萱親耳聽到這些話。她想告訴檢察官，我不是真正的受害者，真正的受害者比我還絕望一百倍、一千倍。但她不能。計畫只差臨門一腳。不能就這樣半途而廢。她得堅持到最後一秒鐘。

「但為什麼事情最後會變成現在這樣呢？」

奧黛莉打斷了吳辛屏的滔滔不絕，眼神有七分困惑與三分的懷疑。

吳辛屏看著奧黛莉，似乎被什麼氣氛給渲染，她的眼中升起一片靄靄的霧氣。

「為什麼事情會變成這樣呢？」吳辛屏也極想知道答案。

「我爸收買了她的父母……」

宋懷萱的聲音自門後傳來，奧黛莉才驚覺他們過於入神，不知不覺，宋懷萱回來了。她雙手提著托盤，盤子裡有兩杯飲料，跟從中剖半的麵包。吳辛屏看著那杯飲料，根據經驗，裡頭八成添加了安眠的藥劑。

「我爸很聰明，他一明白收買不了檢察官，就親自去找吳辛屏的家人。五十萬，不要，就慢慢往上加，像他談生意，每個東西都有價錢，對方不賣你，不是他真的不想賣，是因為你還沒碰到對方心裡的那個數字。我爸什麼不多，耐心最多，終於碰到了那個數字，吳辛屏在法庭上跟法官說，她幻想出來的。宋懷谷沒有對她做出那件事。她也不知道自己是怎麼了。」

吳辛屏眼神低垂，沒有反駁。

宋懷萱說了下去，「那幾天，不管我媽怎麼羞辱我，恨我、怪我、說我太白痴，從哪裡找來一個不知羞恥的女生當朋友，我都無所謂。我在等妳，也在等一份奇蹟，我相信妳，把妳當成我唯一，跟全部的希望。我到最後一秒都相信妳做得到。妳沒有，妳放棄了，妳跟妳的家人拿到一堆錢，一副無所謂地離開，去當妳的大學新鮮人。我以為妳至少會寫信給我，解釋為什麼，沒有。妳就這樣走了。我想了好多年，每一天都在想，為什麼，有一天我懂了，全是我一廂情願，妳打從一開始，就沒有要幫我，妳只是在利用我。」

奧黛莉的視線在宋懷萱與吳辛屏之中溜轉，試著理解宋懷萱的發言。

「我從沒有想過要利用妳。」

「那妳為什麼退縮了？」

「因為……」吳辛屏身子一僵，那個被她鎖進心中已久的問題跟畫面，可以放出來嗎？

吳辛屏的記憶跳回至那個下午，她餓得幾乎要出現幻覺，吳啟源給她挾帶食物、塞錢一事，沒幾天就被黃清蓮逮個正著。黃清蓮把兒子罵得狗血淋頭，要吳啟源別得意忘形，父親連日怒不可遏，誰幫吳辛屏，誰就跟著挨揍。吳辛屏去找連老師，在學校被許多老師喚住，問進度如何，他們的神情古怪彆扭，看似關懷，又有點輕挑。別說那些老師，縱然是連老師，態度也忽冷忽熱，一下子說她會陪吳辛屏，一下子又改口說她是老師，吳辛屏跟宋懷萱都是她的學生，她不能夠偏袒任意一方，應該要保持中立。她要吳辛屏回頭努力說服父母。吳辛屏在數天之內看盡人情冷暖，以及她跟宋懷萱確實準備不足、過於天真。她們年紀太小，沒有經濟實力，又住在家裡，大人輕輕使勁就能掐著她們的喉嚨。

宋清弘一來，見到吳辛屏臉上的瘀青，貌似不忍地跟著勸吳家父母不要對小孩動粗，小孩子不懂事，大人可以說道理，就是別使用暴力。宋清弘的到來讓吳辛屏的處境更為嚴峻，宋清弘溫文爾雅、好聲好氣說明宋懷谷有大好前程，那個晚上只是個無傷大雅的小誤會，他們宋家有誠心解開誤會，這也要吳辛屏的配合。吳辛屏不願，宋家的誠心也越來越大，檢察官一起訴宋懷谷，那誠心更是來到無比可觀的數字，相較父母的威脅，宋清弘慈眉善目，循循善誘的態度才讓吳辛屏難受。詭異的是，那個晚上的記憶彷彿長出自己的意志，變形、淡化，宋懷谷真的有做嗎？吳辛屏倏地不能確信了。這是不是一場很長，跨越了好幾天的夢？

吳辛屏心思紛亂，硬著頭皮又去找連文繡，那時兩人氣氛已有些扞格，吳辛屏有猜到連老師不會支持自己，但她沒算到連老師直接要吳辛屏做偽證，理由是，「我不希望妳小小年紀就背負這麼多，妳在大學有新生活了，把一個人送進大牢，這種壓力會跟著妳一輩子的。」

吳辛屏失魂落魄地步出母校，她感到孤立無援，她得去找宋懷萱，她心知肚明，這破壞了兩人說好的規矩，也很清楚若被人撞見她們兩人在交談，對雙方的處境都很不利。吳辛屏掛上口罩，拉上外套的帽子，沿途她低著頭，不想讓人認出。她有驚無險地來到宋家側面的圍牆，她想了幾秒，翻牆太過引人注目，吳辛屏彎腰撿了一顆石頭，想鎖定宋懷萱房間的窗口。她祈禱宋懷萱在房間。她的機會很有限，幾乎可以說是只有那麼一次。她蓄勢待發，看到有人步出大門。是宋懷萱，緊接著是宋懷谷，吳辛屏蹲下身子，移動到側門，從欄杆之間看著兩人的互動。

她摀著自己嘴巴，不讓自己的驚呼從指間逸出。

現在，她可以問了嗎？她可以確認那個下午自己目睹的景象實際發生過嗎？

她可以為擱置在心中多年的疙瘩找一個結束嗎？

質問宋懷萱會不會讓自己跟奧黛莉的處境變得更不利？

「我想讓妳知道，」吳辛屏抬高音量，「不只妳，我也是有陰霾的，我常常想到妳，就難過得喘不過氣來，我很清楚，我怎麼辯解，某種程度上我還是辜負了妳，可是，我也不認為全部的錯誤都得我一個人來扛……」

「妳是想將功贖罪吧？」宋懷萱指著奧黛莉，「辛屏。妳想用個好人的面貌重新開始，對嗎？我也很了解妳的，妳喜歡當聖母，才會答應導師來當我的朋友。抗拒不了金錢的誘惑，妳也很痛苦吧？妳需要找到下一個目標，讓她膜拜妳，依賴妳，像我曾經那樣對妳，我說的沒錯吧？」

吳辛屏沒有反駁，看似默認了宋懷萱的說詞。

「妳好噁心。」宋懷萱放下了托盤。

門鈴響起，吳辛屏瞠圓了眼睛。

宋懷萱的眼珠轉了一圈，「還能是誰呢？」

手攀在門把上，宋懷萱轉過頭：「辛屏，妳不知道吧，我去台北找過妳。站在妳的補習班對面看著妳好幾個小時。等妳下班，上了捷運，我跟妳在同一站下車。我眼睜睜看著妳走進一家餐廳，妳的老公跟小孩在裡面等妳，妳看起來好幸福。我那時候就想，我不會原諒妳的，無論妳說什麼，我都不會原諒妳的。」

◈

范衍重接過宋懷萱的杯子，那是第二杯水了。

宋懷萱是個周到的主人，范衍重的杯底一空，宋懷萱起身，沒有問過他，拖著腳步回到陰暗的廚房。范衍重把握時間，整理著他方才從宋懷萱得到的信息。宋懷谷很久沒回來了，跟原生家庭也呈現半失聯的狀態，宋家只能被動地獲知宋懷谷的行蹤。

范衍重氣餒得不斷舉起杯子，下意識地想用喝水這個日常的動作，掩蓋掉自己無計可施的倉皇。他抬頭，視線與宋懷萱對齊，宋懷谷有動機傷害吳辛屏嗎？很難說，乍看是很久以前的恩怨，但宋懷谷學業中斷、被扔到國外，甚至，若按照連老師父親的推測，連宋清弘的死都可以被算在吳辛屏頭上。這份仇恨會隨著時間而淡化嗎？

范衍重回溯著自己跟連文繡的對話，試著搜索讓他可以開啟對話的字眼。

「妳一個人住在這裡嗎？」

宋懷萱搖頭，「我跟我的母親住在一起，她身體不太好，在休息。」

「我們這樣子說話會打擾到她嗎？」

「你放心，她不會在意的。」

宋懷萱比他料想得親切太多，范衍重想，這個女人看起來什麼都不知道。

意識到這點，范衍重有些失落。

「妳還記得吳辛屏這個人嗎？」

宋懷萱凝視著范衍重，「我記得，她是我高中同學。」

「那好，我得告訴妳一件事，請妳不要嚇到，」范衍重在腦中思索著合適的語氣，「吳辛屏是我的朋友。她前幾天來到這裡以後，就再也沒有回到台北了。」

「所以，」宋懷萱瞇起了眼，「你在懷疑我哥嗎？」

「我是想說，也許有這個可能性，辛屏來到這，遇到了妳哥……因為他們之前……」

「你知道他們之前的事？吳辛屏說的？」

「不，辛屏從沒有跟我說過，是她媽媽告訴我的。」

宋懷萱若無其事地點了點頭，望著范衍重，神情誠懇，「范先生，我可以理解你為什麼會懷疑我哥，但，我得說，這是不可能的，我哥哥現在人在美國，跟妻子過著很幸福的日子，也很少回來台灣，我不認為吳辛屏的失蹤會跟我哥哥有關。很抱歉剛剛沒有跟你坦承他在國外的事實，畢竟我尚未確定你的來意，我得保護我哥。」

「沒關係，我可以理解，那你哥上次是什麼時候回來的呢？」

宋懷萱嘴角勾成調侃的角度：「范先生，你還在懷疑我哥嗎？」

「請妳不要介意，我只是想求個慎重。」范衍重識趣地道歉。

兩人間形成一股沉默的氣壓。范衍重想，可能得離開了。若宋懷谷如宋懷萱所言，在美國建立了家庭，他回到故鄉狹持吳辛屏的誘因就會縮小許多。就在范衍重考慮著要怎麼提出告辭的打算時，耳邊響起宋懷萱氣若游絲的呢喃。

「范先生，你當初是怎麼跟辛屏在一起的呢？」

范衍重看著宋懷萱，雙唇微啟，「我剛剛不是說我們是朋友嗎？」

「這種謊話就別再拿出來第二次了。我都幾歲了，看得出來你跟吳辛屏不是普通的關係。男人才不會為了朋友而付出這麼多。」

「是這樣子的嗎？好吧，我們確實關係比朋友還深。」范衍重還是做了保留。

「你現在知道辛屏跟我哥的事，會失望嗎？辛屏不是個強暴案件的受害者，就是個騙子，我很不想這麼說，但我實在很好奇，對一個男人來說，哪一個才可怕呢？」

范衍重又是一愣，他有些意外，宋懷萱的神情尋常，說出口的問題竟如此咄咄逼人。

「既然妳也知道這問題很冒犯，我拒絕回答也是理所當然吧。」

「那你愛她嗎？」

「妳太得寸進尺了——」

「好的。」宋懷萱放棄得很俐落。「我們就討論到這裡吧。」

宋懷萱送范衍重至門口。范衍重彎腰穿鞋，一邊尋思著，他還是得對自己的冒犯致歉。不管怎樣，自己在毫無證據的前提下，冒失地造訪宋家，還得寸進尺地問了許多宋懷谷的問題。

他又轉念想，為了以防萬一，還是找人確認宋懷谷的出入境紀錄吧。

范衍重在心底琢磨著。難不成，還是得交給警方了嗎？這將為他的執業帶來怎樣的風波，他是不是得先跟鄒國聲請益，進行模擬推演？別人又將怎麼看待他？他跟顏艾瑟好不容易止息的議論勢必又會被搬上檯面。還是說，他應該要若無其事地把日子過下去？

這個念頭一浮現，罪惡感也緊跟著竄入，你怎麼可以到了這個關頭還在擔心你的名譽，若吳辛屏遇難，不正是你的拖延害慘了她嗎？在你的心目中，吳辛屏比不上你的名譽嗎？你還有人性？范衍重轉頭望著宋懷萱，他多想從她，或是黃清蓮、吳啟源甚至那個行跡可疑的奧黛莉身上摸出答案，如同從果樹搖落一顆果子。

「可以再問妳一個問題嗎？」

「我會盡可能地回答你。」

「吳辛屏之前有來找過妳嗎？我的意思是……妳們兩人以前也算是……」

「她沒有來找過我。」宋懷萱答得斬釘截鐵。

「那麼，」范衍重不得不問了下去，「我保證，最後一個問題了，妳不想回答也沒有關係。當年，吳辛屏跟妳哥之間發生了那件事……妳，還好嗎？」

宋懷萱輕輕地笑了，那笑聲幾乎是甜的，從胸腔深處湧出，雙眼也彎成月形。

「范先生，你是一個善良的人。」

范衍重吞了吞口水，宋懷萱的評價讓他懷疑自己方才的心思已被看穿。

他是一個把個人前程放得比妻子還前面的人，有資格被稱為是善良的人嗎？

「你如果去問二十歲、二十五歲的我，我可能會告訴你，不恨是騙人的。只是，有一句話怎麼說？時間是最好的藥。我可能記錯了，大致上是這個意思。」宋懷萱聳了聳肩，「我哥先走出來了，他在美國找到自己想過的生活，當事人都不追究了，我也該放下。現在回頭去看，吳辛屏也不算多可惡，要說的話，只能說我們那時太年輕了，有些行為沒想清楚後果，就去做了。所以最後都付出了代價，也學到慘痛的教訓。」

「那樣就好。」宋懷萱的坦率態度讓范衍重有點自慚形穢。他作勢要離開。門即將掩上之前，宋懷萱小心地喚住了范衍重。

「我不曉得辛屏去了哪裡，但，還是想給你一個忠告。不要太依賴辛屏。她很懂得替自己打算，不會讓自己吃虧的。你敢不敢去想一個可能性，也許她故意讓自己消失。人的本質是不會變的，辛屏就是這樣，一覺得不對勁就毫不留情地離開，也不管別人的感受。」

范衍重因宋懷萱猝不及防的表白而啞口無言，他嘴巴動了動，發不出聲音。過了好一會，他才可以說話，他好久沒聽到自己顫抖的聲音，他說，謝謝。

◆

宋懷萱走到吳辛屏面前，蹲了下來，平視著吳辛屏。

「猜猜我剛剛見到誰了，妳的先生。」

吳辛屏挫敗地低吼，「妳對他做了什麼？」

「放心，我什麼也沒做。我只是想看看妳結婚的對象是誰而已。」

宋懷萱笑了起來，她好久沒有這種熱鬧的感受，她孤單太久了，短短一日她說了好多話。

她的笑容很快止住，歪著頭，看著吳辛屏，想起從前她熬夜給吳辛屏寫信的愉悅。

跟哥哥也幸福過。跟辛屏也幸福過。宋懷萱想，這就是她的人生。

她跟人的幸福註定得有些扭曲跟傾斜，值得慶幸的是，苦難都快結束了。

「妳跟他幸福嗎？」宋懷萱問，「他看起來不是個好相處的人。他對你好嗎？」

「這跟妳沒有關係。」

「怎麼會跟我沒有關係，辛屏，妳以前什麼都告訴我的……現在，回答我，妳愛他嗎？」

「非得這樣對我嗎？」話題多了范衍重，吳辛屏的情緒顯然有了起伏，「只因為我沒有撐到最後一刻？這樣子是不是對我有些不公平，我也受到了懲罰，我無家可歸，被眾人恥笑。」

「妳說過，我去哪，妳也會跟上。現在我在地獄。妳也得跟上。」

「那好，只要妳放走我朋友，我任憑妳處置。我很早就有預感，有一天妳會來找我的，妳怎麼可能放過我，妳自己——也是個騙子不是嗎？」

宋懷萱一巴掌扔在吳辛屏的臉上，眼中是腥紅的憤怒。

「憑什麼說我是騙子？妳才是，妳給了我那麼多希望，又一走了之。」宋懷萱冷笑，「若妳心中沒有愧疚，妳為什麼要逃？不就是為了躲避我嗎？吳辛屏。妳怎麼解釋，最後你們一家上下被利益薰了心。妳沒想過那是我的人生嗎？我的痛苦不是拿來給妳賣錢的。走到今天這一步，妳是最大的始作俑者。」

見吳辛屏默然無語，宋懷萱瞄了奧黛莉一眼，「妳情願去找一個替代品，對她付出關心。

妳竟然是這樣解決事情的。可恥、真可恥。我從前還問妳，妳是真心誠意地想跟我當朋友嗎，妳的回答是什麼，自己心裡有數。看看妳後來做盡的醜事。」

「妳要怎麼對我們？」奧黛莉眨眨眼，試著打斷宋懷萱。

「妳們不會等太久。」

「那邊那個人，也是妳……做的嗎？」奧黛莉又問。

宋懷萱笑了，那笑有些蒼涼，「不要害怕。那個人不會傷害妳們的。」

宋懷萱一步步上了樓。

她坐在一樓的地板上，卸下偽裝，咬起指甲，她沒有把握她可以得到她想要的。幻聽又來了，宋懷萱聽到急促的門鈴，她用力拍打自己的臉，過去只要這麼做，聲音便會縮小。奧黛莉的臉頰刺麻，鈴聲還是響個沒完，她聽見男性的高分貝叫喊。不，這不是幻聽。

◈

一個半鐘頭前，吳家慶攔下連文繡。起初連文繡拒絕透露她跟范衍重對話的內容，吳家慶急中生智，他透露了自己身分，宣稱自己正在追蹤一樁刑案，范衍重是嫌疑人，連文繡才臉色一變，說出范衍重向自己追問多年前一件強暴案。吳家慶聽到受害者姓名，心底打了個突，怎麼會牽扯出案外案呢？吳家慶按照張仲澤留下的地址，來到一戶透天厝，他撥了好幾通電話給奧黛莉，鈴聲在耳邊縈繞，重複到他幾乎要起了幻聽，吳家慶還在苦思這些事件背後的關聯，范衍重的車竟也駛進了這條靜巷，他飛快躲回車內。看著范衍重下車，撐著腰打量了一下這棟建物的外觀，旋即上前。

接下來一小時，吳家慶使勁打給奧黛莉，怎麼樣也打不通。他跟張仲澤換來的號碼也呈現關機狀態，吳家慶一度懷疑這兩個人先走一步，又很快地排除這個可能性，一來是他怎麼想都找不到動機，二來是車子還留在咖啡廳附近。這也是個疑點，張仲澤為什麼要捨棄車子改用步行？不過，他最想弄明白的，莫過於這戶房子裡頭究竟住了誰，為什麼這些人一個接著一個走了進去？吳家慶的太陽穴博動得快，才想到一半，范衍重走出來了，吳家慶心一驚，奧黛莉呢？張仲澤又跑到哪裡去了？

范衍重一臉倦容，遲緩地開門，即將跨入車內。

吳家慶跨步向前，從後面揪住了范衍重。

「奧黛莉呢？」他粗吼著問，「你對奧黛莉怎麼了。」

范衍重轉身看清來者，呆愣幾秒，也勃然大怒，「你為什麼在這，你跟蹤我？」

「這不是重點，你先回答我，奧黛莉在哪？」

范衍重眉頭蹙起，「奧黛莉？我哪知道她在哪？」范衍重很快地會意，「你們一起跟蹤我？」

吳家慶以下巴指了宋宅，「你在裡面沒看到她？」

「沒有，她為什麼會在裡面？」

「她在你之前進去了那間房子裡，你不要閃躲話題，奧黛莉在哪？」

吳家慶逡巡著范衍重的神情，想從中摸索出范衍重的下一步動作，他的重心緩緩下沉，準備因應范衍重突如其來的動作。沒想到范衍重像是嚇傻了似的，目光穿過了他，落在他身後的那戶民宅，嘴巴動了動，聽不清在囁嚅些什麼。

范衍重腦中升起宋懷萱那冰冷的微笑，「你愛她嗎？」

他當機立斷，跑回宋懷萱的住宅，奮力地按著門鈴。

范衍重心底只剩下一個想法，若奧黛莉也來找她了，為什麼宋懷萱隻字未提？

又為什麼要問他那個突兀的問題？

◆

宋懷萱透過貓眼，看到范衍重，視線偏移，旁邊還站著一名年輕男子。為什麼范衍重又回來了？還帶著一個人。他們的五官猙獰，范衍重使勁拍擊著門面，伴隨著一聲聲熱烈呼喚。

該開門嗎？當然不。

宋懷萱進入廚房，取走她要的物品，回到地下室，把門鎖上。她看著手中的打火機與汽油，地下室內堆疊了積放多年的紙箱。宋懷萱看著吳辛屏，她很清楚，審判得提早開始。她的內心滿漲著哀戚，她只是想把吳辛屏關在這，哪兒都不讓去，待在她身邊。她沒有預想到有那麼多人會追來，局勢變得複雜多端，她甚至誤傷了一個男人。胸中浮起一聲呢喃，妳並不想這樣，對吧？另一道聲音又跟來，這時候放棄妳會甘心嗎。

宋懷萱緊握自己的手腕，指甲戳進肉裡，帶來片刻的清醒，若她半途而廢，放吳辛屏回到那個不苟言笑的丈夫身旁，握著那個漂亮小女孩的手，漫步在繽紛繁華的大城市。她呢？哪兒也去不了，在監牢裡數著日子，浪費她的餘生。宋懷萱看著十根手指頭，從一數到十，再從十數到一，人是自己命運的主宰，這句話是誰想出來的呢？沒聽過比這句話更殘忍的言論了。

Chapter 12

第十二章

◈

無人應門，范衍重看向一旁的窗，非得要打破嗎？范衍重四處尋覓，想找到擊破窗戶的工具，突然，門打開了，門的後方站著滿臉淚水、不住打顫的奧黛莉，她說，快去救辛屏。范衍重按著奧黛莉手指的方向往前疾奔，他大步躍下樓梯，通往地下室的木門緊鎖著。

地下室內，火苗正在吞噬堆疊的紙箱。吳辛屏雙眼眨都不敢眨，眼中有火焰奔竄，她想要掙脫緊縛著四肢的繩索，徒勞無功、筋疲力竭。宋懷萱看著她的掙扎，撐著手腕，在吳辛屏旁邊躺下。宋懷萱看著天花板，心中一片寧靜祥和，她覺得自己彷彿躺在雲朵上，身子很輕，隨時能化為雨滴墜落。她柔聲問，妳還記不記得我們以前也是這樣子？躺在一起。那時我寫了長長的信給妳，每一封妳都讀得好用心。我想跟妳說，妳走了以後，我很想妳。妳是我唯一，也是所有的朋友。妳應該要回來找我的。只要妳好好解釋，即使妳愛錢，我也會原諒妳的。

那年，宋懷萱考砸了入學考，進去一所從沒想過的大學，讀了名字很長的科系，她念得渾渾噩噩，時常倒在宿舍硬梆梆的床上過了一天。不到一年，她搬回家裡，把自己關在三樓，三更半夜才溜出去覓食，她不敢跟母親對上眼，母親夠恨她了。一個下午，宋清弘來敲她房門，宋懷萱忐忑地開了門，以為父親是來教訓自己被退學一事，宋清弘先關心錢夠不夠用，宋懷萱點頭。宋清弘又問，不想讀書，是受到哥哥的影響嗎。宋懷萱身子一緊，無言以對。宋清弘低喃，哥哥的事情，是他自己經驗不夠，跟妳沒有關係，誰都會交到壞朋友。

宋懷萱昂起臉，事發以後，她很久沒仔細端看父親的容顏，宋清弘像是一口氣被人借光了青春，傲然的青絲全白了。她撫著胸口，父親的話，敲碎了長期把她給吞裹於內的絕望，她懇求宋清弘，把我送到國外吧，跟哥哥一樣，不、不要美國，日本好了，她想起家族有個堂姐嫁到新宿，她要在新世界裡重新做人，一切都是新的，包括她的人生。宋清弘臉色一黯，這個請求似乎讓他有點心痛，但他仍答應會給女兒找到辦理留學程序的人員。好幾晚宋懷萱睡得很甜，她做了一個久違的好夢，她站在櫻花樹下，對著一個面孔模糊的男子說，請帶我走。男子伸出了手，宋懷萱準備要把自己的手放進對方溫熱的掌心時，母親狠狠把她搖醒，說父親出了車禍，死了，警察站在客廳。宋懷萱想了幾秒，才恍然大悟，哦，夢醒了。她的求生之路斷了。

父親，宋清弘告別式那日，宋懷谷從美國趕回來，青春時期奶白的膚色沒了，轉變成黝黑的膚色，飲食風格也影響了他的身材，修長的四肢隱約可見肌肉線條的起伏。宋懷谷用髮油把頭髮整理得一絲不苟。宋懷萱清晰地聽見自己的心跳聲，急促、沉重，心想，哥哥如今彷彿是從電影走出來的人。若我跟哥哥在人潮中擦肩而過，我可能連他的氣味都認不出來了。宋懷谷抱著一個堅硬的紙盒，說裡頭是給宋懷萱的禮物，宋懷萱木訥地拆開，唇膏、腮紅、乳液、香水等瓶罐，還有一只名牌包。母親見了，發出冷笑，說兒子笨，你難道忘了她把我們害得多慘嗎？宋懷萱望著母親，無言以對。

◈

流言四處蔓延的那個夏天，要不是宋清弘阻止，宋懷萱深信自己可能會被母親打昏。母親恨吳辛屏，恨她的執著與死纏爛打，恨她不輕易和解，恨她把宋家當成搖錢樹，但那恨，並不被鼓勵。宋清弘的舊識與他們的妻子，表面中立，說吳辛屏這女孩不會想，愛不到就想毀了宋懷谷，奇異的是，他們安慰宋清弘夫婦時，臉上的憤慨看起來都像是拼貼上去，細看還可以找到黏著的接縫，讓人心有所悟，這些人轉過身說的是另一套台詞吧，即使吳辛屏有千萬個不是，宋懷谷還是個強暴犯啊。母親讀了這些人的心口不一，不再跟外人傾訴她的內心創痕，她的恨意很快地糾纏上宋懷萱，妳不要去招惹吳辛屏，這一切就不會發生了。

宋清弘一方面奔波、疏通人際關係，一方面排解妻子對女兒的心結，他深信不能讓一件事毀了全家的感情，他把宋懷谷送至美國避風聲，也要宋懷萱心無旁騖地前往大學專心唸書，別把母親的話放在心上。而在宋懷萱被退學，宋清弘忙於張羅把女兒送到日本的那幾日，又突然橫死。母親把宋清弘的死也算在宋懷萱身上。她說，妳害慘了妳哥就算了，更是害死了妳爸。

宋懷萱不動聲色地聽著，沒有抵抗。偶爾夜闌人靜時她會想，奇怪，是誰提議要報警的，是她先說的，還是吳辛屏主動的？她忘了。再來一次，她會阻止這主意繼續發展下去。太可怕了，說出來比隱忍著還可怕。好像開啟了通往地獄的門，她沒有因此而離開地獄，只是身邊親愛的人一個個被抓進來，承受折磨與懲罰。宋懷萱很專注地懺悔，她不應該想著要把哥哥給關進監獄、冷靜一段時期，她邪惡的思想招致了全家人的劫難。

返家的宋懷谷如同舊往安撫著母親，無奈地說，這話題該結束了。母親住嘴，換上討好兒子的笑容。宋懷萱清楚哥哥在照顧她，跟過去一樣。然而哥哥的溫柔也曾帶領她走入沙塵暴，讓她盲了雙眼又進了一鼻子嘴巴的灰，彷彿被掩埋。宋懷谷估計回美國的前一天，前來輕敲宋懷萱的房門。宋懷萱心底的聲音又爬了出來，一個說，不要出去，另一個說，別害怕，哥哥不是壞人。她打開門，宋懷谷提著行李箱，說他決定去趟機場，以免睡過頭，錯過班機，再見。

宋懷萱站在房間門口，也說，再見。宋懷谷問，妳沒事吧，妳看起來病懨懨的。宋懷萱點頭，說自己可能感冒了。宋懷谷的手伸過來，摸亂了她的髮，臉上笑容溫暖如火，又抱了抱她，點點火苗竄開，掉在脖子與鎖骨上，好燙。哥哥的聲音在耳邊，如兩人小時候常說的悄悄話，宋懷谷說，我要走了，妳也快點回到妳先生那邊吧。希望你們沒事。說完，他往後退了一大步，彷彿被燙傷的人成了他。

宋懷萱感到如夢似幻，她的記憶錯了位，不是才剛告別式，她怎麼就結婚了？宋清弘一離世，宋懷萱感受得到，父親的資產被人動了手腳，大伯主持把她跟母親送進一幢老舊的透天厝，理由是原先那擁有寬敞庭院的浪漫別墅跟他們八字不合，慘事連連。母親一臉無所謂，丈夫離世、兒子避走他國，她的智商倒退回至孩童的程度，漸漸只能理解很簡單的訊息。她也不若頭幾年很熱衷咒罵宋懷萱，終日躲在一樓的小房間裡，宋懷萱得十分安靜才能聽到母親在屋內走動的腳步聲。

宋懷萱深夜摸黑出門進食，減少與母親在家中相遇的機率，兩人無形中形成了漠不關心的默契。這時大伯母問宋懷萱想不想談戀愛、結婚，她身邊有個不錯的對象，宋懷萱想，在哪兒都好過此時此刻，很可惜的是，她似乎又失敗了。

她的丈夫，是大伯母的姪子，隔壁縣市，在一家負責國道電子收費系統的公司上班，快四十歲了還沒有交過女朋友。第一次見面，宋懷萱有些忐忑，跟母親同住一個屋簷下讓她幾欲窒息，她偶爾會夢到母親提著凶器一步步走上階梯。她看對方是個溫柔的男子，沒有多想，點頭說她可以。事後想，同情對方，跟放棄自己，是答應的主因。她的上半生成了死局，要找一個看不懂的人過下去。

丈夫要的不多：妻子跟孩子，或許她的身體太難用，只要丈夫試著分開她的大腿，她就像是傀儡斷了線，四肢乏力，平癱著。丈夫以為是處女的緣故，頻頻要她放鬆，第一個晚上沒流血，隔了好幾次丈夫才問，妳的處女是給了誰？宋懷萱搖頭，說七歲騎腳踏車把自己弄出血，丈夫先是啞然，隨後埋怨，怎麼那麼不小心。後來她的身子始終很冷硬，丈夫轉而要她領導，一如他常看的影片類型，女人在男人的身上為所欲為。宋懷萱認真模仿，事倍功半，兩人氣喘吁吁又一身熱汗，丈夫推開她，坐在床沿，盯著她袖珍的乳、平坦的小腹，套弄著自己，高潮時，粗魯地射在她的陰部。

白天，丈夫溫柔，多話，連一袋衛生紙都捨不得讓她提，入夜，兩人被一股可怕的張力籠罩著。一晚，丈夫搶了她的手，壓在他勃發的陰莖上，哀求說，妳也不想看我這樣難受吧。宋懷萱把那根含進嘴裡，她記得這樣做會讓男人開心，丈夫愉悅地發出嘆息，腰肢前後抽動，完事，丈夫倒在床上，臉上煥發著幸福。宋懷萱蹣跚地拖著腳步走進浴室，抱著馬桶把幾個小時前吞下的麵條吐了出來，她邊吐邊想，好像有什麼埋得很深又消化不了的，在喉嚨不上不下。

宋懷萱感覺到有視線掃來，如刀子刮魚鱗那般刮著她的皮膚，原來是丈夫，丈夫瞠大眼，面容扭曲地哭，她的耳朵一片嗚響，聽了好久，才弄懂丈夫在說什麼，他說，我就知道事情沒那麼簡單，妳不醜、家裡不缺錢，為什麼願意嫁給我，這是陰謀。妳性冷感，妳這女人有病吧。宋懷萱跪在冰冷的地板上，久久沒反應，一個聲音說，這不是冷感的問題，另一個聲音說，是性的問題。丈夫拿起浴巾擦乾眼淚，看著她說，我不想再這樣下去了，妳回家吧。我再來想想下一步，我不可能跟妳生小孩的。我沒那麼賤。

宋懷萱目送著丈夫倉皇離去的背影。回到宋家，繼續跟母親過生活。

沒多久，丈夫跑來，說他釋懷了，要重新開始，過沒幾天又氣極敗壞地回去。幾個月後，她接到丈夫的電話，大意是他跟父母談過了，兩老認為他還年輕，還來得及找一個正常人結婚生子。宋懷萱辦理手續。回到宋家的那一刻，宋懷萱想，我這輩子逃不出這裡了。她察覺母親的生命力流失得比過往更嚴重，皮膚蠟黃，經過一樓時，她聽到房間內有電視節目的聲響，二十四小時放映。

只有在一個時刻，她相信母親還意識清醒，宋懷谷每逢三、四天打來一次電話，宋懷萱會聽到母親清脆的笑聲，問候兒子在美國的生活，下一次回台灣什麼時候，那笑聲彷彿一道無聲的牆，把宋懷萱阻擋在外。宋懷萱重拾趴在書桌上寫信的日子。偶爾，她躺在床上，想著哥哥，想著吳辛屏，身子靜靜化成一灘水。她眨眨眼，哭了。她想著不該想的人，但除此之外她也不曉得自己還能想誰。

◆

宋懷谷再一次回來，身後站著一個女孩。女孩似乎在適應著她一路奔波所見到的風景，她看起來有些興奮，也很疲倦，她把頭倚靠在宋懷谷的肩膀上，孩子似地閉上眼睛，宋懷谷低頭撫摸著女孩，姿態像一對交頸鴛鴦。哥哥說女孩累了，要調整時差，他們早早上樓，宋懷萱在門外聽，除了鼾聲不聞多餘的聲響。

隔日傍晚，宋懷谷把所有人載到一家餐廳。他們先走過一條落羽松夾道而立的小徑，池塘裡有水草攀爬著池壁生長。餐廳的牆面是巨大的落地窗，透出橘黃的燈照。宋懷谷走到櫃檯，說出訂位號碼，小石頭磨著宋懷萱的胃，有大事要發生了，哥哥不是這樣精心規劃的人，她轉身看著母親，母親一臉適然，雙眼晶亮，對於她方才經過的厚實木門與天花板垂墜的燈具，發出細小的讚嘆。宋懷谷回來看她，她奄奄一息的氣色一下子好轉了，流露出孩子般的姿態，碰了碰哥哥的手，詢問哪裡找的餐廳，像是在跟那女孩競爭著什麼。

服務生端上花茶，哥哥介紹女孩，鋼琴老師，大學主修音樂，學生近日才得了一個重要的大獎。母親問，教小孩子很需要耐心吧。女孩把髮絲勾到耳後，羞赧地笑了一下，聲音輕細如同她小而立體的五官，女孩整個人精緻得讓人懷疑她的骨頭是不是水晶做的。

他們應對時，宋懷萱很擔憂，嘴裡的蟹肉炒飯嚼了好久，她極想探知哥哥在醞釀著什麼，她了解他，她在等待，一如從前她每一次等待哥哥的實際動作。宋懷谷終於開口，我這次回來，是想跟妳們說，我們要結婚了。她的爸媽跟家人幾乎都移民到美國了，婚禮確定有一場在美國，台灣這裡我不是很確定，也許妳們也來美國參加？

宋懷萱愕然抬頭，看著哥哥，母親手上的湯匙掉落至盤上，敲出匡噹一聲，她面紅耳赤地嚷嚷：你不是說過幾年，要回台灣照顧我嗎？宋懷谷冷靜地解釋，他習慣了美國的規矩跟文化，他有苦衷。若母親願意的話，可以過去美國住幾個月，他有自信讓母親在美國過得更舒適。

母親不甘地掙扎，你爸送你出去不是要讓你當個美國人的。宋懷谷完全不受動搖，他攬著女孩的臂膀，斬釘截鐵地說，他要在美國落地生根了，若父親還在世，也會支持他留在美國打拚的。母親別過頭去，手握成拳，忍受著什麼。宋懷萱既覺得哀傷，又有一絲坦然的快意。

宋懷萱看了女孩一眼，女孩禮貌地對宋懷萱投以一笑，女孩的父母在家刻意使用英文，她的中文跟不上他們的語速。宋懷萱猜想待會女孩勢必要宋懷谷把飯桌上母子的對話以英文再講述一次。想到兩人之間如此親密，宋懷萱心中流洩出哀愁。哥哥要走了。

她想像哥哥摟著女孩，站在一個院子碧草如茵的兩層樓平房，說不準養了一頭毛色金亮的大狗。母親那時八成氣消了，又苦澀又驕傲地搭上飛機探視他們，在屋前抱著他們的小孩留下合照。宋懷萱皺眉，想在這樣的畫面裡填入自己的位置，她嘗試良久，有了她的加入，整幅景色立刻扭曲、歪斜。那晚，宋懷萱翻來覆去，睡不著。她走到一樓，想著再幾個小時，哥哥預定的包車就要把他們載到機場了。宋懷萱想，那我呢，會有誰來載走我？

哥哥一走，母親的拒食情形更嚴重，她掉了好幾公斤，雙腳骨瘦如柴，移動時搖晃到像是隨時都能在地上跌掉一身骨頭。宋懷萱想這樣不對勁，她走進房間，母親坐在搖椅上，身軀縮成弓，像是被椅子吃了進去，雙眼骨碌碌地盯著她。宋懷萱放下一杯果汁牛奶，說，妳喝吧，喝這個增胖，太瘦了對身體不好。母親喝了幾口，猛然推開她，杯中剩餘的奶液潑在宋懷萱臉上。母親氣若游絲地說：會有這一天，就是妳當年把那個吳辛屏邀請到家裡來玩。

宋懷萱再也沒進去母親的房間，她走回三樓繼續寫信。幾日後，宋懷萱在超商撞見一個女子，要不是對方介紹得很詳盡，她不會想起這個女孩，張貞芳，當年愛哥哥愛得很苦，寫了好幾封信，也曾在宋家門口等哥哥，只為親手遞上一包糖果，那些文字跟糖都被宋懷萱吞了進去。宋懷萱聽過風聲，事情燒開時，張貞芳找過連文繡，談了什麼沒人清楚，幾天後連老師的機車被人刮得面目全非。

宋懷萱有些訝異張貞芳還認得出自己，她們未曾說過話，在張貞芳心中她或許是暗戀對象背後那團模糊的小影子。張貞芳冷不防搭住了她的手腕，說，妳知道吳辛屏有回來過嗎，她媽媽親自去台北把她抓下來的。宋懷萱渾身一顫，多少年來，除了母親，她沒有從別人身上聽見這三個字。

宋懷萱出了一趟遠門，掛著口罩，只露出一雙眼，她太久沒移動了，每更換一種交通工具，她的精神就萎縮了幾分，千辛萬苦才把自己帶到張貞芳形容的位置。她站了兩個鐘頭，才看到吳辛屏從一間教室步出，放下一疊書，跟櫃檯的年輕女孩指手畫腳，又匆忙走進。單憑那一眼，宋懷萱就能聽到血流擦過管壁的勃勃聲響。

宋懷萱的包包內除了數萬元的現金，也有一疊更改了多年的信。她注視著眼前的吳辛屏，腦中浮現十幾年前吳辛屏躺在她身後，指頭在她背上畫著圈圈，那柔情萬種的時分。她又像個傻瓜佇立了幾個鐘頭，孩子一個個背著沉甸甸的書包走出，再來是吳辛屏。宋懷萱拉下帽沿，口罩上提，她跟著吳辛屏，數過每一站的足跡。有工作，有孩子，有丈夫，最重要的是，有個家。

宋懷萱捏緊手上的信，她冷不防覺得，不值得，這個女人才不值得。吳辛屏根本把自己忘了。一個計畫在她心中成形，該怎麼讓吳辛屏想起自己？她得先回家處理母親，再回來復仇。宋懷萱筋疲力竭地回到家，推開母親的房門，她得讓母親知道，自己並非一事無成，她即將前去找吳辛屏修正多年前的錯誤。

在她眼前是一具衣著完整，散發異味的乾軀，蠅蟲滿天，依舊在搖椅上，電視螢幕暗下，不知是母親關上，還是給燒壞了。宋懷萱站在原地，用力思考，母親不是幾天前還有力氣咒罵她嗎？她蹲下身，撫摸那些滲出的液體，懷疑是否連時間也忘記了她，為什麼她的一天是別人的一個月，甚至更長？她耗了好長的時間才把母親的痕跡給刷洗乾淨，身體連同搖椅挪到地下室，她很矛盾，不想要這個家只剩下自己，又不情願母親跟自己靠太近。那段時期，新來的超商店員讚美她氣色變好了，是有在運動嗎？她難為情地點了點頭，不敢讓店員得知她在門窗緊密的空間忙碌著什麼。

吳辛屏從她眼前經過的那一秒鐘，宋懷萱以為是她內心巨大的執念形成的幻覺，或者是老天也難得垂憐了她？小鎮是多方便的地點，若在台北執行計劃，她沒有把握自己會成功。宋懷萱更不敢置信，吳辛屏毫不設防地跟自己回到家。計畫初始多麼美麗，要不是後來這些人的阻撓，她情願把吳辛屏關在這，她會照顧吳辛屏的。吐出一口長氣，她的內心好安靜，沒有聲音了。她對於自己再也聽不見那麼多，感受到前所未有的寧靜。好像走向一湖深水，聲音在水底糊散開。

◈

范衍重把妻子從宋宅裡背出時，吳辛屏已因吸入過多一氧化碳而昏迷。過了兩、三個禮拜，她才能夠解釋事情的經過。而在整合了吳辛屏與奧黛莉的說詞以後，范衍重才徹底自吳家慶的眼中脫去了嫌疑。范衍重是在通往一樓的階梯上找到使勁往上爬行的妻子，眾人以為是吳辛屏跟宋懷萱經歷扭打、千鈞一髮逃了出來，吳辛屏沒有否認，放任這個版本廣為流傳。

簡曼婷告訴在補習班外出沒的媒體，吳辛屏能夠逃離宋懷萱的魔掌，自己扮演很關鍵的角色。她雖然質疑錯對象，但若沒有她的積極介入，這些人不會陰錯陽差地聚集在兇手的住處，成了破案的關鍵。簡曼婷傳了一封很動人的訊息給吳辛屏，說她迫不及待與吳辛屏相會，她會給吳辛屏一個大大的擁抱，並耐心傾聽吳辛屏訴說跟兇手共處的驚悚時刻。吳辛屏沒有回訊。

警方請奧黛莉重建宋懷萱放走她的現場，奧黛莉說，她忘了。大家都信她，她的頭部受過重擊，心理可能也殘留著創傷壓力症候群。奧黛莉並沒有忘。大象永遠不忘記。

她把那短短幾分鐘，宋懷萱對自己說的話都牢牢烙印在腦海。宋懷萱把她扶起，坐正，她的眼神深深地穿進奧黛莉的眼珠，其中有一整片冰原。宋懷萱問她，「妳想不想活下去？」，奧黛莉瞪著宋懷萱，該怎麼回答，她試著從雙眼中判讀出訊息，若她答是，宋懷萱是否要對自己下手。奧黛莉腦中閃過許多模糊的臉孔，有親愛的父母，有林老師，有她求學跟工作期間，因自己孤僻冷淡的個性而疏遠或嘲笑的人，最終，也免不了想起芝行和張仲澤。

妳想不想活下去？她要怎麼回答。她能否誠實地說，我也時常懷疑自己該不該活下去，我沒有答案，這問題太難了。奧黛莉閉上眼，疲憊地吐出，我想活下去。話一出口她就後悔了，怎麼可以在殺人兇手面前展示出自己想活著的願望？宋懷萱拉著她站起，奧黛莉覺得有個冰冷的物件抵著自己的背，她不願細思，宋懷萱喝斥她往前走，吳辛屏發出求情的嗚咽，奧黛莉經過張仲澤時，腦筋轉過一個可笑的想法，她跟張仲澤早註定要一起上黃泉路，她只是心疼兩人不是在一個體面的情形走完最後一程。

奧黛莉顫抖得厲害，她想，若有面鏡子，她的五官應該是非常難看，像是被獅子老虎叼著頭往前曳拉的羚羊。門鈴聲變得更加清晰，外面的人是誰，不要再按了，別再刺激兇手的情緒。奧黛莉拖泥帶水地走著，不想要太快就上到一樓，宋懷萱似是察覺了這份心思，踢著她的腳踝，逼她加速。上到一樓，奧黛莉的心情灰暗，她認為宋懷萱要攻擊她了，宋懷萱卻是蹲下身，解開她腳踝的束縛，把她往前推倒在地，旋即往後奔跑。奧黛莉事後常想著，為什麼？為什麼放過了她？有記者問，是否怨恨宋懷萱？以張仲澤的部分，她恨，至於個人的部分，說不上緣由，奧黛莉沒有太多的怨。

經驗了這不到二十四小時的驚魂，奧黛莉內心某些歪斜瘋長的鬱念，反而平抑了。過沒幾天，奧黛莉的父母來把奧黛莉接走。父親說，等妳想說話的時候再說，我們等妳。母親說，我們知道妳遇到了很可怕的事情，那個女人太瘋狂了。奧黛莉抬頭看著他們，意外地認識到，這對她從小到大又愛又懼的完美父母，變得好矮，好老，皺紋好多。奧黛莉走進房間，物品的數量與擺放位置，停留在她離家時的樣貌，床單是新曬的，有蓬鬆、粉質的氣味。奧黛莉睡了一場很漫長的覺，十幾個鐘頭，醒來時是隔日的黃昏，夕陽是奶油般柔軟的橙色，奧黛莉坐起身，有部分的自己跟宋懷萱一起燒毀在那個陰暗的地下室了。

她也還在捉摸，剩下的，坐在父母家中的自己，是哪方面的奧黛莉。不管怎樣，這麼多年以後，奧黛莉首度感受到，她乾涸的內心有什麼正在分泌、流出。她想活著，她得活著。她被破壞了那麼多次，沒有死。奧黛莉規劃著，這一次，她得走出去，她想要跟父母商量，找人接手照顧張仲澤的父親，張仲澤是因我而死，我們對他的父親有責任。她也要鉅細彌遺地說，林老師是個怎樣的人。奧黛莉會坦承，是的，她愛過林老師。只是愛一個人，不代表能為他承受這麼多。說來多麼諷刺，奧黛莉竟然有些感激，宋懷萱沒有殺她，像是她也感激過，林老師只是繞著她下面的外核淺淺地撫摸，沒有實際插入。

◈

鄒國聲來找范衍重，報告一個好消息，娜娜消失了，鄒振翔心碎得在房間裡哭了好幾天。鄒國聲很高興結局是這樣子，若他跟妻子干預過度，兒子的抗拒也會升級吧。鄒國聲還說了一些娜娜與她的母親的壞話，像是，女孩的身體也只有這時候值錢了，再過幾年，不信她們母女還能這麼得意。范衍重垂著眼，看著手上漂浮著渣滓的咖啡，新來的助理是個有些不靈光的女孩，沖濾掛包貪圖省時，常常一口氣注入太多的熱水。

鄒國聲卸下胸口的大石，話也多了起來，「總算解決了這個麻煩，這年代做父母也辛苦，以前只有生女兒要擔心，現在生兒子也要提防。對了，你太太還好吧，那時我跟我太太看到新聞，太可怕了，好險你太太逃了出來。我看報導，那女生根本精神變態，被退學後就在家裡當啃老族了。真想不清楚她為什麼要綁架你太太。」

鄒國聲停頓，看著范衍重，范衍重感受到自己得回應朋友的好奇。一個地下室裡躺著三具焦黑的死屍，畫面如此驚人駭人，引起廣泛關注。不曉得是誰走漏了風聲，告訴媒體，煙霧參天之際，兩台救護車進入巷弄載走兩個女人。記者追到醫院，認出范衍重，他再一次登上版面，「地下室三屍命案，疑似與顏艾瑟前夫有關」，這種殺人標題讓范衍重再次被海量的來電給沖垮，他再三澄清，這案子唯一與他有關的部分，僅在於他的妻子是兇手的目標之一，實際情形，檢警仍在偵辦中，他不方便透露。他也懇請媒體放過他跟妻子，吳辛屏還在走出陰霾，過度的報導只會刺激到她。幾天後，台北爆發了另一件更令人髮指的情殺命案，媒體這才甘願饒過他們，像是被更大塊，鮮血淋漓的肉給引走的鯊群。

范衍重沒有完全放鬆，這幾年來媒體界吹起深度報導的風氣，記者蹲點，深入田野，若被他們抓到十幾年前吳辛屏跟宋家的過往，范衍重幾乎可以揣摩那宛若深知人間疾苦的濫情筆調，他更可以想見，有些人會轉變態度，范衍重望了一眼鄒國聲，忖度，這位朋友會怎麼想呢，也許他會將心比心，認為宋家的恨不無道理。

「十幾年前是同學，畢業後沒什麼聯絡了。動機我也不知道。」

「妳太太沒說嗎？」

「她什麼也沒說。」

「好吧。」鄒國聲很快地換上客氣的笑臉，「還是謝謝你協助我兒子。經過這一次經驗，那孩子也該明白保護自己的重要性。世風日下，人心不古，以前誰敢拿這種事來興師問罪，沒有打斷女兒的腳就不錯了。現在科技進步，有些人情義理也淡薄了。」

鄒國聲一走，范衍重往後貼著椅背，五點半了，他晚上沒有應酬，是可以回家的時間，他卻不想回家。人回來了，問題就在這裡。他要怎麼面對一個大難不死的妻子，又要怎麼釐清許多年前吳辛屏和這段兄妹的關係。

他一方面猜想，吳辛屏在等他開口詢問？一方面又想推翻掉，也許那只是你把內心的困惑投射在吳辛屏身上，吳辛屏出院以後，她辭掉工作，范頌律也暫時停了補習班的課程，吳辛屏手把手地輔導她，陪她把聯絡簿上的待辦事項給逐項完成。九點多，吳辛屏哄睡范頌律，去浴室盥洗，十一點回到房間，日子跟從前沒兩樣。

范衍重吃完飯，就躲在書房裡，確認客廳的燈關了才溜出來。李鳳庭原先就對吳辛屏沒多少敬重，事情過後，輕慢成了輕賤，她怨懟吳辛屏的隱瞞，也恨吳辛屏讓寶貝兒子又上了一次版面。她私底下勸范衍重，你怎麼兩次都找到了有病的女人，等大家不再關注，簽字離婚吧。你是處理了那麼多離婚訴訟，你會找到一個方法的，頌律我可以照顧。范衍重虛應著母親，內心也想著，他好像都被這種外表看起來完好如初，內心卻有一大塊荒蕪的女子給吸引著。

從前顏艾瑟會在他不想說話的時刻，逼迫他說話，把兩人給扯到一個毀滅的境地，他疲乏無助，他要的是距離，他走進書房，顏艾瑟不肯善罷甘休，拉扯他的衣袖，尖叫，憑什麼是你決定我們兩個對話要不要結束，我要說下去。范衍重轉身，那一秒好像有誰佔據他的身體，替他伸出手，抓取他眼中的物件。他想，我終於了解我的當事人行動時在想什麼，他的內心平靜，並無悔意，覺得這是他應得的。他要安靜，他得到了，沒有戰爭，哪來的和平。不問後來的代價與紛爭多麼紛雜，在那一刻，他的心抵達了近乎永恆的寧靜。

吳辛屏從來不逼迫他，她很識相，他需要時，出現；他忙碌時，消失。她是個功能性的配偶，讓他的生活趨向完善，但他不曾想過，這個夜晚躺在他身邊的女人，她在想什麼。她會做夢嗎？她的夢會長成什麼模樣，會有他嗎？結婚也要兩年了，他過於信賴、欣賞吳辛屏的緘默，還有些沾沾自喜，婚姻並不一定得經過那相互掏取彼此心事與人生創傷的過程，有時，反而是經歷了，傷害與辜負才接踵而來。如今，他成為想要打開這塊沉默的人。他想問，妳跟妳的家人、奧黛莉、宋懷萱、宋懷谷，甚至連文繡，妳跟這麼多人之間究竟是經歷了什麼？

◆

吳辛屏躺在床上，范衍重濃厚的鼾聲。她多久沒聽到了，說不上懷念，只是有彷若隔世的徬徨。一早，范衍重急著把小孩載往李鳳庭那，吳辛屏心底擦過火光，時候到了，她明白，范衍重遲早會跟她討個解釋。她一五一十地，從宋懷萱宋懷谷，生日派對，父母收取宋家的和解金都全盤托出。宋清弘被逼急了，金額來到將近天價。她收了，更改證詞。范衍重遲疑半晌，嚥下他內心最大的疑問：那宋懷谷有侵犯妳嗎。他意識到，任何答案都不可能令他滿意。他只好溫和地埋怨，妳不應該隱瞞這麼多的。妳可以試著相信我。

聞言，吳辛屏幾乎想哭，她可以信誰？有好幾次，她試著重建生活，大三那年，她申請了一些帳號，也跟人社交。她更新著繽紛的照片，嘗試掩埋那個暑假的回憶。大學畢業的前幾天，她被朋友的電話喚醒，一個陌生網友在她社群媒體的每一則照片跟文章底下留言，「吳辛屏十八歲就被有錢人的大屌插來賺學費」。那個網友的大頭貼是一面牆，點進去什麼資訊都沒有，只標註來自什麼城市，是老家。

吳辛屏刪了對方所有的留言，點擊那個帳號，傳訊，「你是誰」，對方回訊，「我是妳的良心」。吳辛屏又問，「你想做什麼？」，對方答，「送妳下地獄」。對方重複送出了好幾十次，吳辛屏嚇得連筆電都一併闔上，她胸口泛起一片劇痛。很多同學來問她這留言是怎麼一回事。他們注視著吳辛屏的目光，不僅僅是關心，吳辛屏辨認到，還有一絲激昂。為了什麼而激昂？吳辛屏又躲了起來，這一次她遁得很深，誰也不聯絡，誰也不信任，她一度在飲料店打工，賺得很少，也不快樂，偶爾回鎮上探望家人，待的時間很短，小鎮勾起她太多慘痛的回憶，她尤其不敢問宋家的近況。她想深埋那段往事。

奧黛莉在網路上發表的那些文字喚醒了她內心的些微柔情與酸楚，她被奧黛莉打開，然後是芝行，她跟一個溫柔的男孩墜入愛河，在她以為自己尚且有能力去愛人與被愛，又遭逢了另一次爆炸。她怎麼相信人？她甚至不相信自己的無辜。

范衍重扔出最後一個問題，那個問題讓吳辛屏最是不知所措。

他問，跟我在一起的這幾年，妳在想什麼？吳辛屏感覺到心底幻化成一片蒼涼的海。妳在想什麼？她回答，我什麼都沒有想。你什麼也沒問我，我什麼也沒問你，人都會很執著過去的事情，你沒有，你很害怕過去，我也是。我們都在想盡辦法遮掩過去的自己，這是我決定要跟你一起過生活的原因。換作是其他人，一定會問個不停，但你從來不問，你只是給了我一個家，跟你在一起的這些日子，我時常覺得自己很幸運。我猜，你從未愛上我，你只是怕孤單，又需要一個人照顧頌律。這樣更好，別誤會，我不是在諷刺，是真心誠意這樣想，我有預感有一天我的過去會找到我，我希望那一天你不會太痛苦。我最後也猜對了，不是嗎。

范衍重一臉愕然，他很想否認，但這確實太虛偽。

換吳辛屏提出問題了，「你想離婚嗎？現在你什麼都知道了。」

范衍重雙手交握，陷入了沉思，幾秒後，他反問，「妳記得嗎？妳曾經問過我跟顏艾瑟之間是怎麼一回事。我得跟妳說，我之前告訴妳的都不完整。事實上，到我們離婚前的幾個月，我打了她，不只一次。」

范衍重深吸一口氣，「她來找我談離婚，我不想談，她非得逼我簽字，我就會動手。頌律看過，她看過，她只是假裝她沒看過而已。最後一次，顏艾瑟說她喜歡上別人，我拿東西砸她的頭，我跟警方說我是失手，是過失，我只是想嚇唬顏艾瑟，但，我不是，我是故意的。」范衍重注視著自己的雙手，「我到現在都還記得那種感覺，顏艾瑟在我面前，有時候，幾秒鐘的時間，不知道為什麼，她會變成好像桌子、書櫃，或什麼，她會變成一個物品，我會想，我可以踢她，就像人有時候生氣會捶桌子那樣。

顏艾瑟跟記者說我只有打她一次，她報警的一次。這是謊言，她只是不想我跟媒體說出她的外遇。跟妳在一起的這幾年，我一直很害怕，也等著我對妳出現那種感覺。就像妳說的，我也有預感有一天我的過去會找到我……。妳失蹤的前一天，我們不是大吵一架嗎，那時，我很緊張，我以為我又要……我也確實、差點，我以為妳要尖叫了，或詛咒我，我得阻止妳，妳卻突然道歉，說妳錯了，妳不應該那樣對我說話。妳的反應讓我恢復了理智，總之，我很感謝妳，妳沒有讓事情發展下去。我很謝謝妳。妳讓我知道，我也許，沒有那麼糟糕，我還是可以當一個好人。」

「你不用再說下去了。我明白了。」

吳辛屏心內那片蒼涼的海轉瞬間變得溫暖。

他們都背著可怕的祕密。

正因為如此，他們不會就這樣分開。

◈

連文繡老師寫了一封信給她，說明她連日祈禱吳辛屏早日康復，她也期待吳辛屏傷癒了，能夠跟她見上一面。她有非常多話想跟吳辛屏說。吳辛屏把信件很快地填入碎紙機裡，她估計不要和連老師見面。她太累了。

宋家親戚寄來一個鐵盒，說他們在宋懷萱的房間找到的，外面貼著一張標籤，給吳辛屏。

他們不知如何處置，要吳辛屏看著辦。吳辛屏打開鐵盒，裡頭幾十張寫滿的稿紙。吳辛屏看了幾頁，決定放幾年再來讀，也許她這輩子都不會打開。她不知道。

吳辛屏閉上雙眼，想起兩人最終的對話。

汽油一點點延展，聞到那股氣味，吳辛屏的身體反射性地痙攣。她想，我就要被我童年最好的朋友帶走了。宋懷萱在她後面倒下，柔聲說，小魚，妳在嗎？妳可不可以聽我說話。吳辛屏眨了眨眼，要不是空氣中高升的溫度，她會誤信時光倒轉，兩人回到從前，在她的床上漫不經心地聊天。她聽到自己說，懷萱，不要做傻事好不好，有什麼事我們到外面說。

她聽見宋懷萱的低泣聲，哽咽，含糊地說，我跟妳無話可說了。妳背叛了我。

吳辛屏咬牙，她好訝異自己語氣如此沉著。她說，要不是妳，我可以堅持到最後一刻的。

吳辛屏眨眨眼，記憶調轉至那個午後。

她冒險想找到宋懷萱，跟她說宋清弘太可怕了，連老師的支持也在流失。她很害怕，這計劃太大，她們又太小，像是小孩穿大衣，最終被絆得不斷摔跤，碰得鼻青臉腫。她知道宋懷萱比自己更痛苦，但她還是想從宋懷萱身上取得一些勇氣或安慰，讓她走下去。她來到宋家，探測著地形，她在內心大聲祈禱扔出石頭時，是宋懷萱接收到她的訊號。這時，見到宋懷萱走到庭院，後頭緊跟著宋懷谷。

吳辛屏閉上眼，一口氣說出那困擾了她許多年的影像：我見到妳主動擁抱妳哥，你們緊緊抱著，好久好久，好像一對情侶。吳辛屏已無後顧之憂，她的語氣混合了迷惘與悲傷，我不懂妳為什麼要做出這種事，妳不是應該要恨他嗎？我嚇壞了，我好像是一廂情願的笨蛋，我根本在幫倒忙。是，我是更改了證詞，但那不是因為我家貪圖那筆錢，妳、妳才是原因，這幾年來我為什麼要躲妳，我怕見到妳就想起那一幕。我以為妳哥那樣對妳，已經是我見過最可怕的事，但我沒想過，我錯了。妳到底在想什麼？

吳辛屏安慰奧黛莉的初衷並不單純，在網路上讀到奧黛莉的文字時，她不由得想，能夠釐清我的困惑的人並不多，眼前就是一個，過程她也逐日投入真心，她也被奧黛莉的痛苦、矛盾給深深觸動了，她有個模糊的猜測，如果林老師很傷心，也許奧黛莉也會去擁抱林老師。奧黛莉讓吳辛屏稍稍釋懷了那一幕的衝擊，她漸漸相信，辜負她的不是宋懷萱，至於是什麼，她想不透。

此際，她不僅想為自己辯駁，也想抓出辜負她們的究竟是什麼。

吳辛屏停止呼吸，宋懷萱按下打火機，火舌一下子騰空飛舞。

下一秒，宋懷萱蹲下身，解開她的繩縛。

「小魚，妳走吧。我不想帶走妳了。」

吳辛屏好不容易站起，她看著火焰步步推進，她伸出手，「一起走。」

「我不打算活下去了，一開始我就不打算活下去了。」

「我們先出去再說，有什麼事，之後再說。」

「那是因為妳不知道我做了什麼。小魚，我們人就是這樣，我們在上半輩子，就把我們下半輩子的故事給寫完寫死了。我很難跟妳解釋為什麼我要擁抱哥哥，還安慰他，很難的，有時候我也分不清楚我在做什麼，好像一下子有愛，一下子又有點恨。」

宋懷萱也記得那個下午。宋清弘沒有帶回好消息，母親的淚水淹沒了全家，她要宋清弘下一次去談判也帶上宋懷萱，宋清弘不肯，說宋懷萱沒有錯，真正該出面的是宋懷谷。母親歇斯底里地尖喊，宋懷谷不能出現在吳家，這樣間接證實他有做錯事。有父母撐腰，宋懷谷看似無憂，內心卻滿棲著哀愁。他拜託宋懷萱聽從母親的指示，去說服吳辛屏，宋懷萱以宋清弘會生氣為由，迴避著這項安排。宋懷谷沒有再強迫，他拉著宋懷萱的手腕，扔下一連串問題，我明明只是摸了她的身體一下，為什麼會這樣？他們家這麼缺錢嗎？我如果去坐牢，妳跟爸媽會來看我吧？這句話狠狠刺進宋懷萱的心，她懷疑自己的靈魂跟內臟都快掏空，即使如此，她還是得再付出些什麼。她伸手擁抱哥哥，柔聲說，放心，我會去看你。宋懷谷在她耳邊泣不成聲地說，我明明什麼都沒有做。宋懷萱的掌心上下安撫著宋懷谷，說，我懂。我相信你。

「我們出去講，妳把全部的全部都告訴我。」吳辛屏奮力大喊，「我們一起走啊。」

吳辛屏連日沒有活動，她拖著步伐，發現怎麼樣都拉不動宋懷萱。突然，宋懷萱動了起來，她架起吳辛屏往前走，吳辛屏鬆了一口氣，兩人離開房間，來到走廊，吳辛屏看到通往一樓的門，聽到范衍重在門後的大喊。門板震動，他們似乎正在試圖破壞門板。她還想往前，宋懷萱又不動了，吳辛屏納悶地往後，宋懷萱眼中滿是淚水，言語破碎。

「來不及了。一切都來不及了。小魚，我殺了人。我的人生沒辦法再往前了。」

吳辛屏不安地喊，「我會跟幫妳解釋，妳不是故意的，是過失。」

宋懷萱搖頭，「我不是說那個男人。我何必在意一個陌生人的死活？」

「那妳在說誰？」

「跟妳說一件事吧，我哥哥其實死了，他在美國自殺，連人帶車開進他家附近的一座湖。那是我做的。」

「妳怎麼可能？」

吳辛屏還來不及反應，宋懷萱已節節後退。她來到搖椅旁，安分地坐下。

「媽媽，我會贖罪的，妳原諒我吧。」

火焰從天花板墜落至宋懷萱的頭髮，她沒有閃躲，反而緊抓著搖椅扶手，一動也不動。吳辛屏只能轉身，以最後的力氣拔起大腿，登上階梯，並在昏厥前，跌入范衍重的雙臂。

◈

鐵盒裡的稿紙，最上面一張寫的就是這件事。

◈

哥哥跟女孩要離家的那天清晨，宋懷谷安撫著依然躁動的母親，女孩與宋懷萱在門口，兩人四目相交，女孩給了一個友善的微笑，說很謝謝這幾日的招待，早知道台灣這麼好玩，她很想再待久一點。宋懷萱遞給那女孩一個小盒子，慎重囑咐，抵達了才可以打開，以及，請不要讓哥哥知道有這木盒的存在，是驚喜。她問女孩，妳可以讀中文吧。女孩羞紅了臉，生澀且緩慢地咬著字：我認的字很少。我們會先回我父母家，我請他們讀給我聽。宋懷萱點頭，致上祝福的笑容。盒子裡有幾盒面膜，她太久沒送人禮物了，去了藥妝店，問外國人喜歡什麼，店員說之前有個香港人拿行李箱來，搬了好幾盒面膜回家。

面膜底下是一封信，字數不多，她數過了，大概一百個字。信裡，她祝福女孩，也認為哥哥很幸運，能夠遇到支持他與愛他的人。寫上自己的署名之後，宋懷萱打上了一個註記。

有件事我想告訴妳。

在我什麼都還不懂的時候，哥哥跟我發生了性關係。

後記

吳曉樂

我原認為作者應隱於作品之後，不說明前因後果，又在成書之後，屢屢感到有一股不得不的意志在拉扯著我，想我說出什麼未竟的事業。請容我以後記寄託作品的前身。初稿完成之後，很多人問，為什麼會想寫一個**這樣的**故事。我粗略地抓出兩個時間點，一是摯友邦婕前往美國攻讀電影研究，一日，她告訴我，她看了一支紀錄片 Family Affair，邦婕同我講述劇情要旨，最終，我們被裡頭的人情糾纏弄得眼花撩亂，百思不得其解，其中一些意想約略違反人們的公道與直覺，然而，違反了又如何？

第二個時間點更早，記憶浮上腦海如藻荇交橫，揉碎且恍惚，我還初初是個小女孩，在一個小房間，和幾個同我一樣年紀的女孩們聊到，人與人之間的關係，偶爾還有性，的惶惑。有女孩說，她曾被老師抱到桌子上；另一個女孩說，堂哥曾把她牽進了浴室。她們在這過程中，時常不能明白自己的角色，偶爾，她們感受到自己在試著回應這份，姑且容我簡化為「慾望」的事物，她們不得章法且精疲力竭，她們質疑，這些舉止是否讓自己成了共謀，從此得緘默。

我忘不了當下每一個女孩說話時喘不過氣的停頓與迂迴。我不是從數據或研究明白了「女孩」與「性」之間的高發張力，我是在人生中，這些女孩們試著訴說，或阻止自己訴說下去的過程，以我內心的共鳴、抑鬱與不快樂，也就是說我是用身體，甚至我「身而為人」的那顆心，去學習這裡頭的矛盾以及可能與常識背反的部分。

我曾把記憶緊旋上並束之高閣，三十歲過後，才認為自己也許追上了女子在社會上，「語言」、「敘事者資格」上嚴重武器不對等的落差，即使如此，此書仍盡責地掏空了我人生經驗，知識與想像力。有大落的篇幅，屢屢被我毀棄又拾回，於是方知，偏見如此可親，稍有不慎，我亦與之為伍。明明我心底雪亮，女孩為人是否天真善良，與她的無辜並不相繫。我深懼與我的角色們劃出舒適又背叛了他們的距離，在那破碎的分分秒秒，我沒有一刻想起讀者，只記得我的角色們。

此書付梓之前，我進行最終的校對，在一個尋常無奇的情節滴下眼淚，那是我首度，為了箇中的人情掉眼淚：樂園崩毀之前，少女捨命搶救這滿砌著藏污納垢的碉堡。我常聽人們說女孩太傻太天真，彷彿得念其「思慮不周」，才能撐起呵護她們的空間，若是如此，那真真叫人情何以堪？我想說，少女們不妨天真有邪——若注定要變成泡沫，消沉於大海，那可不可以長出尾巴，讓自己變化為童話故事中的人魚？

童話很殘忍，對小女孩尤其如此，然而我想捕捉小女孩擁抱童話的最終想願，她們如何從少得可憐的籌碼中，長出一個動聽的好故事。我們何嘗不是自己人生的「第一位讀者」，我們有極大的誘因說一個好故事給自己聽。童話是壞的，女孩戮力守衛自己的心意卻如此真摯。尾聲，我還有一些想說的，而編舞家、舞者碧娜．鮑許說得比我更好，「我們跟某些人一起受苦，以理解這個人的感受或他必須有的感受，所以會有一些暴力，但不是出於暴力，於是相反之物。」

此書亦從許多作品中找取靈犀，包括但不限於《貓派》（皇冠叢書）、《無以阻擋黑夜》（自由之丘）、《房思琪的初戀樂園》（游擊文化）、《幽黯國度：障礙者的愛與性》（衛城出版）、《遍體鱗傷長大的孩子，會自己恢復正常嗎》（柿子文化），以及中研院民族所彭仁郁副研究員〈亂倫創傷主體的性別自我認同及能動性〉與〈家內性侵開不了口的原因〉。最後，由衷感謝一路走來陪伴我，忍受我一旦投入書寫，就「陰陽怪氣得理直氣壯」的家人和朋友（若你懷疑自己是否算數，你一定也在裡面），以及為此書的盡善盡美而付出努力的鏡文學夥伴們。創作是作者躲進洞穴內又一意孤行，而你們始終不忘在外為我點一盞燈。

我們沒有祕密

作　　者：吳曉樂
責任編輯：林芳如
責任企劃：劉凱瑛
整合行銷：黃鐘獻
裝幀設計：朱疋

主　　編：劉璞
副總編輯：鄭建宗
總 編 輯：董成瑜
發 行 人：裴偉

出　　版：鏡文學股份有限公司
114066 台北市內湖區堤頂大道一段
365 號 7 樓
電　　話：02-6633-3500
傳　　真：02-6633-3544
讀者服務信箱：MF.Publication@mirrorfiction.com

總 經 銷：大和書報圖書股份有限公司
242 新北市新莊區五工五路 2 號
電　　話：02-8990-2588
傳　　真：02-2299-7900

內頁排版：宸遠彩藝
印　　刷：漾格科技股份有限公司
出版日期：2020 年 8 月 初版一刷
I S B N：978-986-98868-5-7
定　　價：380 元

國家圖書館出版品預行編目 (CIP) 資料

我們沒有祕密 / 吳曉樂著. -- 初版. -- 臺北市 : 鏡文學, 2020.08
面 ; 14.8×21 公分 . -- (鏡小說 ; 36)
ISBN 978-986-98868-5-7(平裝)

863.57　　109009960